21

世纪文学之星

丛书 2018年卷

评 论 集

批评的左岸

李蔚超／著

作家出版社

作者简介：

李蔚超，辽宁大连人，2001年考入北京大学中文系，后获文学硕士学位。2010年起，进入鲁迅文学院从事作家培训和教学研究工作，致力于社会主义文学体制及文学教育与当代文学史研究，以及文学现象研究、作家作品评论等，文章见于各类文学报刊。

目 录

观 察

明　心

片　断

总 序

袁 鹰

　　中国现代文学发轫于本世纪初叶，同我
们多灾多难的民族共命运，在内忧外患，雷
电风霜，刀兵血火中写下完全不同于过去的
崭新篇章。现代文学继承了具有五千年文明
的民族悠长丰厚的文学遗产，顺乎 20 世纪的
历史潮流和时代需要，以全新的生命，全新
的内涵和全新的文体（无论是小说、散文、
诗歌、剧本以至评论）建立起全新的文学。
将近一百年来，经由几代作家挥洒心血，胼
手胝足，前赴后继，披荆斩棘，以艰难的实
践辛勤浇灌、耕耘、开拓、奉献，文学的万
里苍穹中繁星熠熠，云蒸霞蔚，名家辈出，
佳作如潮，构成前所未有的世纪辉煌，并且
跻身于世界文学之林。80 年代以来，以改革
开放为主要标志的历史新时期，推动文学又

一次春潮汹涌，骏马奔腾。一大批中青年作家以自己色彩斑斓的新作，为20世纪的中国文学画廊最后增添了浓笔重彩的画卷。当此即将告别本世纪跨入新世纪之时，回首百年，不免五味杂陈，万感交集，却也从内心涌起一阵阵欣喜和自豪。我们的文学事业在历经风雨坎坷之后，终于进入呈露无限生机、无穷希望的天地，尽管它的前途未必全是铺满鲜花的康庄大道。

绿茵茵的新苗破土而出，带着满身朝露的新人崭露头角，自然是我们希冀而且高兴的景象。然而，我们也看到，由于种种未曾预料而且主要并非来自作者本身的因由，还有为数不少的年轻作者不一定都有顺利地脱颖而出的机缘。其中一个重要的原因，乃是为出书艰难所阻滞。出版渠道不顺，文化市场不善，使他们失去许多机遇。尽管他们发表过引人注目的作品，有的还获了奖，显示了自己的文学才能和创作潜力，却仍然无缘出第一本书。也许这是市场经济发展和体制转换期中不可避免的暂时缺陷，却也不能不对文学事业的健康发展产生一定程度的消极影响，因而也不能不使许多关怀文学的有志之士为之扼腕叹息，焦虑不安。固然，出第一本书时间的迟早，对一位青年作家的成长不会也不应该成为关键的或决定性的一步，大器晚成的现象也屡见不鲜，但是我们为什么不在力所能及的范围内尽力及早地跨过这一步呢？

于是，遂有这套"21世纪文学之星丛书"的设想和举措。

中华文学基金会有志于发展文学事业、为青年作者服务，已有多时。如今幸有热心人士赞助，得以圆了这个梦。瞻望21世纪，漫漫长途，上下求索，路还得一步一步地走。"21世纪文学之星丛书"，也许可以看作是文学上的"希望工程"。但它与教育方面的"希望工程"有所不同，它不是扶贫济困，也并非照顾"老少边穷"地区，而是着眼于为取得优异成绩的青年文学作者搭桥铺路，有助于他们顺利前行，在未来的岁月中写出更多的好作品，我们想起本世纪20年代和30年代期间，鲁迅先生先后编印《未名丛刊》和"奴隶丛书"，扶携一些青年小说家和翻译家登上文坛；巴金先生主持的《文学丛刊》，更是不间断地连续出了一百余本，其中相当一部分是当时青年作家的处女作，而他们在其后数十年中都成为文学大军中的中坚人物；茅盾、叶圣陶等先生，都曾为青年作者的出现和成长花费心血，不遗余力。前辈们关怀培育文坛新人为促进现代文学的繁荣所作出的业绩，是永远不能抹煞的。当年得到过他们雨露恩泽的后辈作家，直到鬓发苍苍，还深深铭记着难忘的隆情厚谊。六十年后，我们今天依然以他们为光辉的楷模，努力遵循他们的脚印往前走去。

　　开始为丛书定名的时候，我们再三斟酌过。我们明确地认识到这项文学事业的"希望工程"是属于未来世纪的。它也许还显稚嫩，却是前程无限。但是不是称之为"文学之星"，且是"21世纪文学之星"？不免有些踌躇。近些年来，明星太多太滥，影星、歌星、舞星、球星、棋星……无一不可称星。星光闪烁，五彩缤纷，变幻莫测，目不暇接。星空中自然不乏真星，任凭风翻云卷，光芒依旧；但也有为时不久，便黯然失色，一闪即逝，或许原本就不是星，硬是被捧起来、炒出来的。在人们心目中，明星渐渐跌价，以至成为嘲讽调侃的对象。我们这项严肃认真的事业是否还要挤进繁杂的星空去占一席之地？或者，这一批青年作家，他们真能成为名副其实的星吗？

　　当我们陆续读完一大批由各地作协及其他方面推荐的新人作品，反复阅读、酝酿、评议、争论，最后从中慎重遴选出丛书入选作品之后，忐忑的心终于为欣喜慰藉之情所取代，油然浮起轻快愉悦之感。"他们真能成为名副其实的星吗？"能的！我们可以肯定地、并不夸张地回答：这些作者，尽管有的目前还处在走向成熟的阶段，但他们完全可以接受文学之星的称号而无愧色。他们有的来自市井，有的来自乡村，有的来自边陲山野，有的来自城市底层。他们的笔下，荡漾着多姿多彩、云谲波诡的现实浪潮，涌动着新时期芸芸众生的喜怒哀伤，也流淌着作者自己的心灵悸动、幻梦、烦恼和憧憬。他们都不曾出过书，但是他们的生活底蕴、文学才华和写作功力，可以媲美当年"奴隶丛书"的年轻小说家和《文学丛刊》的不少青年作者，更未必在当今某些已经出书成名甚至出了不止一本两本的作者以下。

是的，他们是文学之星。这一批青年作家，同当代不少杰出的青年作家一样，都可能成为 21 世纪文学的启明星，升起在世纪之初。启明星，也就是金星，黎明之前在东方天空出现时，人们称它为启明星，黄昏时候在西方天空出现时，人们称它为长庚星。两者都是好名字。世人对遥远的天体赋予美好的传说，寄托绮思遐想，但对现实中的星，却是完全可以预期洞见的。本丛书将一年一套地出下去，十年二十年三十年五十年之后，一批又一批、一代又一代作家如长江潮涌，奔流不息。其中出现赶上并且超过前人的文学巨星，不也是必然的吗？

岁月悠悠，银河灿灿。仰望星空，心绪难平！

1994 年初秋

序

"左岸"的言说

梁鸿鹰

没去过法国，不知道左岸是个啥，百度了一下，电脑上蹦出这样的解释："左岸，通常指法国首都巴黎在塞纳河左岸的部分。巴黎人将塞纳河以北称为右岸，有许多的高级百货商店、精品店及饭店；而塞纳河以南称为左岸，这里有许多的学院及文化教育机构，在这里以年轻人居多，消费也较便宜。所谓的拉丁区即是位于左岸。"

那么，巴黎圣母院呢，左岸还是右岸？不管在哪儿吧，就在最近，16日的一把大火，将这座教堂烧得不轻，近800年的建筑变得疮痍满目，大火次日一早，翻开维克多·雨果的《巴黎圣母院》，我发现了如下一段文字：

> 它（指建筑艺术）是一个民族留下的沉淀物，是
> 历史长河所形成的堆积物，是人类社会不断升华的结
> 晶，总之，是多种多样的生成层。时间的每一波涛都
> 将其冲积土堆放起来，每一种族都将其沉淀层安放在
> 文物上面，每个人都添上一块石头。海狸是这样做
> 的，蜜蜂是这样做的，人也是这样做的。被誉为建筑
> 艺术伟大象征的巴比塔，就是一座蜂房。

此时，我宁愿相信，所有的人类精神创造都是在为社会"多种多样的生成层"尽着绵薄之力，在时间的河流里，这些安放与添置到底有何意义，当时谁也不清楚，但若干年之后，也许会显出非凡的意义。

如这个集子里的"现实主义冲击波"，发生的时候蔚超还没有上学，写《现实主义的暧昧达成——1990 年代"现实主义冲击波"小说一议》的时候，她早已经过了而立之年，但这个冲击波所包含的"时间政治的怀旧式感伤""期盼于例外状态下各个阶级之间互相支持、共克时艰的民主信念"，以及"对集体主义时代德性尊严的颂扬和留恋"，现在并非毫无意义吧。再如，与这种学院味甚重的高头讲章式的深文周纳不同的是，《新的可能：院墙之外与媒体之下》《今天，怎样讲那过去的事情给你听》《我们眼里都是"现在"》等则显现出蔚超文字的另外一面，即善于将逐步累计的"升华的结晶"以灵动的方式呈现出来的那种自信与从容。或许，这是能够穿越时间的磨蚀的。

评论总是晚于创作，在创作的发令枪早已冷却，作家们撞线许久之后，评论家才会姗姗出场。但有一种说法是，评论家的表总比别人快五分钟，评论家要比别人更勤快，保持更灵敏的嗅觉，看得更远，厚积累、实仓廪后才敢发言，这是他们避

免不了的宿命。近一两年来张楚大热，此前的 2016 年，蔚超就在台湾的杂志《桥》上，发了《罗曼蒂克的县城、底层与孤独——论张楚的中短篇小说》。她是有格外的灵气的。她对"发生在庄、镇、湾、村的小说"的收入分析，对"诗意的无所事事、孤独以及罪恶"的揭示，着实让人看出她的尖刻。

而她对"西来的友人"龙仁青则表现出来格外柔软而友好的一面，在《仁青的青海，青海的仁青》一文中，蔚超说：

> 世界是由男人主宰的，男人不断训诫女人：你们是弱的、小的、依附的——这道理我早已看破，然而，看过太多巧言令色的金钱、权势、道德包裹之下的性别压迫故事后，草原这大好男儿的荷尔蒙显得清新可爱，或许，"他"的可爱正在于那神话岌岌可危的动摇和破灭感。我这城市长大学校里出来的"女学生"，难免会对草原的荷尔蒙充满"低级"的兴趣，借着谈文学的名义，常公开刺探草原小说家的"荷尔蒙往事"。某次放松警惕的龙仁青，一不小心跟大伙儿透漏了第一次钻帐子的经验。"没什么的啊，我简直是逃走的"，龙仁青答得老实，好像描述一场逃学逃课、打架打输，他显出可爱，那种草原男儿光荣而完满的神话裂开缝隙的可爱。

她的这些文字，温婉而感性，不可评说，不能转述，这种言说方式，只有在复述的过程中才能很好体会其中的温度和质地。

批评者对批评者常会抱有惺惺相惜的态度，对以"我"亲证"世界"的李德南，蔚超用了很巨大的篇幅去在其意义的迷宫里回环往复，她在文章里提及和引证了本雅明、海德格尔、德里达、朗西埃、巴迪欧、阿兰·巴丢、柏拉图、佩索阿，说"文学与哲学，在他们那里互相借重与'牵引'（在海德格尔阐释里尔克的意义上），她还回溯到上个世纪九十年代人文主义大讨论对"精神危机""市场""价值失衡""虚无""犬儒"等经常性的痛斥，她感叹李德南的文学批评"取自哲学中历练出的思辨与沉吟风格与对文学中人文价值的呼唤，构成了隐秘的火焰，这隐秘的火焰埋藏在李德南文学批评的字里行间，有心领会，不难求得。"正说明了她追求的高远，积累的深厚。

其实不单单是对西方文艺理论，中国古典文论、古典文学更是她所熟悉的。如她论及从《平凡的世界》到《繁花》的当代文学理路，是由刘勰借孙子兵法谈作文"观奇正"说起的：

> 正，是遵循雅义、追随传统，奇是新奇，过度追求则易沦为诡谲怪异。俗皆爱奇，为了取悦于读者，就连史家尚且免不了"传闻而欲伟其事，录远而欲详其迹"，何况小说家。中国传统小说最重要的特质便是"奇"，唐称传奇，《三国》、《水浒》、《西游》、《金瓶梅》被冯梦龙称作"四大奇书"。上海作家金宇澄的《繁花》或可算一部奇书。

蔚超是个功底不错的青年评论家，她涉猎面广，善读书，能够在阅读中发现问题，十分难得的还有，她学士、硕士期间就在北大，已经打下了很好的古典文学专业底子，博士阶段转向当代文学，加之置身当代文学活跃的现场，能够使她在美学观念上更开阔、包容一些，多了一些美学精神上的圆融之气。她以《礼失求诸野，今求之小说》为题论红柯的小说《少女萨吾尔登》，用的是孔子"礼失，求诸野"的预言，红柯用小说印证之。她说，"时至今日，若想在现代化通衢上狂飙突进的中国中寻找传统文化，除了于故纸堆当中，道德和风俗经过千年积淀，鲜活地保存在民间的人伦日常之中"。很有些道理。古典文学和理路的底蕴，有助于她与接受的其他美学思想一道，在评论实践中发挥很好的作用，这在同龄的当代评论家中大概是不多的。

她作为女性，也是注重理论思索的。比如对当代文学与当代生活，于歧见纷呈的"生活"，她列出人们在这个话题上常有的"我的生活难道不是生活吗？""生活太庞大，超越作家的想象力，现实太驳杂，我无法把握""半个世纪前的话题是不是太陈旧了？国外早就不玩这些了"等疑问，提出重启另外的文学资源、尝试新的文学工作方法和进柳青所说的"生活的学校，政治的学校和艺术的学校"，达成"合力的文学"，这些观点均极具启发意义。此外，她对文学传统文学体制的当代性与多层性，对学院派与媒体场的不同划分，对网络文学、儿童文学等问题，均在扎实阅读与深入思考的基础上，表达了很好的看法。在具体作品的评论方面，她对正在成长中的青年作家的评论，更显示了一个正在成长中的评论者的独特之见，长篇评论见功力，发表于《文艺报》等报章上的精短评论中更看出了她的锐气与才情。愿她用自己的力量，在做着雨果所说的像每个人那样"都添上一块石头"的工作中，以这个集子为新的起点，收获更多的精彩。

是为序。

2019 年 4 月 19 日

观　察

现实主义的暧昧达成

——1990 年代 "现实主义
冲击波" 小说一议

一、旗帜、思潮与政治诉求

几年来，"现实主义" 在会议、刊物、文件中频繁亮相，俨然成为中国文学界的 "热搜" 关键词。"现实主义" 何以昂然回归? 可辨析的线索是，由一次具有典型意义的政治事件推动了现实主义的复归。与 1942 年事关中国文艺史发展走向的延安文艺座谈会讲话遥相呼应，2014 年，一次新的政治规格相近的文艺座谈会在北京召开，党的最高领导人与文艺工作者座谈并讲话，讲话提到了 "现实主义" 这一文学舶来品、贯穿 "短二十世纪" 中国文学的主潮："文艺创作如果只是单纯记述现状、原始展示丑恶，而没有对光明的歌颂、对理想的抒发、对道德的引导，就不能鼓舞人民前进。应该用现实主义精神和浪漫主义情怀观照现实生活，用光明驱散黑暗，用美善战胜丑恶，让人们看到美好、看到希望、看到梦想就在前方。"① 调和现实主义与浪漫主义，强调主体价值观念，并在干预现实和抒写愿景之间调试与摇摆，提倡歌颂光明，鼓舞人

① 习近平，《在文艺工作座谈会上的讲话》，人民出版社，2015 年，第 20 页。

心，凝聚共识，而不鼓励"单纯记述现状、原始展示丑恶"。这样的理论表述，是现实主义文学的基本内涵，熟知百年中国文学史的人大概并不陌生。

许多"五四"知识分子都曾为欧洲和苏联的现实主义文学作品而欣喜振奋，但自茅盾起，便为自然主义的"冷静""客观"而犹豫不定，在他看来，暴露太多社会黑暗面，无助于组织和形成新的现代民族国家意识。致力于现实主义写作的"五四"作家们也不断担心，过分"写真"的现实主义会陷入他们意图颠覆的现实逻辑之中，成为对现实逻辑的强化和再现。

1933—1934 年间，"左联"内取代瞿秋白的周扬恰逢其时地引入了"社会主义的现实主义"，尽管苏联当时提出这一口号的目的是对拉普"唯物辩证法创作方法"左倾机械论展开批评，但周扬没有随苏联的步调亦步亦趋，在称社会主义现实主义是"写真实""真实地描写丰富与复杂的生活"的同时，周扬强调现实主义对"现实"倾向性处理，以及作家需要以无产阶级世界观理解"现实"："社会主义的现实主义是动力的，换句话说，就是社会主义的现实主义是在发展中，运动中去认识和反映现实的。这是社会主义的现实主义和资产阶级的静的现实主义的最大分歧点，这也是社会主义的现实主义的最大的特征。""把为人类的更好的将来而斗争的道路，灌输给读者，这才是社会主义的现实主义的道路。"① 就此，中国的现实主义开始在真实性、艺术性与政治性、倾向性的摆荡中向历史的纵深处颠簸行进。而中国的现实主义文学，基本上置身于社会主义现实主义的框架内，随不同历史时期倡导者立场或观念的不同，往左偏移或朝右运动。

---

① 周起应（周扬），《关于社会主义现实主义与革命的浪漫主义——"唯物辩证法的创作方法"之否定》，《现代》1933 年第 4 卷第 1 期。

新中国成立不久，周扬作为文艺界的领导者撰写了《社会主义现实主义——中国文学前进的道路》一文，这篇在当代文学史上意义特殊的文献，原载于1952年的苏联文学杂志《旗帜》，其初始本来是新中国的一次文艺外交活动，周扬向苏联"老大哥"介绍新中国文艺如何在社会主义阵营中保持意识形态方向的一致。半个多世纪后再读周扬的文章，不难发现行文中精巧的外交辞令，周扬的言说中包含着自豪而又不失谦逊的"汇报"姿态，文章在1953年《人民日报》转载，意图以社会主义阵营和"老大哥"的名义，领导、号召中国作家在社会主义国际战线中团结在统一的文艺旗帜下。虽然"社会主义现实主义"上升为建国后文艺创作的指导方针与写作范型，成为建国后文艺的主流规范，但宣称"一生可以迷信两样，一是毛主席，二是苏联"的周扬，很快因中苏关系的改变和"左联"工作思路的破产而与苏联文艺诀别。1958年，毛泽东提出了"革命现实主义与革命浪漫主义相结合"的文艺口号取代已有二十多年历史的"社会主义现实主义"，突出了本来包含在"社会主义现实主义"中的"浪漫主义"内涵，愈发清晰地赋予"共产主义的文学艺术"理想化追求以乌托邦色彩："革命的现实主义和革命的浪漫主义相结合的方法，要求真实地反映出不断革命的现实发展，并且充分表现出崇高壮美的共产主义理想；要求文艺创作者创作出最真实的同时又是具有最高理想的方式，忠于现实而又比现实更高的文艺。只有这种文艺能够完满地反映出跃进再跃进的现实，鼓舞人民向更新更美的目标前进。"①

在二十世纪八九十年代中国社会的转变过程中，现实主义经历了一个在文学场域新话语和新潮流消蚀、混淆、空壳化的

---

① 《文艺报》专论：《掀起文艺创作的高潮建设共产主义的文艺！》，《文艺报》1958年第19期。

过程，所谓消蚀，不是通过短兵相接的交锋，而是在理论范式和问题视域的转换中，被降维化作一道历史的布景，我们在它映衬的舞台前演出，却不再置身其中。现实主义的理论生长性变得越来越少，也渐渐卸下曾在中国的文化舞台上发挥的巨大作用。

进入新时期以后，中国文学体制不再以定于一尊的"主义"或"样板"准则要求文学，但是，"一体化"文学体制并未解体，也并未取消全部官方文学机构（各级文联作协、出版机构等），它们仍然内生性地延用官方文学的尺度——包括毛泽东延安文艺座谈会讲话在内的马克思主义文艺经典论述（客观生活是创作的唯一源泉，坚持为人民的创作导向），作为国家体制的一部分。一方面，官方文学机构所引导的文学体制势必承担反映、宣传"党和人民"文化政策的职能；另一方面，经过了80年代的洗礼，作为倡导及参与的力量之一，文学体制吸纳新时期以来文学"向内转"变革，承袭现代以来五四新文学传统的"纯文学"/"严肃文学"，要求作家既保持与市场和资本若即若离的艺术家姿态，又保持着知识分子式的人文精神。值得注意的是，现实主义文学作为现代文学以来的主导文学样态，特别是社会主义中国的唯一文学标尺，始终被文学体制所激励、期许与询唤，甚至可以说，文学体制构成了现实主义文学样式的"召唤结构"，作家或作品的"现实主义"倾向都更容易获取文学体制的奖掖。北京文艺座谈会讲话的倡导，客观催促了文学体制的各个环节的启动，召唤现实主义文学的回归。

2014年文艺政治事件发生后，中国文学能否以及如何转化为一次文学事件呢？曾源始性追溯的海外中国学学者安敏成（Marston Anderson）对中国新文学现实主义脉络的观察颇有洞察力，他认为现代中国文学从不曾是一面澄照乱世奇观的镜子，从其诞生起，中国作家改天换地的政治革命诉求赋予中国新文学一往无前的巨大使命，"只是在政治变革的努力受挫之后，中国知识分子才转而决定进行他们的文学改造，他们的实践始终与意识中的某种特殊的目的相伴相随"。"'现实主义'一语直到今天仍拥有相当雄辩的——和政治化的——说服力：每一个重要的政治解冻时期（包括 1956—1957 年间的'百花运动'和后'文革'时期）的文学都被当作是对解放前现实主义小说传统的良性复归而受到热烈称赞。"① 政治实践意义之外，中国作家对现实主义的推重大多源于一种认识：19 世纪西方现实主义文学，在揭示社会生活的广度、深度和力度上都有着以往文学无法比拟的优势。

　　通过卢卡契及 20 世纪依然推重现实主义的理论家的表达，或可以探究文学拥抱现实主义的内在动力。卢卡契认为，现实主义是一切伟大文学的共同基础，他无疑是马克思主义的信徒，从马克思主义辩证唯物史观的精神出发，卢卡契承认，现实主义问题之所以伟大，源于它能够提供人的完整性："马克思主义的历史理论，分析的是整个的人以及他的发展史，分析他在不同时期部分地实现了完善或遭到肢解，并试图指出这些关系的隐藏着的规律性；无产阶级人道主义的目标就是整体的人，既是生活在本身恢复人存在的整体性，就是实际上真正地消除由于阶级社会而引起的人类存在的畸形化和肢解。"② "每一种伟大艺术，它的目标都是要提供一幅现实的图像，在那里现实与本质、个别与规律、直接性与概念等的对立消除了，以

————————

① ［美］安敏成，《现实主义的限制》，凤凰传媒出版集团，江苏人民出版社，2011 年，第 4 页。

② 卢卡契，《现实主义问题》（德文版）第 13—14 页，转引自《两种对立的现实主义观——评卢卡契与布莱希特的分歧与争论》，《二十世纪现实主义》，柳鸣九主编，中国社会科学出版社，1992 年，第 82 页。

致两者艺术作品的直接印象中融合一个自发的统一体，对接
受者来说是一个不可分割的整体。"① 以上是卢卡契从马克思
历史哲学演绎"总体性"理论的小小示范，卢卡契的这些看
法，很显然是根据 19 世纪批判现实主义小说归纳出来的，他
重申了恩格斯的"典型"理论，认为现实主义文学通过典型的
塑造反映出生活的"总体性"，于是，每一部艺术作品都自成
一体，自足而独立，成为"自我的世界"。在全世界阶级政治
解体后，与后现代主义展开理论对话的卢卡契的理论声望日
隆，既是"后革命时代"对马克思主义遗产的深情审视，又颇
有现实意义。在"认同政治"通行于世界政治实践的今天，重
提"总体性理想"，以艺术为人类提供总体图景，无疑有利于
共同"认同"的形成。在我看来，中国文学批评界对他的现实
主义理论颇多引证，也是建立在这一基础之上的。

　　进入当代文学与现实主义的问题域之后，我逐渐认识到
现实主义问题的复杂性。不久之前，在我研究 1990 年代文学
"再现实化"的博士论文预答辩会议上，答辩委员会主席曹文
轩老师以作家和学者双重身份提示我，中国文学无论哪种"主
义"都是"现实主义"的一次变形，在他看来，中国文学被沉
重的"现实"及"现实主义"伦理压住了想象的翅膀。然而，
在我的观察中，90 年代到今天，现实主义文学的"达成"是
异常艰难的，真正获得公认的现实主义作品或文学潮流并不多
见，它需要恰当的历史时机，一个包含着社会、作家、文学体
制和上层政治之间层层传递、达成共识的历史契机。因此，在
中国讨论现实主义问题，无论是现实主义的政治性功能，还是
自身本体携带的政治诉求，我们应该正视并认真审视每一次现

---

① 卢卡契，《艺术与客观真实》，转引自《两种对立的现实主义观——
评卢卡契与布莱希特的分歧与争论》，《二十世纪现实主义》，柳鸣九主编，
中国社会科学出版社，1992 年，第 89 页。

实主义"复归"与历史语境之间的复杂关联。

二、"冲击波"与现实：90 年代式的关联

90 年代的中国文学中，最明确举"现实主义"之名的一股文学风尚是被称作"现实主义冲击波"的一组小说。这组小说由传统文学期刊发表，经文学选刊转载，由文学界的评论家命名、评价、褒奖①，最终形成了一次 90 年代牵连一定社会关注的文学事件。这些小说何以被命名为"现实主义"？"冲击波"要冲击的是什么？ 2018 年 4 月，我向中国作协副主席李敬泽提出了一系列文学问题，想请 1990 年代便在《人民文学》负责小说发表、作为《大厂》责任编辑的李敬泽回答关于这股"冲击波"的问题。我试图由他的回忆、追溯和重写"历史"，回到 90 年代的文学现场，回答我身处当代文学现场时始终盘桓悬置的疑问。

李敬泽向我谈及《大厂》的社会效应："那个时候，谈歌写了一个《大厂》，在读者中引起了较大反响，在我的编辑生涯中，进入 90 年代以后很少有作品像这样让人明确地感觉到它触及甚至凝聚了某种社会情绪。"②何以出现《大厂》这类小说？他提示我关注 90 年代初《人民文学》杂志召开的一次

————————————————

① 1995 年第 6 期的《人民文学》发表了何申的《年前年后》，1996 年 1 月号的《人民文学》与《上海文学》又同时推出了谈歌的《大厂》、刘醒龙的《分享艰难》。在这两个文学刊物的策划与推动下，一批相近题材与书写风格的作品陆续出笼，包括刘醒龙的《分享艰难》《路上有雪》，关仁山的《破产》《大雪无乡》，谈歌的《大厂》《大厂〈续篇〉》，何申的《年前年后》《信访办主任》等。这批作家作品所代表的共同倾向被批评家命名为"现实主义冲击波"，并成为 1996、1997 中国文坛的一个"热点"。

② 李敬泽、李蔚超，《历史之维中的文学，及现实的历史内涵——对话李敬泽》，《小说评论》2018 年第 3 期。

会议。在他看来，这关联着 90 年代文学界对文学与现实的关系的新期待与新认识——"重建文学和知识分子与现实的关系"。时任《人民文学》主编程树臻记录下太原会议的大致方向："短小精悍的短篇小说，颇受人们的青睐；而且及时地反映现实生活，给改革者以心灵的愉悦和思想的启迪，完全是当前时代和读者所需要的，作家和文学刊物应该满足人们这种艺术需求。这也是作家的社会责任感所要求和体现的。"文学体制下的文学刊物组织作家召开的会议，大多带有引导、组稿的意味，程树臻将几年后在《人民文学》上以"现实主义冲击波"小说崭露头角的"三驾马车"关仁山、何申、谈歌，视为杂志召开会议的号召、提倡之下产生的："他们都是在《人民文学》起家的，而且代表作皆是短篇小说。"①

　　李敬泽所说的"90 年代式的"关联，"不是 80 年代那样的关系，而是一种新的关系"，到底指的是什么呢？在我研读李敬泽文学批评时便有所察觉，尽管他在 80 年代就读于北京大学中文系，编辑生涯的开始又赶上了 80 年代文学热，但他确实是一位 90 年代气质的文化实践者。我理解他所说的"80 年代关系"，应指的是作家及知识分子启蒙者的姿态，以及文化叙述中建立起来的保守与改革、中国与世界、专制与自由、体制与市场之间的二元对立，而 90 年代的关系，则是一种体认现实中无法解释与预见的新事物、新感觉，不再于 80 年代确立的二元关系中寻找自己的位置加以巩固和演绎，而是跳出窠臼，为新的现实关系寻找解释和表达的方式，而 90 年代的这股现实主义冲击波，便是一次以旧有的、作为新文学重要传统的现实主义，去呈现 90 年代危机与艰难中的复杂现实，以期唤起埋藏在历史脉络中、在多元离散的 90 年代可组织的集

　　① 程树臻，《坎坷人生路——程树臻自传》，东方出版社，2015 年，第 266 页。

体主义情感结构，重整旗鼓，应对危机重重的现实。

　　文学界对被命名为"现实主义冲击波"小说的特质基本以雷达的论述盖棺定论："面对正在运行的现实生活，毫不讳饰地、尖锐而真实地揭示以改革中的经济问题为核心的社会矛盾，并力图写出艰难竭蹶中的突围，它们或写国营大中型企业，或写一角乡镇的改革，或写家族化的个体企业，全都注重当下的生存境况和摆脱困境的奋斗，贯注着浓重的忧患意识。它们以对'现实关系'具有深刻理解（马克思）为努力目标，几乎每一部作品都包含着令人深思的问题。就'无距离的真实'这一点来看，它们与风行一时的新写实小说并无不同，但它们已不再满足于形而下的原生态描写，不再专注于一个小人物或一个小家庭的日常生存的戏剧，而是带着更强的经邦济世的色彩，着眼于国计民生的大问题和整体性的生活走向。"[1]雷达认为，一则它们共同关注其时中国重大的社会公共事件和整体性的生活走向，二则是它们与个人经验主义的"新写实"文学构成了差异。《上海文学》主编周介人在 1996 年第 8 期《上海文学·编者的话》以《现实主义再掀"冲击波"》为题予以回应。他概括"这一股现实主义冲击波"的特点是："它们对于当下转型社会现实关系独特性的揭示。它们所描写的现实关系，既不是由抽象的意识形态来勾联的，也并不降格为琐碎的个人欲望与思虑。它们所描写的现实关系本质上仍然是人与人之间的政治关系；但这种政治关系时时处处落实、渗透在经济利益关系之中。……在它们的笔下，政治关系有了与以往作品中常见的'斗争'形态与'同一'形态都并不相同的'磨合'形态。从作品中我们看到甚至'听到'了人与人之间的摩擦，听到一些美好的东西被磨损时的呻吟，同时更看到人性党性在'入世'而非'出世'的多种磨合中闪闪发光，它留给我

———————————

　　[1]　雷达，《现实主义冲击波及其局限》，《文学报》1996 年 5 月 24 日。

们的是分享一分艰难的气度与力量。"

雷达和周介人的观点颇有代表性，他们显然有针对性的批评 1989 年肇兴于《钟山》杂志的"新写实"小说。《钟山》的编辑王干称："所谓新写实小说，简单地说，就是不同于历史上已有的现实主义，也不同于现代主义'先锋派'文学，而是近几年小说创作低谷中出现的一种新的文学倾向。"其特点是"对纷纭复杂现实情状无从把握的一种逃避""灰色背景、低调叙述和感情零度"①。被冠名新写实的作家也有比较清晰的意图，他们所要规避正是一体化文学时代的"社会主义现实主义"和共产主义文艺，刘震云说："五十年代的现实主义实际上是浪漫主义，它所描写的现实生活实际在生活中是不存在的。浪漫主义在某种程度上对生活中的人起着毒化作用，让人更虚伪，不能真实地活着。"②因此，"现实主义冲击波""现实主义骑马归来"视为一剂为 90 年代初写实文学纠偏的"药方"，正是在对文学内部疏离现实主义传统的一次拨正，期待出现新的、接续传统的现实主义（而非社会主义现实主义）的归来，重建文学与社会公共事件之间的密切关联。

为何这种"现实"的呈现才被视为文学纠偏的"药方"呢？恰如贺桂梅所提示的，"这里对'现实'的指认，显然不是说 90 年代其他文化样式，如都市言情剧、商战剧、白领生活、市民情调的情景喜剧等所展现的就不是'现实'。有意味的，正是后者并不以展现'现实'作为主要的自我标榜和指认的方式"③。"现实主义冲击波"的出现、召唤和构建，本身暗

————————————————————

① 《钟山·卷首语》，1989 年第 3 期。

② 《新写实作家、评论家谈新写实》，《小说评论》1991 年第 3 期，丁永强整理。

③ 贺桂梅，《历史的幽灵——"现实主义冲击波"与社会主义经典话语的挪用》，《人文学的想象力》，河南大学出版社，2005 年，第 230 页。

示着"题材主义"始终内在于中国当代文学创作及其评价标准之中。尽管一体化文学内部有过"题材决定论"与"反题材决定论"的反复论战，随着一体化文学的不断激进，"写中心、画中心、演中心、唱中心"，成为绝对的创作方向和标准。在新时期和 80 年代，"写中心"论被宣布为极"左"文艺路线和违背艺术规律的政策，但是社会主义文学体制下约束、培养的作家潜移默化地被敦促、养成了"抓重大题材"的创作敏感。当代文学不断从一体化文学的标准条框中逃逸，但是题材主义始终内在地延续在文学体制的倡导之中，摆脱极左文艺路线严苛、单一的"中心论"规定外，关注平行的现实仍然是中国现实主义文学的首要标识，甚至是对作家与文学的总体要求与必要伦理，而且，文学呈现的现实须是具有特定含义的"现实"：事关国计民生，凝聚社会关注度，与国家政治决策相关联的包含政治、经济、社会等内容，现实主义内涵的丰富性首先被凝聚为题材的即时性及政治性。

　　李敬泽回忆《大厂》在发表之后文学场域内的反应，他有修辞选择性地描述了一个微妙的细节："那个时候，谈歌写了一个《大厂》，在读者中引起了较大反响，在我的编辑生涯中，进入 90 年代以后很少有作品像这样让人明确地感觉到它触及甚至凝聚了某种社会情绪。但热闹了一小阵忽然安静了，当然也没什么事，没有人来批评我，只是大家都不提了。但是，到了七八月份吧，这件事又被提起来，这时调子就不同了，对这个作品是肯定的。其中内情我不是很清楚。但是，你知道后来很快大规模的国企改革就启动了。"从热闹一小阵，到"大家都不提了"，忽然"调子不同了"，大概可以推断出这部发表在最受主流关注的文学刊物上的小说，因与其时重大国计民生、社会公共问题"直接"相关，既受关注又有被"批评"的危险，显然因它和其他潜在文本"大胆触及了此前完全无名、不予揭示的'社会阴暗面'：国企大中型企业的举步维艰，工人面临的生存困境，官僚阶层的贪污腐败，农民遭到的层层勒索"①，文学以"现实主义"的手法，"客观"地呈现此类矛盾纠集的"现实"，这种方式本身动摇了官方意识形态的整全叙事。尽管经济体制改革的启动发生在上世纪70年代、80年代之交，改革所造成的社会问题却始终没有成为主流文学界处理的题材范围，亦不属于文学界关注的问题视域中。一方面在论及"改革"这一重大政治问题时，稍有不慎，可能遭遇《乔厂长上任记》类似的风波②；另一方面，从李敬泽的叙述中也可以看出，至少90年代中期以来，官方意志和文学体制已经放松对具体作家、作品的管束力度，不再有运动式的惩罚、批评，而改为采用冷遇、"不提"等方式与组织讨论、媒体宣传、授予奖项甚至给出政治待遇③等褒奖激烈方式相区别。《大厂》最终获得"肯定"，应该与其符合国家启动国企改革的"调子"分不开：这篇小说主要围绕不景气的大厂厂长"当家难"来展开，尽心尽力的厂长，牵连社会各方面力量，一起与大厂共渡难关。小说的基本叙事形式是以口语对话推动情节，各个领域、阶层的人将观点、意愿、情绪，直接通过对话彼此交流、传递，李敬泽称其有一种"体验性的剧场效果，观众完全投入情境，感同身受"④。也就是说，这组现实主义小说的合法性正是建立在与"现实"、政治既亲密又危险的关

① 戴锦华，《隐形书写》，北京大学出版社，1999年，第167页。

② 徐庆全，《〈乔厂长上任记〉风波——从两封未刊信说起》，《南方周末》2007年5月17日。

③ 90年代以来，如果作家获得文学体制相应奖励的话，比如国家级文学奖项，则成为作家的"履历""政绩"，很有可能获得相应作协体制的行政及政治待遇。

④ 李敬泽，《大厂的意义》，《文艺报》1996年3月15日。

联上。

　　在大胆揭示与呈现"社会消极的阴暗面"方面，出现于90年代的、同样与文学体制密切相关的新现实主义，依然内生性延续着中国文学的"老传统"："在社会主义社会中是存在着缺点和阴暗面，我们当然不需要去掩盖这些生活中的消极的阴暗面。但是，必须看到，正是生活中新的、积极的、先进的事物才是我们社会中的主要的决定性的东西。"[1]党对文艺的指导方针的方向一直维持到当下。

　　戴锦华曾归纳90年代现实主义冲击波小说的意识形态弥合剂作用："如果说此类作品并不能成功地给出有效的社会解决方案；那么它至少将破碎、冲突的现实陈述与意识形态话语重组为一幅完整的'想象性图景'。"[2]这些文本中的"苦难的主题是直接而具体的，拯救的给出则含混和暧昧得多"，小说中，只有前半部是"现实"，呈现危机重重、艰难晦暗的客观现实，后半部为"文学"、故事、虚构，作家以文学特有的修辞和想象，为沉疴难愈的现实虚构一条想象性出路。文本中呈现的这类政治无意识，在世纪之交屡遭重提反思50—70年代中国经验学者的批评，其中重要的批评依据便是小说充当了意识形态与现实的弥合剂，忽略了贫富差异、阶级分化日益加固及扩大的社会事实。

　　与其说肯定这股"冲击波"的批评家与学者看不出这是一幅"想象性图景"，不如说90年代的论者大多有"六经注我"的阐释精神，他们在以小说文本浇胸中之块垒，并借助理论、文本建构人文领域与90年代社会现实的关系。在现代性进程的冲击下，处于急剧转型中的中国，政治变革、社会变

---

　　①　周扬，《文艺战线上的一场大辩论》，《人民日报》，2月28日，第2版。

　　②　戴锦华，《隐形书写》，北京大学出版社，1999年，第168页。

迁、文化认同的危机以及个体信念的矛盾，使得愿为"现代性未完成方案"梳理理论脉络^①、对资本主义展开批判的哈贝马斯被知识界引进中国并产生广泛影响。以"社群主义"理论分析文学问题的学者中，张颐武"社群文学"最有影响力和代表性，他对"现实主义冲击波"小说的肯定和助推依据的正是对 90 年代中国社会建立一种"社群主义"的想象："如果说，在 50—60 年代，我们曾用一种同质性的'我们'来建构文化的基础，导向了一个过于单纯的社会；而 80 年代，我们信奉'我'/'他'之间的断裂，试图建立一个'个人主体'的文化的话；那么在 90 年代，我们所需要的却是一个'我'/'你'之间的沟通与对话，是差异中的认同，是一种新的社群的意识。它会创造我们的今天与未来。"^②他甚至选出报告文学《在底层》结尾处的一句话——"从普通工人农民、厂长经理、市长省长，大家面临的生存处境的本质是一样的"来论证自己的观点，他希望在生存困境处中因文化、历史记忆特别是社会主义时期的共同性，泯去利益、观念、状态的差异去建立一种公共性。^③李敬泽强调小说在内部表现为社会的"公共空间"

───────────

① ［德］于尔根·哈贝马斯著《现代性的哲学话语》梳理了欧洲哲学史上"现代性"话语的哲学家，试图找出其中能够完成现代性方案的有益资源。

② 张颐武，《"社群意识"与新的"公共性"的创生》，《上海文学》1997 年 2 月。

③ 张颐武："第三世界的民族的'人民记忆'之中的共同的情感，任何人都无权去摧毁这一切，因为除掉了这还不完美，远非"清洁"，面临着种种问题的社群之外，我们这些普通的中国人的确再也找不到一个我们的生存的空间了。……我们必须共同生活，尽管我们的利益不同，尽管我们的观念和状态有别，但我/你之间只能建构一个新的公共性，只能相互容忍。因为挑战太严峻，因为问题太复杂，因为我们毕竟是生于斯、长于斯，有同样的语言与记忆的共同体。还有什么比这样互相关怀更有价值的呢？"《置身共同的社群之中》，《文学自由谈》1996 年第 3 期。

的缩影，代表不同社会利益的个体形成对话和交流，在对话中各方力量达到交流、让步与和解。这些都代表 90 年代学者对中国现实问题的思考，面对整个社会因为社会成员基本上龟缩于小我之中，显得公共空间严重发育不全的现实，学者寄希望于文学能够参与想象、呈现、建构一种理想的社会公共性，而90 年代改革的困境，被论者视为一次达成社会各阶层得以同舟共济的历史契机。

时隔多年，李敬泽承认现实主义冲击波并不是现实主义的一次理想的"达成"，他很清楚其中的限度：

> 实际上，在发表了《年前年后》《大厂》之后，包括看了《分享艰难》，我并不认为这是一个"现实主义"的理想状态，或者说，我感到需要谈谈我所理解的"现实主义"，于是，就以《人民文学》编者的身份写了那篇东西。那与其说是一个"方案"，不如说是"理想"。从理论批评的角度，我当然意识到"分享艰难"隐含的限度，而作为编辑，我当然也有足够的现实感，一个编辑最根本的现实感就是你无法让刊物停下来等待理想中的作品出现，你要一步不停地向前走，同时让前方敞开，迎接各种各样的可能性。实际上，就在那时，90 年代中期，我发了诸如孙春平的《叹息医巫闾》、白连春的《拯救父亲》这样的作品，这是当时我们特别留意的一个方向，实际上就是后来的"底层写作"，但是我对"底层写作"这样的命名始终有所保留。包括曹征路早期的作品，当时看出了这是左翼传统的复活，然后也发。我想，这是向着某个理想作品行进，也是一个时期、一个时代的作家从四面八方向着"现实"的围猎，得其鹿者

也不一定就是某个作家，这是一个社会对自身的认识过程。①

李敬泽看来，文学甚至不是向着"现实"围猎之中的"得鹿者"。然而，这组小说毕竟是以文学的方式向"现实"提问，将"锅盖揭开"，让改革中的问题呈现出来。90年代的"现实"并没有任何固定的答案或现成的本质提供给文学，各种不同的力量——国家、外资企业、中央、地方、企业、工人、农民、知识分子，剧烈分化的中国社会里，这些社会力量在天差地别或偶然共同的利益驱动下，彼此剧烈冲突抑或共谋合作，在某种新的组合与重构过程中，形成了各式各样奇异的相互借重与"和谐"共生的"现实关系"。90年代现实主义文学的倡导者期待、召唤的现实主义的理想状态，正是这样一种将复杂的社会力量关系呈现出来，这反而需要文学规避、弱化单一意识形态的本质固化力量——也许，这就是"90年代式的关联"。

三、暧昧中的光，一些后见之明

50—70年代，现实主义文学绘构了社会主义中国最初的蓝图和理想图，数十年后，一种新现实主义文学把握中国改革社会转型的历史过程，不仅标志着经济形态的转化，而且也是一个政治、社会、文化去阶级政治化的过程，意味着以阶级为中心的政治正义观的瓦解。

然而，面对文本时，我无法忽略一种模糊而不失真切的感触。这组小说中的主人公虽然不是理论视域下关注的工人阶

---

① 李敬泽、李蔚超，《历史之维中的文学，及现实的历史内涵——对话李敬泽》，《小说评论》2018年第3期。

级、农民阶级，虽然这组小说不再站在工人、农民或曰"底层"的视角和立场上，选取的叙事出发点是 90 年代改革之中国家与人民中间的"权力末梢"，他们是工厂厂长、车间主任、乡镇干部、县市市长，他们是国家改革政策的执行者，他们必须面对改革中震荡的工人、农民——人民和他们的基本诉求。他们不是"乔厂长"开拓者家族中的改革者，因此，他们对于改革的原因和进程感到困惑迷惘，他们也不是改革的受益者，在任何意义上，他们绝非工人阶级对立的资本家和剥削者，将艰难转嫁于人民绝非他们所愿，他们捉襟见肘、左支右绌，便是为了解决人的困境，因此，这些文本才会凝练出各个基层共同"分享艰难"的时代主题。如果我能够形成一种历史的后见之明的话，至少我看到了中国改革道路不同于西方资本主义的特征，譬如刘醒龙《分享艰难》中的乡镇书记孔太平，他心思缜密，世事练达，醉心仕途，但他仍然以"灰色的"行政手段"劫富济贫"，让乡镇企业与农民、乡村教师"分享艰难"。这些小说呈现出 90 年代社会十分模糊、十足暧昧的自我认识。

　　文学中的现实主义之所以能承担如此伦理职责，这与其被给定的伦理责任，以及其固有的常规手法不无关联。在所有的新现实主义小说中，包含有时间政治的怀旧式感伤，有期盼于例外状态下各个阶级之间互相支持、共克时艰的民主信念，有对集体主义时代德性尊严的颂扬和留恋，有对 90 年代社会风尚的反思与批判，当然更多的是现实主义给定的对现实的直接呈现手法，真切留存了 90 年代的现象、现实以及社会心态和作家及书写对象的情感结构。然而，尽管种种思想、观念和情感十分混杂地在文本中纠结、缠绕、叠列，但是，所有的小说都指向对未来的乐观和对改革前景的信任，相信现代化政治的未来意味着光明，激切盼望危机的度过与正当状态的回归，这也揭示出中国当代文学中的现实主义内在裹挟的"现代性""线性"特质。而这一切，都是 1990 年代中国文学的现实主义在种种限度中一定程度实现"达成"的理由。

原载《广州文艺》2019 年 3 月刊

歧见、困境、变革

——关于文学与生活问题

在中国，"生活"用于文学批评和文学理论，是常识术语，也是酸碱度试纸，如何谈论文学与生活的关联，联系着作家的阅读、师承、谱系、文学观念等问题。关于文学与生活之关系的阐释，带出的是中国文学观念的分歧与历史的"断裂"。

歧　见

因工作之便，我有过一些机会听作家谈论文学与生活的话题，亦有意观察文学界对"生活"的讨论，率尔论之，大概有四种具代表性的理解方式。

1. "我的生活难道不是生活吗？"这种说法意在强调个人生活、日常生活的合法性。看似理直气壮的反问，实有纠偏、缓和文学观念激进化的历史功用，自新时期至今的文学界，这种说法都颇有号召力。曾经的社会主义文艺倡导本质化和理想化的"生活"，使生活接近于"概念"和抽象，似乎远离了现实而具体的生活，这成为新时期以后文学界对"生活源泉说"的主要批判依据。然而，我们不得不看到"个人"合法性的确立与日益膨胀，在创立了一些新的美学原则之后，面临着越来越多的窘境。80年代李泽厚式的宏大主体所召回的"大写的

人"，在与社会文化状况相龃龉之后，又化身90年代文学中
"小写的人"，一个个肉身而具体的"个人"，文学据个人生存
实在经验而敷衍描述。正如张颐武所言："这种经验不是一种
对于现实的彻底反抗，而是同现实世界的一种辩证关系的获
得。"① 个人的经验，人与社会的关系逐渐凝练成中产阶级座
右铭："现世安稳，岁月静好。"

今天，在庞大的城市中产的想象中，日常生活的欲望逐渐
合法而高尚，乃是生活的目标之一。在现代性的宏伟叙事中被
忽略和压抑的日常生活趣味变成了文学想象的中心，主导了新
的文学想象。日常生活是围绕消费中心的。在消费中，个人才
能够发现自己，彰显个体生命。于是，城市中产阶级的价值
观、审美趣味、想象能力，越来越制衡着文学的限度，70后、
80后作家大多拥有大学学历，聚居在二线以上的城市中，当
他们越来越中产阶级化时，他们"个人"的生活，总体而言，
也是通常批评界所说的被消费悄然主宰的"同质化"生活。于
是，那些并不占少数的底层生活变得模糊而不可见，正如社会
顶层神秘的自我隐形，文学只能在已知的范围内，做一些小规
模的内容和形式的探索，如此一来，我们有了耳熟能详的抱
怨——"生活的丰富超过我们的想象"。

2. "生活太庞大，超越作家的想象力，现实太驳杂，我无
法把握。"或者，"我不能写我的生活，我身在其中无法剥离
复杂的情感"。听上去有主动示弱意味的观点，固然是作家坦
诚地对个人才具进行自我认定，然而，示弱之后，有的作家索
性走向"生活在别处"的选择——有时编辑与批评家会对有珍
贵的生活经验的作家提出"一厢情愿"的要求：为什么不写写
你的生活呢？除去作家的个人选择和对素材的价值判断外，这

————————————

① 张颐武，《日常生活平庸性的回应——"新世纪文学"的一个侧
面》，《河北学刊》2006年第4期。

里包含着文学"可写性"的难题。德里达认为，文学中"绝对的独特性"根本无法供人阅读，"要变成可读的，它就必须被分割了去加入与归属。然后，它被分割了并在体裁、风格、环境、意义的概念通则中担起它的角色。它为了提供自己而失去自己"①。因此，每一种被纳入文学"可写"范围的和题材，其独特性与创新性一定是编织在既有文学经验之中的。反过来说，作家们选择"可写"对象，攫取"生活"素材时，多少受到既有文学经验和传统的影响与暗示，因此，文学史才会为一个新的人物形象的成功塑造而雀跃。因此，真正突破"可写性"束缚，需要作家极高超的认识"生活"的能力，以及艺术的创造力和想象力。

　　有时，作家又会走向虚构和想象乃是文学之最上乘的自我辩护。虚构与想象的重要性不必一再重申，然而，据何加以想象，因何而虚构，能指的狂欢舞动，所指指向何处决定了虚构和想象的意义。有时，有意书写现实作家倾向于采用寓言的方式，将一些庞大、驳杂、具体的现实与生活抽离出来，凝练为一些文学意象和小说情节。寓言小说既要求想象力和虚构能力，同时也需要对隐喻对象全面了解和把握，才能获得隐喻的深刻揭示和呈现。乔治·奥威尔被视作寓言小说的大师，而李零在《读〈动物农场〉》里详尽地考证了乔治·奥威尔小说中每个动物、角色对应的隐喻对象，以及《1984》他如何依据联共运史悲壮地寓言了未来世界②，读过之后，我对作家和批评家同时产生了敬意。然而，寓言小说借小喻大、借此喻彼，一旦做得不好很容易以小替大、以此代彼，忽略问题的复杂

　　① 雅克·德里达，《文学行动》，赵兴国等译，中国社会科学出版社，2000年，第34页。

　　② 李零，《读〈动物农场〉》（一）、（二）、（三）《鸟儿歌唱——二十世纪猛回头》，北京大学出版社，2015年，第3—56页。

性。贾平凹善用这种文学手法，他的《秦腔》《极花》寓言式地为中国乡土社会悲唱挽歌，小说中刻意描摹的乡村物象就是高度凝练和提纯而成的，他有意选择的语言格调和叙事氛围指向对乡土命运的判断——消逝的秦腔是渐次"消亡"的乡土文明的象征，极花与蝴蝶（胡蝶）隐喻一种脱胎换骨的蜕变。然而一旦作家缺乏对现实中各种因素背后的关系和力量的把握和判断，高明的文学手法反而造就粗陋的表征过程，凝练的寓意只会遗漏大量复杂的具体，这些疏漏都与作家对书写对象难以形成整体把握有关。恰如林岗谈论《白鹿原》所流露的担忧一样，作家"如果笔下描绘中国乡村传统的衰落而缺乏大历史的眼光，就只能让故事停止在挽歌的水准"①，再哀感顽艳的挽歌，也不过是助人哀叹，发发牢骚，生生感伤，也就罢了。

3. "半个世纪前的话题是不是太陈旧了？国外早就不玩这些了。"这是现代派、后现代派（在中国语境下的先锋小说的拥趸）对现实主义各个流派、潮流、现象表现出的美学傲慢，譬如写实主义、底层文学，文学性一面高举起的旗帜——特定的、有所指的文学性。持此观念打量文学史的话，19世纪批判现实主义文学是芜杂和不节制的，50—70年代长篇小说是政治意图的文学图解，新写实主义和底层写作是较低等的世俗小说，于是，我们会撞见文学史上如何评价《平凡的世界》的尴尬。中国作家们普遍树立的文学之神是博尔赫斯、卡夫卡、卡尔维诺、马尔克斯这些在西方评奖体系中被认可的作家，80年代以后的中国作家各取所需地从这些外国人那里汲取了滋养，技巧、形式与对象选择，不一而足。"国外"、翻译文学、外国作家不是不言自明地专指某个体系认可的作家，而是由特定的意识形态和价值判断决定的，正如林纾与鲁迅，选择了完

① 林岗，《在两种小说传统之间——读〈白鹿原〉》，《小说评论》2016年第3期。

全不同的翻译对象，欧洲的——还是俄国与其他落后民族国家的文学。因此，如何建立文学谱系，选择文学路径，决定权并不在"国外"风向标，而在于我们自身的目标，学俄还是学欧，同样是政治性的文学问题。

　　4."一味强调写什么重要，好像怎么写，艺术性就可以第二性。"这是一种意气式地辩白。写什么重要，一种充满想象力的艺术形式来安置、叙述故事当然同样重要，这是写作的第一步和第二步，只有先后而没有绝对主次。当代作家不乏有"创世"的志气的尝试和努力，可是，站在批评作家艺术上粗糙"创世"立场的批评界，有时不免流露出一种对宏大的"野心"的排斥感，但是，问题不在于"创世"的宏大决心，而是艺术形式的有效性与完成度。

变　革

　　日常读书时，我偶然会看见史书上记录的里程碑式的艺术事件，一部艺术作品的诞生和传播，引发了一个时代文学艺术观念的变革，甚至让历史发展方向发生根本转变。在好奇中，我想象、还原着那样的历史场景，也暗自期待着中国文学能产生一种深刻的变革。90年代以后，电视剧、电影、港台通俗文学等大众文化门类，代替了"王者不再荣耀"的严肃文学，它们参与组织塑造着中国人的精神生活，可是，当更多样的大众文化在多重市场、多来源资本的操纵下，在各类新型媒介上委曲形变时，其商品特性渐渐遮蔽、挤压了文化特性中消遣娱乐以外的面向，或许没有什么例子比网络文学在资本入场后迅速丧失优质的原创活力更有代表性了。新世纪以来，呼吁文学变革的声音从未中断。文学能否尽可能游离于资本规则之外，打破不适宜的文学观念和秩序，提供当代中国人想象现实和未来的依据与力量，这是文学中人的期许和焦虑。作家"一人、一桌、一椅"的独立劳动，固然有着本雅明"作为生产者"的意义，但是，它与社会大生产式的影视剧制作、网站经营、动漫游戏的"产业"相比，毕竟是较为远离资本的直接干预，以一人之力去创造、寓言、撬动甚至影响世界，是一项豪气干云而又遍地荆棘的事。由此，我也尝试思考文学变革的可能性：

1. 重启另外的文学资源和文学传统。90年代至今，一部分批评家在谈问题和实践时，仍然倡导着表达现实和书写社会"生活"的向度。翻阅90年代以来的《人民文学》杂志，一方面，在重大政治、社会事件发生时，刊物都会开设专栏、发表特定题材作品等方式同步呼应着社会"生活"；另一方面，编辑们一再呼唤作家行动起来，去开阔更深广的生活领域，在新世纪初，《人民文学》的编辑们曾亲自出马，在北京采访调研，撰写纪实文学，发表在自己的刊物上。此外，刊物开设《心灵史与风俗史》《特稿》《新散文》《非虚构》等栏目，呼请作家走出书斋，了解、书写丰富、驳杂、变动的社会生活。然而，与此同时，文学场中的批评与媒体宣传在阅读资方面的倡导，使得《人民文学》式的呼吁显得势单力孤。

在第九届茅盾文学奖颁奖典礼上的领奖词中，学院出身的作家格非向历史中的长篇小说遥致以敬意，他提到茅盾、巴金、李劼人，"四大奇书"直到《史记》，他并不意外地跨过了柳青、周立波和"三红一创""青山保林"，即便作家私下阅读这些曾经的"红色经典"，对外则保持秘而不宣的话，并不公开宣称同样是一种态度的声明。

不难发现，在"弘扬中华美学精神"和古典文化热的今天，小说家们越来越愿意回到古典白话小说去寻找补给资源，格非寻到了历史轮回的"春"与"梦"，然而，历史的动力仍然被他归结为人的无意识和本能欲望，欲望的历史被披上一袭后现代式华美古典的外衣。年青一代的作家中，葛亮《北鸢》得民国遗老遗少之审美趣味，付秀莹《陌上》得《金瓶梅》的妻妾争风、《红楼梦》的姑嫂勃豀——总之，一派清平富贵的气象。假如说，回到中国古典文化内部寻找文化自觉和文化自信，是崛起的中国内在的政治文化需要的话，那么，面对庞大的古典文化，选取什么，化为己用的方式是什么，抱持的文化判断是什么，取决于今天作家的情感结构，认同权力者书写帝王将相和"屏雀中选"的故事，认同乡贤和乡建道路的人描绘传统乡土的田园牧歌……

　　如果说重提深入生活的意义，是重启中国文学中面向人民和多数人的传统，我们要重读、研究和思考那些曾经深入生活、试图整体性把握中国社会的文学典范，比如赵树理的小说，柳青的《创业史》或草明写工厂和工人的小说，等等。很多时候，我们需要他山之石来敲碎我们头脑中某种文学判断的硬壳，我们才发现土掉渣的山药蛋赵树理在竹内好眼中是新颖的，赵树理曾经提供了一种新颖的文学想象方式、一种新颖的"文学性"语言、一种新颖的文化与政治的"民族形式"[①]。所以，跨学术和批评界的学者李云雷生发感慨，对于中外学术界和思想界关注的文学史热点作家，以及关注这些作家的角度和方法，正在写作的中国作家们既不熟悉，也很漠然[②]。我们那些曾经走向大多数人，关注他们，表达他们，为中国的现实和未来贡献某种意义上的思考的文学，我们需要用另外的眼光去打量和思考他们，而不是仅仅用一种特定的、习焉不察的"文学性"标准。如果说"社会主义中国的历史既是遗产又是债务

────────────────────

　　① 贺桂梅，《村庄里的中国：赵树理与〈三里湾〉》，《文学评论》2016 年第 1 期。

　　② 李云雷，《"新社会主义文学"的可能性及其探索——读刘继明的〈人境〉》，《当代作家评论》2017 年第 3 期。

尚待处理"（戴锦华语）的话，文学同样。

2.尝试新的文学工作方法。2010年，非虚构写作在中国被郑重提出并倡导，彼时倡导者并未给予准确的规划，而是想重建作家现实责任感和行动力，让作家们跑马圈地，尽可能创新实践。随后就有学者表达了非虚构这个舶来品不知是"面对真实还是面对文学"[①]的担忧。在我看来，单提非虚构的概念，不谈具体工作方法，只是让原本的纪实文学、报告文学、散文、特稿写作等文类多了一个洋气十足的悦耳名字，跨界可能变成混搭和混战，譬如非虚构在社会层面的关注度是在媒体之上，越来越多的"GQ式"特稿写作，在既有的媒体采访的方式下，将文字包装成了消费性十足的、精致而小资的风格。因此，我们是否在提倡非虚构开放性和行动力之外，也注重倡导新的工作方法，譬如社会学田野调查的方法，以及文化研究的方法——这是冷战结束后，人文社科学界开创的打开和重组既有知识体系的方法，包括借鉴和使用大数据等等。

另外，文学观察和思考社会生活的筑基点可否放置在更大的视域之中。今天，"中国学"逐渐成为一门显学，有国际影响力的中国学者都在与美国主导的海外汉学（Chinese Studies）的对话中呼应着世界的疑问，他们以"中国"为出发点和本位，从历史、政治、经济、文化等各个方面将"中国"理论化，研究和思考中国道路和中国经验的特殊性。资本经营者也在讲"大故事"，把人工智能、生物基因工程、物联网等等关涉人类未来整体命运的话题，包裹在自己的产品和品牌的经营之中。如果我们的严肃文学继续拒绝整体性思考中国和"生活"，我们很难改变文学的困窘状态。

3.作为合力的文学。1961年，柳青曾在一次演讲中谈到

————————————————

　　① 李德南，《非虚构：面对真实还是面对文学？》，《文学报》2014年12月11日。

作家要进三所学校，即生活的学校、政治的学校和艺术的学校。十分尊敬柳青的陈忠实几次说起"三所学校"对自己的启发。柳青所说的"生活"，是广泛的社会生活，是社会各阶层人以及他们的生产、生活、关联，在他看来，走进"生活学校"，是中国知识分子渴望摆脱小资情调、弃绝感伤情绪所走的思想"改造"之路，是通过拥有深厚的社会生活积淀创造出伟大之作的必由之路。"政治"，我们不能理解为权力"宫斗"、权谋之术或厚黑学，而是更具普遍性的涉及不同利益和价值冲突的。正如朗西埃定义"政治"是发生在谁说话与谁不说话之间，以及什么只能被当作痛苦的呻吟，而什么则必须作为正义的论证来听之间的冲突。"艺术"，则包括文学语言、叙述、结构乃至想象空间等。在今天看来，柳青的"三所学校"说仍然是可行的方案，是一种面对中国文学问题的方案，我们谈文学与生活，同时仍有另外两个不可忽视的向度。

　　三十年的新文学塑造和养就了今天中国的文学方式和样态，而整体性的变革，可能需要一代人来持之以恒地思考、呼唤、实践。

原载《文艺报》2017 年 7 月 17 日，

原题为《歧见纷呈的"生活"》

新的可能：院墙之外与媒体之下

　　"批评行业的诞生是因为诞生了十九世纪之前不曾存在的另外两个行业，即教授行业和记者行业。"法国人阿贝尔·蒂伯代将文学批评视作 19 世纪的产物。他在 1922 年作了六次有关文学批评的讲演，结集而成一本小册子《批评生理学》，他分批评为三类：报刊记者的"自发的批评"，以大学教授为主的"职业批评"和出自作家的"大师的批评"。蒂伯代于上世纪初的观点，我们今天听来并不陌生，我们所说的"媒体批评"与"学院批评"很像从他那里拿来的，或许正如贺桂梅的考证，1989 年译入国内的这本书，在某种程度上暗示并启发了 90 年代中国文学批评界的划分和界定。

　　90 年代初，王宁、杨匡汉、谢冕、陈平原等学者先后提出了"学院批评"的设想主张，他们期冀文学批评作为一种学术生产具有自律、独立和非政治的秉性，既摆脱传统意义上国家意识形态的政治约束，又远离 90 年代拔地而起的市场喧嚣。无论是学院内关于学术史、学术规范和文学史的热烈讨论，还是大量的西方理论引进、翻译、阐释和移用，90 年代之后，伴随着中国大学制度的日益完善，"学院批评"成为当代文学研究和批评的主流。我们如若不通过文字尝试回到 90 年代的起始处，就无法理解那一代学者的选择，无法体认汪晖所言"必要的沉默"与"理性的激情"。

　　然而，任何一种文化主张，若不在小心翼翼的历史化和自反式思考中展开，便容易转为过犹不及的文化策略。在 90 年代的文化语境中，"学院批评"所饱受的质疑和指摘大概朝向两重困境，一则是作为舶来品的西洋理论的在地适用度，二则是理论话语与文学审美、直观阅读经验的隔阂。二十多年后的今天，"学院批评"越来越显露出 90 年代始料未及的缺憾。很难说任何一种研究和批评是"非政治的"，如果说"一体化"文学的批评的政治性是"非黑即白"、宣布非法的批判，试图"非政治"的学院依然难以摆脱体制以另外的方式所施与的影响，何况，恰如施米特所说："将自己的对手定为政治的，而将自己定为非政治的（即科学的、公正的、客观的、无党派性的等等）这种做法，事实上是一种典型而非常有效的从事政治的方式。"政治的概念和内涵需要不断历史化和再阐释。需要注意的是，"去政治化"的主张影响着学院内外的文学批评，有意无意之间，被放逐的政治与意识形态只是窄化的理解与记忆，文学批评同样放逐的是探究鲍德里亚不算新奇的提法——"意识形态腹语术"（《生产之境》），他指的是意识形态表面并不直接言说或强制观众接受，但实质上却如此，成功的意识形态是掩藏起了言说的机制和行为，成为某种不被感知的讲述和言说。也就是说，任何一个文本都是包含着某种、不止一种的意识形态，放逐对其关注和探讨的结果，是文学批评越来越放逐对变动不居的现实的参与感，以及应有的反身作用于作家和文学之上的力量。

　　更大的难局是批评的接受向度。文学批评者在学院训练中获得完全自足的理论阐释时，却常难于将文学审美、现实体验等感性因素纳入其中；而丧失可感性的文学批评，也就势必失去了批评作为连接作者、作品与读者桥梁的作用。哪怕思想的行走是渐次向下沉淀的旅程，我们也不得不意识到，年青一代的学院研究者、文学体制的工作者、文学编辑、批评家甚至作家（尤其 80 后、90 后作家）大多都是从学院中走出来的，我们的思维方式是越来越坚固的"学院式"的，那么，我们如何面对那些现成话语无法覆盖的对象和问题？又如何在既定理论框架之外思考问题？文学编辑出身的批评家李敬泽遇到新鲜的作家或作品时，发现了既定批评话语的格格不入——用他的话说，那是文学让批评家们"沉默的地带"，老虎吃天，无处下口。与精研中国传统批评的现代学者一样，因与个人审美和心性的洽切，李敬泽欣然接纳了传统批评的思维方式。

传统批评精神的现代转换，是学界多年探求和争论的命题。中国传统批评的泛整体性思维特征，它倚重于整体的、模糊的、具象的、隐喻的描述性把握。在中国古代文人的观念中，文章至美至妙之处是无可言说的，在那里，老庄哲学发挥了原初的启示意义——"大音希声，大象无形"，于是，古人评点艺术的高低，最高超绝妙之境界一定是不可言说的。至高至妙的美，不可言说不意味着一种虚无的不可知论，而是不便以语言和理性加以分析和阐释，而是忧虑过分理性分析会破坏以语言构筑的完整艺术世界。那么，批评者会心即意，寥寥数语，引得读者心领神会，便完成了批评的全部过程。这种企盼心与心跨越媒介的递减效应而直接传递艺术讯息的方式，在中国传统文论中俯拾皆是，古人大多抱着"虽不能至，心向往之"的看法。在古人那里，言意关系之不妥帖，言之害意，不要说论者的多语，即便是作者自身，尚且忧惧语言折损了天地之间的真理性"道"的存在。然而，艺术的机心相通是需要一些前提的，传递首先是在分享共同阅读、价值、审美和趣味的士子文人之间的，征夫思妇，贩夫走卒，大概难以领会。依赖印刷媒介而兴起的现代文学无疑是有大众性的，当我们认可批评仍然有连接读者和作者的作用时，我们不得不寻找使超过传统批评指向对象的大多数读者机心焕发的方式。

同样有趣的是，批评界的朋友见面时的寒暄，免不了玩笑一句，最近在朋友圈拜读了你的文章哦。批评文章与文学新闻、话题一样，正越来越依赖于"公众号""朋友圈"的传播，批评文章是庞大浩荡的网络信息量的细小直流。文学批评、文化出版、话题讨论、会议活动等一系列文化实践问题，在某种程度上是被不同层次的媒体组织和推动的，正如我们的舆论热点、大众兴趣、知识获取大多来自媒体一样。于是，文化界关于文化问题的讨论变得越来越"即时性"，一部新作品问世后，在一段时间内大家都来即兴谈论，热度过后，可能再不会有人愿意去谈这些问题，谈论会显得十足过时，而自媒体的特性是拒绝深度模式的讨论，因而，由媒体主导的文艺批评越来越即时性、话题性、时尚性。那么，批评最多是由生产到消费不可缺少（或可有可无）的步骤——一个生产线或链式反应中的环节，从业者自然会产生依附感和被牵着赶路的疲惫——过分忙碌充实的批评家们的怨声载道，自何时起，我们就没了主动为作家、作品或现象行文批评的热情呢？尚且不必说，各个层次媒体背后的资本以及其他力量的左右，这些都使得批评者无法真正自主或独立地实践批评，这也许是批评饱受浮皮潦草、语焉不详、左右逢源的诟病的结构性因素。

事实上，"纯文学"和学院批评不无巧合地选择了相似的"自律""独立"的姿态，当然问题从不会纯粹单一，在复杂合力的文学场上，文学越来越远离了红尘滚滚和红尘中的面目"模糊"的人群，越来越失去了参与公共事务和形塑精神世界的愿望——以及那种艺术能力。这从来不是中国文学的伦理意义。今天的中国人仍然渴求一种解释、表达、抒情和故事去安放自己的焦虑和愿景，不断上升的电影票房数字，网络文学数以亿计的点击量，连带文学界呼唤的"中国故事"，这些文化现象表征的正是社会心理中暗流涌动的诉求。文学批评如何连接读者和作者，如何用一种中西结合也好，回到传统找寻与现代对话的路径也好，以便唤起读者心中文学艺术有所触动却难以言说的部分，以及助使文学参与现实和精神的建构；院墙之外，媒体牵引之外，文学批评者如何找到更具有开放性的方式，保持思想主体真正的"独立"，同时面向广大人群，是我们需要思考的重大命题。

原载《文艺报》2017 年 7 月 5 日

今天，怎样讲那过去的事情给你听

日本侵略者，曾是新中国文艺中再清晰不过的民族公敌形象。然而，上世纪 80 年代，急于融入"世界"、追赶现代化进程的中国，在民族公敌的文化想象之外，平添了"将日本定义为现代 / 西方文明及日本民族精神及东方文化完满结合的范本"的"日本神话"①。1999 年，戴锦华充满洞见地对"新时期中国文化中的日本想象"展开描述，她如此准确地勾勒了"日本想象"的复杂和多层性：

"日本，在新时期中国的文化建构中，占据着一个重要而尴尬的位置——一种极为繁复的情结，一处年代久远却依然作痛的伤口，一个重要的、缺席的在场者的角色。"她分析了80 年代"人道主义的名义"之下，一批文学电影作品出现了"关于昔日日本占领军的深切忏悔，更为典型的则是情感充裕地书写战争浩劫下的个人（中国人和日本人）的苦难"，并且流露出对"同为受害者"的日本人"一份宽宏与歉疚之情"。目的含混的"歉疚"，受侵略方对侵略者的主动宽宥，连带着不时出现的日本右翼的新闻传播，势必牵动着未曾痊愈的民族情感"伤口"，"新时期中国的日本想象"，构造并显影了中国

————————

① 戴锦华，《情结、伤口与镜中之像：新时期中国文化中的日本想象》，《昨日之岛》，第 161 页。

面对日本极端复杂的文化心理。

时隔二十年，中国的日本情结是否解开？民族伤口可有痊愈？中国能否不再自镜中他者的眼光打量自我？来自戴锦华的启示，是我思考当代文学中的日本话题的出发点。

近几年，重要的儿童文学作家先后推出了以抗日战争为背景的长篇小说，出版机构也在促成抗战系列小说的创作，新一轮"抗日战争儿童文学热"值得我们探思。儿童文学的特质——早于任何史笔的针砭与彪炳，儿童天然的弱小和纯美便宣判了一切战争的残酷与不义，"战争儿童文学"在各国的文学中都有荡气回肠、忧伤哀艳的作品存世。浴火重生的中国自不例外，"日本侵华战争"的中国儿童小说自上世纪三四十年代起自成一脉，绵延至今。而儿童文学携带的大众文化的社会属性——拥有庞大的少儿读者群，肩负着不容推辞的教育伦理，因此，儿童文学所包含的文学观、价值观、意识形态更主流而趋近保守，就是说，它较少冒犯常识或批判通行价值观，其柔曲、亲切的姿态，更易被大多数所接受。因而，儿童文学中更易观察到深潜而游弋的社会文化心理。

我选择了影响广泛、不同代际的儿童作家的作品为对象——曹文轩《火印》、李东华《少年的荣耀》、史雷《将军胡同》和左昡《纸飞机》，考察今天的中国儿童文学作家，如何讲述 20 世纪关乎民族命运的"那过去的事情"。

历史、旧时光、故事场？

侵华战争似乎早已内涵为中国人的社会统识，在几部小说中，从天而降的日本鬼子成为开启时光隧道、将故事嵌入特定历史的叙事节点。

《火印》的主角是一匹骏马，曹文轩赋予它人格，这匹神

骏的白马，被掠夺、遭暴力驯化、被迫母子分离，白马遭受了
战后心理创伤，终于发愤抗争并实施复仇。故事的走向有些令
人始料未及：这匹"马"，被赋予了战争中由屈辱到反抗的命
运与品格，在结尾处，也正是这匹马而非少年或中国士兵，最
终迫使罪魁日本将领坠崖而亡。我说"始料未及"，是源于骏
马角色转向的突然。小说伊始，小说的叙事大多从少年坡娃的
视角而出，骏马本是少年人情谊深重的对象，一个典型的爱欲
客体，小说叙事逻辑原本坐落痛失骏马而体悟侵略的不义、日
军的残暴的少年，终于奋起反抗之上。然而，故事行进至中
途，骏马忽然被压上不容推卸的"大义"，少年则失去了抗争
的主动，沦为复仇的"见证者"，在篇幅不长的小说里，骏马
由爱欲客体到主体的转圜，我们的情感认同从少年到骏马的过
渡，留下了许多富有意味的、暧昧的、不甚自洽的裂隙与抵
牾。也许，《火印》最初的意旨在于以更宽泛的人性的名义示
范超越战争、超越人类一己的爱，这本是曹文轩儿童文学中最
动人的特质。在我看来，小说不完备的形式并不能洽切地处理
那段历史的特殊经验，于是，历史仅仅成为考验人性与爱的空
间。然而，当与抗日战争这样的历史时刻相遇时，"那依然作
痛的伤口"与无法脱离的民族感情，以更内化而微妙的方式催
迫作家做出左支右绌的选择：人物必须要站起来抵抗！可是，
爱马的日本军官和为寻找马驹而死的日本少年，远称不上十恶
不赦，至多是因人性中的"执念"而"不乏歉意"地掠夺了他
人的所有物；作为客体的骏马，忽然便富有了主体性和抗争主
动，这种转化的内在动力，作者并没有给予十分有效力的交代
和铺垫，原本应获得我们全部情感体认的反抗和复仇部分，便
显得牵强无力。

　　无须拿《四世同堂》为证，我们即可辨认出，以日军占领
北平为背景、小说空间置于北平胡同中的《将军胡同》与我们

文化统识的差异。小说中，日据时期的北平胡同，不见战火、饥馁、杀戮，就连占领下的恐慌与焦虑也十分罕见。小说始于"姥爷的六十大寿"，院内搭起幕布，皮影戏正开唱，八岁的主人公"我"急忙去看二舅的鸽。我一度以为这是"渔阳鼙鼓动地来"般的序幕，然而，自始至终，《霓裳羽衣曲》，迟迟未惊破。斗蛐蛐、养鸽、看猴、玩蝈蝈葫芦……小说叙事迷醉地萦绕于独具北京风情的游戏、饮食、习俗，风俗描摹串联起人物的日常。死亡不可避免地降临（"我"的玩伴秀儿的父亲死于日本制铁所），然而紧随死亡而来的章节，是颇富有北京民俗风味的放风筝（"雏雀儿"）和探讨《相狗经》的情节。小说有些怪诞地终结于一场华丽、复古意味十足的"大清国三等奉国将军"的葬礼。亦不必对比邓友梅的《那五》，我们即可质疑，历经了中华民国二十载的北平汉族知识家庭，是否会"按照《大清会典》规定"为一位死于日本枪弹下的义士举行葬礼——纵使有，这种情况有多大偶然性。

小说的附录，题为《〈将军胡同〉名物考》，它部分解答了我对小说的疑问。这份附录翔实考证了小说每章中的"物"的历史，这恰好对应了这本书的评价，对其认可大多聚焦在其对北京风物节令的耐心展现上。因而，与其说，《将军胡同》"考古癖"式的书写联系着日据北平的历史，不如说这是一场通过讲一段过去的故事、描摹曾经的"风物"而塑造的怀旧情思。20世纪末至今，怀旧始终是城市小资们迷恋、热衷、消费的格调。通过对往昔社会"物"的复制，怀旧勾画着怅然回首的世界，营造着某种未曾存在过的、氤氲迷人气韵的想象的氛围。然而，战争，始终是血污泼洒、惨绝人寰的历史，它并不能提供一处静好宁谧的岁月——即便有，也是属于少数人的，为何人们可以欣然接受停摆于此的"怀旧"呢？是因为当初的少数变成了今天的多数，怀旧所依托的情感结构更易接受

吗？城市中产无疑是今天文化产品的消费者，在我看来，消费
期待又反身限定了文化想象：于是，少数人的命运，被向往，
被选择，被拥抱，被一厢情愿地置换为多数或普遍。在同样包
含城市平民与八旗贵族文化的胡同岁月中，以中产家庭为主的
读者对象，单单为"将军胡同"的"旧时光"所倾倒，也许这
本没什么好稀奇的。

岁月静好，战争的反面？

　　顺着属于中产读者的审美目光，我并不惊诧地在几部历史
小说中读到了"岁月静好，现世安稳"的意味。几部小说不约
而同地选择了相近的叙述模式：在日本人进村与城之前，"那
里"是一片古典、优美、农耕文明的乡村或桃源，孩子们由
日军占领区域逃至暂时的桃源，那里依然静好而安稳。四部
小说隐约发出近似的感慨：如果日本人不来，我们的日子多么
好──这与我们对现代中国"半封建半殖民地"的基本理解显
然有出入。几部小说承袭了现代文学中"风俗志"一脉，他们
笔下的生活场景风物各具特色，描写的儿童的游戏、乐趣别具
一格，由此获得了"中国式童年"的命名和认可，《少年的荣
耀》善着墨于乡村劳动，《纸飞机》兴味盎然地写着"舌尖上
的重庆"，《将军胡同》考据般再现老北京"玩意儿"，《火印》
里有草原少年牧羊跑马的英姿。

　　无论如何，作家敏锐的历史意识和尝试建立历史感的努力
无须置疑。李东华谈到她创作缘起于对父辈亲族历史遭际的
感触和据此所做的家族考、地方志调查，呈现在小说中则是
真实可感的乡村生活。生于北京的史雷和生于重庆的左昡则
尝试通过文献和亲历者访谈，去还原一地一时的人的际遇命
运，建立个体与国家民族的关联，他们也有意识地要带动他们

的读者走进那一段国族历史。《纸飞机》中，用一种甜美、温软的腔调，借助扎实的史料与想象，左昡讲述了日军大轰炸下的重庆，那些战争中饱受磨难的中国人，在家庭、邻里、同乡甚至陌生人的支撑下共渡存亡难关的故事。许多对轰炸场面特别是噬人的火焰的描画，对死亡与伤逝的情感呈现，都曾使我动容。苦难与日常的辩证法——这是几位作家的共同的艺术选择，秩序井然的日常生活，控诉着战争与苦难的不义、残忍、反人性。遗憾的是，或许是"现世安好"的经验局限了作家的苦难想象，小说中落笔生活，则兴致勃勃，笔涉苦难，则如隔雾障。苦难与生活，仿佛水与油，似乎无法在小说中彻底交融，更难以产生"辩证"的张力。

"战争的框架"与故事的价值

或许，问题不在于我们的初衷，而在于我们能否使用新的"框架"去看待那场战争浩劫，能否有一种新的方式，讲"那过去的事情"给今天的孩子听。

《将军胡同》里，友善、优雅、痴迷东方文化的日本平民老横泽一声慨叹："如果中国人能把这样的精细劲儿放在经国大业上，那么日本人还能像现在似的吗？"小说中，茶馆里就座着的中国人"都呆住了"，深以为然，久久回味。姑且不必还原到老舍《茶馆》中的场景去想象这一情节的合理性，小说显然将这句意思接近 80 年代广泛接受的"落后就要挨打"警示，视为侵略战争与民族灾难的根源，这是如此典型的现代性的逻辑。曾经落后于世界现代性进程的我们，在焦虑中将他人的逻辑内化于己心，而喑然遗忘战争正是现代化最激进的灾难形态，灾难的起因不在于资本主义现代性食物链的下层，而在于居于上层者无穷膨胀的需求和野心。

从 80 后城市一代到今天的儿童，大多成长在日本动漫和游戏创生的"二次元"世界中，经过了小清新、萌态文化的洗礼，有过赴日旅行的经验，孩子们早已领略并亲近着日本的"先进"与"优雅"。在我看来，今天社会文化中的日本想象"作为不曾治愈的伤口"，对于不曾有战争记忆的几代人来说，可能更易催生出简单的"民族主义"或冷漠的"虚无主义"的情感，他们所不知道的恰恰是他人——并不是少数人的痛楚，痛楚背后的深层因由，他们缺少的是理解这些因由在今天与未来可能造成的威胁。

今天的世界，战争从未停歇。美国学者朱迪斯·巴特勒讨论"战争的框架"对人们看待战争的影响，在她看来，今天人们对于战争的讲述、呈现，使得一部分人的死亡变为不可见的，她更加清醒而痛彻地提示我们，信息的选择性传播伴随着传播能力的增强，也有可能会使战争的恶果得到扩散，人们无法意识到战争造成的损失，甚至将恶果认作日常生活的寻常基调。可怕的是，在技术发展的作用下，当前战争大有侵入民众日常生活之势。在中国以及中国与外部关系发生巨大变化的今天，日本侵华战争，仍然需要我们进行历史的反思。而对待历史的态度，不仅需要审慎、严肃的态度，更需要对早已内化而不自知的情感结构的自反式省思，以及对应现实与未来的讲述方式，这也是今天我们需要继续讲"那过去的故事"给孩子们听的缘由。

如果说，儿童视角使文学获得一种成人蜕化了的审美与感知能力的话，那么，我们不得不小心，儿童视角可能提供了回避伦理判断的借口，儿童世界因此成为一处镜花水月般的乌托邦。这番意思是否言过其实，是否是对儿童文学的一种苛责，我自己在思考和写作时，也未始不曾有过迟疑与犹豫。然而，也许问题不在于苛责与否，问题恰恰在于这种犹豫与迟疑的态度本身。

原载《文艺报》2017 年 12 月 31 日

我们眼里都是"现在"

　　当电影、电视和网络小说中，"精怪"游走、历史架空、未来幻想粉墨登场时，严肃文学对"现在"生活的书写似乎急不可耐了起来。中国作家时刻感受着现实的鞭策和追逐，在小说中，我们不时看到现实吉光片羽般闪烁的影子。然而，考验作家的是如何将这些碎片拼贴成完整的现实图景，赋予逻辑和意义，使其与历史和未来、自我和他者因果联属。在处于"后"学时代的我们看来，大多数宏大叙事和整体性解释都显得可疑而笨拙，讲一个内涵丰富、层次分明而合情合理的故事，变成了并不容易的任务。碎片的故事和蒙太奇的"拼贴"一时风行，然而，不是所有的碎片兴之所至地在一起就是"拼贴"，"拼贴"的背后无疑需要一种清醒、深刻和富有解释力的逻辑。失去历史纵深感的我们，把自我和他人从历史的进程中抽出，投影到扁平的荧幕上，以一种看电影的方式看个体形象在世间行走，从中得到的只能是自恋自怜的想象性慰藉。须知在漫漫的历史中，我们曾经有过人性论的逻辑、左翼文学的革命逻辑、现实主义逻辑、批判理论的逻辑等等，而今天，我们眼前飘散着片片散落的"现在"，需要的正是将人与事、历史与现实、此地与他乡、城市与故乡相连接的新逻辑。

　　熟悉西潮现代小说的中国作家，如福柯所言，借用寓言和隐喻来质询，颠覆一般习以为常的现实生活或生命的空间、结构，或约定俗称的韵律，可谓驾轻就熟。黄孝阳《阿达》中隐约闪现着父神造人、原始部族神话、福山、科幻等等隐喻的因子，小说刻意营造的悬疑侦探电影的氛围，将这些杂烩的元素包裹得妥帖，指向对现代人类社会／中国命运固执而费解的思索。小说显得忧心忡忡，接踵而来的问句是作家对历史、现实和未来问题的焦虑和促迫。然而，焦虑之外是呼之欲出的渴望，"凭什么京都市民不能与京都政府以外的人们拥有一样的生活？"希腊正典柏拉图《理想国》在京都被视为"禁书"，"父亲"为改变世界而翻译《理想国》，作者所构想的乌托邦理想国是何种意义上的，便不言自明。

杨遥《鹰在天上》具有现代小说的文本特征，短促、干脆、有意为之的语气的疏离很容易将我们带入现代人生活的困顿之感。几个从城市和互联网中挣扎出逃的人物，成为富有传统文化意味的象——捕鹰，耕作，捕鱼，读书写作。渔樵耕读，是中国古代融会着儒道思想的文人自我镜像，其中蕴养着古老文化中生生不息的象征和哲思。在这篇小说中，现代社会的渔樵耕读不是谋求生存，而是反"现代"的刀耕火种的古典理想。诚然，新渔樵耕读并不能负载现代人的审美理想。反思现代性带来的千疮百孔社会和环境问题的题旨并不新鲜，在小说中蝉联古今之象的尝试则颇有意味。唯有捕鹰者放鹰振翮高飞，那才是人们所向往的希望。

东紫《地狱来信》将想象力和抒情用于编织凄美的爱情童话。爱情诚动人，但是随着爱情故事不断的讲述，今天关于爱情的叙事和想象似乎早已苍白而枯萎。于是，人鬼之恋（狐妖、鬼魂）、异类之恋（吸血鬼、外星人、美人鱼）的故事在今天提供给人们更多的快感和想象。小说中溢出爱情故事的部分颇值得考究：小说关于人死后的"异界"想象和描述可谓中西合璧，古今融合——上帝的天堂与阎王的地狱；善恶因果报应的民间信仰和天上人间的互联网连通技术，自古中国民间的信仰便是海纳百川，驳杂而实用，今天人们则信仰着更加杂糅、实际和包含着"前""后"现代的宗教。

衣向东《紧急集合》是对军人们应有的忠勇和友爱的理想化书写。人物卖力地将一座校园"布置"成昔日军营，想方设法将蒙冤的老班长请到聚会的"舞台"上，一起"演出"青葱的军旅旧梦的剧目——为人"圆梦"的情节使我们重温了冯小刚的贺岁喜剧《甲方乙方》的温情。小说的叙述也带有贺岁片的成人童话色彩，重重矛盾、一笔带过的人际纠葛、贫富阶层的差异，均在寻梦的体验中跨越障碍、一笑泯恩仇。

杨帆的《第七夜》并无余华的《第七天》那般创世的野心。余华串联起碎片似生活的绝望、阴暗和卑微的逻辑是将现实过度的荒诞和变形，而杨帆的小说则平面地摊开了杂乱、支离破碎、百无聊赖的生活片段，串联起碎片生活的是作为都市罗宾汉的叙述人"我"无偿助人的行动，并无有力的逻辑动机的行动，正如人物自我反省的那样显得"可疑"，于是，小说中日常化的人物关系、行为方式同样产生了非日常的"可疑感"。与很多离乡和回乡的故事中一片衰老和萧条的景象不同，鬼金《栩栩如生》写的是留守少女栩栩的城市梦想和乡村苦闷。苦闷的少男少女原本是五四新文学中那些典型的小布尔乔亚城市青年，而今天的山村少女，同样分享身体隐秘的羞愧，城市梦遥不可及的怅然，青春年华三角恋情的痛苦。正如人物深寓诗情的名字"栩栩""如生"叠加成小说的题目，仿效了《金瓶梅》《玉娇梨》这等金粉旧梦一样，乡村爱情/悲情故事将背景从都市移至了乡村，并无意为乡村青年的心境和处境查究和寻找出路。

想象一种异质的他者的存在是现代人摆脱精神困境的路径。迷惘而负罪的城市人，在自然的伟力之下感悟宗教的力量——边地和宗教，这是现代人为自己寻找精神慰藉的出路。然而，边地只能短暂放逐，宗教是不出世地恍然体悟，不成为出路的路通往"大自然馈赠神迹"般的山顶，人终究会下山返归尘世。鲍贝《朝圣》中关于冈仁波齐神山转山的情节颇为迷人。小说人物性格塑造和行为逻辑过分依赖弗洛伊德的精神分析学——创伤记忆、童年阴影、欲望、心理疾病统统为人物的过激行为做了注脚。张爱玲《金锁记》异常阴暗的结尾笼罩了这篇小说，变态扭曲的母亲为了永远占有女儿，抱着对异性乃至两性关系的恶意，而对女儿的婚恋施以毒手。弗氏的理论只是认识人性、生活和历史的一个维度，探究女性心灵，不该忽视弗洛伊德临终前的慨叹：Was will das Weib（女人啊，你到底需要什么）。宗利华《天蝎座》同样让心防森严的都市男女前往边地净化焦虑的精神和脆弱的爱。三毛、骆宾王、经幡、唐卡、转经筒，维族小伙子歌声清朗寥廓，藏族老妪的眼睛清澈如雪山，凡此边地风情符号般洒落在城市男女的故事中间，实现"救赎"之疗效。新疆的汉族作家王族的《狼苍穹》让边地生灵的故事再次回到我们的阅读视野中。《狼苍穹》难以摆脱与《狼图腾》相比较的命运。图腾是记载人类部族信仰的象征，苍穹则是天空和自然的一种修辞。《狼图腾》以"狼性"与"羊性"解释中国历史兴衰王朝更替的内在逻辑。《狼苍穹》则是考察古老的狼王白鬃狼在环境法则变化之后的挣扎求生。从考察民族性的痼疾到强调万物有灵呼唤人类良知，关于边地生灵故事的想象的变迁，显影的是中国／汉族自我想象的剧变。其实，2015 年电影《狼图腾》被评为"更像一部环保片"，影片不再索隐汉族在丛林法则下的历史，转而讲述人与自然的关系，草原上的生灵与亡灵在"长生天"的安排之下皆有定数的道理。《狼苍穹》正是在相似逻辑之下的"现在"讲述。

　　回忆是小说良好的素材，更是人物接续历史与现在的方式，如何讲述和处理回忆，如何寻找到个人在历史之中的坐标，便成为作家如何认识历史、如何安置现在的自我的重要前提。瓦当的《忆昔游》带着可辨识的个人经验书写往日的炼油厂岁月和工人身份，记忆的密度和细节浓稠而质实，人物为生计和理想的努力或迷惘显示出依稀的时代印记。文清丽《影迷列传》的传主都是生活在乡土世界形形色色的人物。电影作为现代工业的产物，是带给现代人于幽闭空间中的灵魂出窍，乡村中国乡里乡亲露天地看电影又与社戏传统、乡土伦理有着丝丝缕缕的联系，于是小说中现代与传统、城市与乡土，以旧小说章回式的方式呈现出来，以此观察人思想、情感和生活的变化，是一次颇有趣味的尝试。

　　今天没有哪篇小说是我们非读不可的，事实上这世上任何一部小说都是如此，不写或不读，历史依然，生活照旧。然而，如果我们对文字编织的世界存有一些信心的话，信任文学始终是社会文化实践的重要尝试的话，我们总是可以耐心地从这些小说的文本裂缝中，窥见当代人精神世界之一隅。我们高声呼唤信以为真的，也许是别人或自己许诺的"放之四海而皆准"的谎言，我们在文字世界中读到的失衡的人物关系，也许是现实中权力关系的无意识呈现，我们为之掩卷的人物的遭际，会让我们对他者的生存存有更丰富而具体的理解。

原载《中篇小说选刊》2016 年增刊第 1 期

这里坐落着时代的情感结构

——2015 至 2016 年《十月》一览

当代文学的当代性，除却一望可知的鲜活而切近的经验，如雷蒙德·威廉姆斯所言，其中裹挟着一个时期的情感结构。威廉姆斯所谓"情感结构"不同于"世界观""意识形态"这些人们熟知的概念，如同"结构"一词包含的意义一样，它具有固定不变的性质，作用于我们习焉不察、神秘不知的思维部分，存在于一种活生生的、彼此关联的连续性之中。威廉姆斯说，当我们考察一个时期的物质生活、社会组织和支配性概念时，在时代的鲜活经验中，每一种因素都溶解其中，是复杂整体的不可分割的部分，艺术家所描绘的正是这一整体性。而从根本上看，总体性和支配性的情感结构的影响只是借用了艺术来表现而已。于是，阅读当下的文学期刊，与电影、电视、网络一样，同样可作为洞察我们时代情感结构的方式之一。2015、2016 年，刊物的目录上一如既往不乏新鲜的作者名字，寻找、发现新作者是几年来这本文学刊物始终坚持的路径。推介新作者实为其表，细察《十月》刊发的作品，不难发现其中贯穿暗含着编者和作家们对今天中国人关注的新问题和尚未被文学发现的新人物的探索，对于经久不衰的"城乡""日常生活"的主题，则力求寻找新颖的表达。近年来《十月》并不刻意地推出了"现象"型、"话题"性的作品，毁誉参半也好，众说纷纭也罢，它使我们看到，在今天的中国，文学期刊仍然保持着严肃思考和迅速回应现实的活力和实践力。

一

　　石一枫的《地球之眼》无疑回应了文学界对青年一代作家"直面和书写"时代焦虑的呼唤，也是关于近年来文学界乃至社会大众的热议话题和重要主题"青年一代命运"的表达。三位北大毕业生的命运和抉择故事结构并不复杂，秉持现实主义写作传统的石一枫长于塑造人物，小说中的三个北大人富有广泛的代表性，安小男代表出身寒素的大学生，他拥有上帝般的天才智慧和技术能力，却执着于道德和理想，绝不苟同于物质主义原则。李牧光是"拼爹资本主义"的富二代，精明、某种程度上地好义乐施，熟稔资本法则。叙事人"我"则是犬儒而迷惘的"大多数"的代表。随着小说的进展，三种阶层出身、三种价值观的北大人命运的沉浮变迁和互相影响，安小男安贫乐道的人生结局和"我"对他的同情和认同，是作家对青年理想、追求和时代关系的价值判断。小说跨越了"中国"故事之界限，地球之眼既是隐喻——至高无上的道德审判的大他者，也是切实存在于互联网、全球资本与现代交通的真实境况，石一枫巨大的吞吐时代信息的能力令人惊喜。

　　2015年《十月》新开辟的《思想者说》栏目"旨在召唤文学与当代思想对话的能力，记录当代人的思想境遇与情感结构"。李零《同一个中国，不同的梦想》与他近些年的研究一样，没有理学家的虚谈，没有空谈心性，没有琐碎无用的考据，乃是经世之学。李零从文化背景、学术方法、工作语言和研究方法几个方面细察细究法国汉学、美国中国学和所谓国学其中差异，指出更为"实实在在的不同"——观察角度、文化立场甚至政治立场的不同。学科的不同名称背后包含的是地缘政治与自我文化想象的大问题。杨庆祥《八零后，怎么办》是富有话题性的文本。杨庆祥具有敏锐洞察、勇气反抗周遭不平不义不正的"精英意识"，他也开启了2015关于青年人命运话题的热议潮流。代际视野的理论框架近十几年来被充分使用在文学批评之中，然而文学世界或曰话语实践与生活世界毕竟不是同质同构的，90年代中国社会转向之后，犬儒心态与历史虚无主义等文化现象并不独独属于某一代人，这些现象结构性地存在于今天的中国和中国人的价值观念中，戴锦华称之为"历史的坍塌与扁平化"，"大时代"与"小时代"表意和体验差异之下牵连的是城乡差异、资本全球化、资源积累等等一系列复杂问题。在群己人我之间，在物证与心证中，今天的知识分子如何在经验、实践和理论的碰撞中触摸这些问题，尚需要更具有阐释力的言说方式。

城乡是为二元，兼具矛盾的同一性和矛盾的斗争性。城中有乡，城市中的过客、异乡人的无枝可依之感，大抵源自心中的故土的召唤。乡中有城，远方的繁华都市隐隐地诱惑着乡土大地上的人们。留守、进城、回乡，构成了现代小说的基本结构，从鲁迅《故乡》开始，这一结构一用就用了近百年。然而，留守守的是什么，归去来兮的见闻和冲击是什么，流转迁徙的故事中包含着考察不同时代作家的标尺。罗伟章《声音史》笔力诡谲地创造了一个留守的乡村异人，耳力惊人而善于模仿万物声响，以声音志"史"，以志乡村倾颓之史。然而，异人杨浪的口技记录下来的是破碎的乡村记忆，穷困、饥饿、无性、暴力，那些乡土中国内蕴的、原初的、具体的、鲜活的，只要从中习得了融于日常生活伦理的情义和智慧，哪怕不识字的人也会知情达理的传统，几乎荡然无存。如果在今天吹奏乡村挽歌，我们可能需要比倾颓的记忆更多更深刻的呈现。

钟求是的《找北京》看似一个外省的、村里的来首都艰难走一遭的进城故事，然而这篇微凉而忧伤的小说并不这样简单，小镇上的母亲远娘带着弱智痴愚的女儿远巧过着辛苦而平常的日子，情感未泯的远巧爱上了电视上的"觉新"，于是，召唤她们前去首都北京的是一个痴女痴恋的荧幕虚拟人物。痴女痴恋是一种超越理性和逻辑的执念，无法遏制也必然无望的，许多人的城市的迷、幻、执也是一种痴女痴恋。远娘和远巧毫不留恋首善之地的繁华热闹——实际上，她们"找上"北京，也仅是在胡同中过着小镇似的生活，她们对城市缺少探索和融入的兴趣和能力，然而作者颇具匠心地留下了与远巧相伴多年的母猫"小花"，小花走失在北京，乡镇与城市的暧昧纠葛并未也不会斩断。小昌《小河夭夭》是回乡者的故事，"我"是并不带着城市"文明""现代"的评判标准的叙述人，作为小说的主人公是无力的审判者，却被美丽的女孩"丹丹"寄托了救赎的愿望，孱弱无能的"我"呈现着离乡进城人的某一种境遇，一种在城与乡之间的双重错位和失败感。

　　阅读 2015 年度《十月》刊发的小说，作家更倾向于寻找生活世界中的断裂、爆发、病症、变异性情节"抵抗"生活之庸常。然而，现代人已逐渐进入一种"生活世界"。所谓"百姓日用而不知"，普通人看似自生自灭、随遇而安的生活方式和态度中，实有一种坚忍的力量在支撑，寻找到这种力量，普通人安身立命与自觉建构主体性的意义，文学中以描述性的表达来指认这种力量，也是体认并呈现生活世界及其意义的努力，生活并不是自在自为的，我们期待有更多的作品以"知"体察生活"不知"的莫可之名。

二

2016 年的《十月》保持了一流期刊的艺术水准，佳作频现，本文仅选取那些艺术性完整并呈现了时代症候性的叙事类作品，期待拼构出文本中在表达生活时神秘未知的情感结构。

譬如婚恋生活。张楚的《风中事》事关小城小警察择偶的遭际。与张楚以往小说中那些带着文艺、颓废、挫败感的青年们相比，小警察关鹏、游民顾长风的烦恼很市侩和俗气，他们真实地算计和掂量着择偶条件，诸如"城市坐地户"、家境门户、长相健康、是否出身单亲家庭，若再加上是否喜欢中意，重重苛刻条件衡量下来，适龄青年的择偶事便是如此真实地艰难。任何时代的婚姻和爱情都要经过精神和物质、情感和现实的抉择和衡量，然而当今天这些急功近利的"条件"先在地塑定了我们的婚恋观，适龄青年们恰又奉之如圭臬，正如我们深信着凤凰男和孔雀女种种不堪的传说一样，我们深信着门第出身先在决定着人的道德高度，更决定了婚姻爱情的幸福指数——即便他们曾经鱼跃龙门，接受过高等教育，并被告知人生从此不一样。今天，我们的情感结构决定着艺术很难产生跨越生死和阶层的爱情想象，无论是大众文学，还是严肃文学——这一点我们甚至不需要看看微博和网上哪些人被拥为"国民老公"，我们只需要问问自己的内心。张楚的小说中仙女般的段锦离开关鹏的原因无疑是女人的拜物虚荣，以及小说家未曾掩饰的男人的斤斤计较。张楚擅长的叙事迷雾和悬念，仍然笼在题材上"一地鸡毛"的小说之上，使之并不一目了然地呈现与生活同质的琐碎和平庸。

蔡东如此擅长用漂浮的叙事语气描摹城市家庭中的女性们最庸常、无趣、机械的日子，以至于那些贤妻良母的烦恼人生变得有质地、可见、可感知。《往生》里写的是伺候公公的儿媳，《朋霍费尔从五楼纵身一跃》则是一个照料忽然疯掉的丈夫的妻子眼中的世界和心中的絮语。小说沉浸在女性纠结迂回的心理描写之中，男性化的、逻辑严密、线性发展的外在情节描述时常让位于女性化的、散漫细致的心理情感，年轻而敏感的女作家笔调温煦，小说反高潮的结尾令人意外而又合乎情理。反观男性笔下的女人（仍是夏娃般贪婪、欲孽、不可靠的女人们），勾连起父子两代的遭骗、逃离与赎罪相互交织的故事。"我"因欲望、虚荣当然还有善良，轻信了女友的话，挪用公款实实在在地为女人犯罪，父亲却因轻信了美丽的同事而承担了历史罪名——窦红宇的《青梅了》纠葛了两代人的历史债务和个人心债的故事。

譬如社会生活。李金波的《老海》充斥着酣畅淋漓的生活元气，做记者的李金波，其小说的现实性似乎来自对生活的熟稔和浸入。然而，《老海》不能算作写实，《老海》是传奇。仗义每多屠狗辈的江湖想象装点着千古文人的侠客梦。老海，今之市井奇侠也。他在很多生活难度和难题面前，表现得比书生如"我"要仗义，比仕途亨通或文艺时髦的青年们要简单、原始而粗野。老海以其侠痞之气赢回爱情，获取团长的赏识，他破案立功、解嫖娼的毕老板之急，最终在解救毕老板的"私自"行动中丧生。在法律和道德的缝隙之间，老海带着民间智慧与草莽悲情，轻易为我们带来了阅读及宣泄的快意恩仇。然而《老海》又是生活的，与其说老海的所为难以用绝对的道德标准来衡量其高尚与否，不如说老海在重判娼者宽容嫖者，在巧妙为纱厂毕老板解决下岗职工聚众抗议的难局时，在小说家有意略去纱厂下岗风波的结局，笔锋一转进入老海及朋友们庆祝妻子怀孕的温馨家庭内景时，也许早在小说前半部，入伍的老海豪气干云改变命运的壮举意在为长官团长出气，从警后立功的案子是为市局的"大局"分忧，最终以命相搏救下的是纱厂老板时，小说旨在显示出与生活的同谋与同构。我们的情感结构暗示着这样的逻辑：草莽英雄的智勇双全获得权力的认可，适应"规则"的折中的道德和正直，足以忝列"烈士"名。

细查晓航的小说，故事总是围绕在一群曾经分享过青春、理想和友情的同道挚友身上。他们似乎既虚无又颓废，这是现代主义的人物共同的心性特质，他们对现代文明悲观和无力，而且又是一群小悲壮的"情怀党"，他们千方百计超拔于现实的巨压、匮乏、困顿，这些恰是现代文明的造物主人类所致，这是浪漫主义的人物或曰人类，他们信任人类的智慧，他们醉心于科技的春梦。晓航的后现代性在于他戏弄他的人物，给予他们希望，放任他们在科技和幻想的奇遇中尝试改变现实，纵容他们在资本和商业逻辑中不甚非道德地翻云覆雨一番，然而最终让他们失望——当然，毫无疑问，他是怀着怜悯和热爱的，怀着同路人的理解和同情。《霾永远在我们心中》仍是这样一部小说，隐喻着今天中国关于霾的种种现实境遇。小说中有一座人工建造的最干净的城，还有一座氤氲着霾的城，如此高明的科技时代人们却尊能用身体感应霾浓度的人为"大师"，寻找干净水源和地球上最后一寸净土，依靠的却是一个拥有超能的女人的肉眼，围绕大师身世之谜的闹剧，其目的不过是一款防霾新产品的真人秀广告，悬疑、侦探和科幻等类型小说的元素融入到小说中，本就是晓航的拿手好戏。于是，科幻、艺术、霾、大师，能指欢快地滑动在小说中，反讽而戏谑地指涉我们的生活——所指如此地质实清晰。

譬如艺术生活。李敬泽的写作是2016年文学界最引人关注的文化事件之一，身为中国当下最重要的文学批评家的创作，除去个人化因素之外，其背后暗含着对文学现状的审美价值判断，亦不妨说，李敬泽的写作同样包含着我们对当下文学艺术的情感结构。纯文学因期刊体例、评奖标准、学院研究等体制化因素，日益陷入文体固化的窠臼之中，我们不仅距离《文心雕龙》的传统文章学所去甚远，而且也在惯性和功利因素的影响下，缺乏打破成规的艺术勇气，文体反而成为作家构思、叙述、表达的先决条件和限定。《会饮记》六篇关于一个职业文学人的文学日常和思索，研讨会、阅读、写作、聚会，这些为文学人所熟知的生活被李敬泽重新组织为思考的对象，"专业性"或曰"圈子里"的规则、日常、古典时期的人类思想之维新，常常源自思想者的日常语录、行坐记载。在批评文体"我"和替读者代言的"我们"的人称，在学术言说将自我尽可能地隐藏在客观、中立的全称时，李敬泽使用第三人称"他"来间离叙述人与叙述对象，以便形成自反式的思考距离。

　　譬如身份认同。阿舍的《我不知道我是谁》一同围绕着人类的亘古追问："我是谁？""我如何成为我？"民族身份之谜，在多数民族和少数民族的对立，在我族和非我族的二元之外，阿舍这样的存在是一种第三维。她是汉、维、侗三种民族的混血儿，是一个回族穆斯林家族的媳妇。她的故乡是新疆，在那片远离维吾尔族或任何少数民族聚居处的戈壁滩上，一群来自全国各地的汉族人重新组建了一个劳动、生产和生活的社群——生产建设兵团。阿舍以及她所代表的拥有多民族血统的人群，他们的存在和生活状态，他们对民族的自我认知过程和本民族对他们的接纳与拒绝，都是理解中国某些民族问题的特殊角度。霍尔说过，所谓"身份"不是自然生成的，而是经由文化塑造和建构出来的，在过程中，"身份"因循着不同的历史、文化、社会、政治和经济的诉求，变更、移位、涂抹、同化和抵抗"运动"。因而，"文化身份"是"复数"的，是须在不同的语境下加以"想象"和"再现"之物。阿舍饱含深情、迷惘和痛感的成长叙事，正是文化身份差异的表征，也促使我们思考民族血缘和文化地缘的关联。

在约翰·希金斯看来，威廉姆斯的情感结构，使得我们得以在社会性凝聚和社会变迁中赋予艺术一种基本的构成性力量。学者黄灯发表在《十月》上的《回馈乡村，何以可能》，在焦虑与沉痛的个人经验描述之下，黄灯批判着暗黑的丛林法则和冷酷的精英主义逻辑，她指出乡村之殇的根源在于城乡二元对立体制差异，她有别于不少乡土写作中"唱给乡村的挽歌或者一种愤世嫉俗的宿命论"（威廉姆斯《乡村与城市》语）的情感结构，让她关于乡村命运的呼吁成为 2016 伊始最热门的文化讨论之一。

原载《文艺报》2016 年 1 月 27 日、2017 年 2 月 8 日

明　心

与"文本中心主义"的设想相比，我步入文学批评的路似乎有些陈旧，在阅读作品前，我通常有机会认识作家其人。识人，不只是文学场合上的一面之缘，也是在鲁迅文学院见方小院，抬头不见低头见地"交流"上几个月二氧化碳。这可是"过气"的交情。于是，我便与作家们产生了奇妙的生命交集——我有机会听他们谈读书体会，聊文学观，时不常地，在食堂、乒乓球桌旁、林间小路上，某部小说的灵感来源不知如何便飘进了我的耳朵。因工作之便，我与他们分享共同的文学滋养，既从旁观察作家们对课堂或臧或否的观点，又可以持续关注"鲁院"经历对他们创作的潜在影响。总之，先瞻仰"母鸡"，后膜拜其"蛋"，是我从事批评的开始。恰如人生起点之于成长宿命般的影响一样，"鲁院"的经历，朦胧地指引了我做批评的方向和样态，它先给我一份作家和批评家的名单，我会不自觉关注他们，他们存在于我的阅读和思考的范围内，甚至，"鲁院"的经历也规定了我的发言姿态——无论如何，这些是我必须自反思考的前提。

文如其人的古典教训，对我来说，是一种心理暗示，我常常迷失在虚构与真实的边界上，时有陷落在先入为主的窠臼的危险，我必须不断提醒自己，文学与人生存在不小的差异，老话说，先学无情后学戏，写作也是做戏。戏里有人生的真，然而那莫测深渺的"幻"，方为戏里的精髓。当然，"先有鸡再生蛋"自有其不可多得的便利，文学毕竟是生命本真的表征，谁能真正割离自我，塑造出一个彻底无我的叙述人或吟诵者？人文学科，始终不能放弃的是对人的个体精神品质的追诘。

　　这一章节的文章，记录几年来我对作家、评论家和作家工作的观察和理解。因从2012年起，我一直参与《文艺报》"文学院"专版的编辑组稿工作，有几篇文章是为这一栏目所撰，对象是"鲁院""高研班"作家，体例也未脱作家论形态——这组文章，是我文学批评的起点。

　　但愿，它们记录了我个人的成长。

李敬泽文学批评论

一、李敬泽作为对象：论说的三重难度

在当代文学界，或许没有哪一位批评家比李敬泽更难于言说。毫无疑问，李敬泽被视作一位有口皆碑的职业文学批评家①，然而，对李敬泽的研究，以诗意语言击节赞赏者居多，"入乎其内、出乎其表"的学理研究偏少。尽管对其在当下文学界的影响力、重要性基本达成共识，人们却大多保持论说层面的缄默。缄默并非无视，而是出于种种原因并未将其视作研究对象。因而，撬开缄默的外壳，审视种种原因，应答重重难度，或许有助我们思索当代文学批评和文学场的某些固态而僵化的角落。

缄默的存在，或许是止步于剥离其身份之言和个人观念的难度，更不妨视作对文学体制内在运转机制的隔阂。当一体化文学解体、80 年代文学热结束之后，90 年代至今的文学体制如何运转和发挥效力？由洪子诚开创的文学体制研究，在解释90 年代以降的文学体制方面陷入了效力的难局中，若想据此展开恰切的研究，李敬泽的批评、编辑、文学评奖等互相作用

---

① 李敬泽出版过七部文学批评文集，大量批评文章见诸媒体，获得包括鲁迅文学奖在内的由文学体制、学院和媒体主导的多种批评奖项。

的文学行动既是一种言说挑战，也为我们提供了探索新方法的空间。

李敬泽对我们的另一重挑战，源自他在文学场中特殊的出场方式。1984 年，毕业于北京大学中文系的李敬泽成为《小说选刊》杂志的一名编辑，他最早见诸报刊的批评文字即是编后记、编者按，在百字篇幅的短制内，既要说清作品的好处，要唤起读者阅读的兴味，又不忘言说编者之用心，在多重对话关系中盼顾生姿的批评姿态，奠定了李敬泽后来的批评风格。李敬泽的才具、情性与趣味，同此类相对自由、短长随心的实用批评的文体无疑是切合的，因而，这种随刊的编辑卷首语，随后在李敬泽手中发挥成极具文学性的批评美文。而文学期刊的编辑，作为一般情况下作品的首位专业读者，要将从作品中颖悟的审美体验和文学判断，尽可能无差异地传递至读者，以唤起读者的阅读兴趣或共鸣，这种职业要求，或许该为李敬泽90 年代迥异于主流批评风尚的入场方式担些"责任"。

上世纪 90 年代正是以学院批评、学者化批评家占据批评舞台中心的时代。学院批评以规范的学术要求、严谨的学理性和远离现实政治以及体制规约为诉求，"后现代主义""后殖民主义""后结构主义""女性主义"以及文化研究等西方理论译著介入中国，成为 90 年代学院批评家们——特别是北京青年批评家挥舞的理论利器[①]。然而，学院批评在追求某种研

---

① 贺桂梅："我们可以翻一翻所有在 90 年代的文坛颇为活跃的批评家的文章，他们的理论知识背景都相当突出。'传统'的、按着某种审美主义或经验主义等观点对作品进行解读的文章，几乎不能产生多大的影响，而只有那些对自己的理论背景有充分的自觉，并依据某种新的理论是以对文学及文学现象做出'新'的阐释的文章才能'独树一帜'，在众多声音中突出出来。一方面是对批评意识的自觉，一方面是批评理论的逐'新'，才造就了 90 年代'新'字号与'后'字号迭出的批评景象。"《批评的增长与危机》。

究自由和现代学术生产性的同时，也面临着违背初衷的悖论之境。一方面即便不直接受文学体制规约，意在远离现实政治的学院同样属于体制之一种，不同的仅是规约和作用的方式而已；另一方面，当审美批评被视作落伍而陈旧的范式，学院批评如何认定和处理文学作为审美性的本体？[①] 90 年代以降，文学逐渐远离大众和文化生活，学院批评倡导的学理性、生产性大概难辞其咎。因此，言说"异质"存在的李敬泽，便给予我们重新观察学院批评倡导的批评实践之利弊的切口。

1990 年，李敬泽调入《人民文学》杂志社，直至 2012 年离开杂志社为止，作为《人民文学》的编辑、主编，李敬泽参与、执管文学"国刊"二十余年。他采取的文学行动、助推的文学事件，内在地建构了他的批评实践，因而，如果单只从文本出发，分析文本中的思想见识、审美因素、内容结构，那是对批评家自身工作的模仿，至少从方法上多少与批评家重合与同构。那么，如何将他的文学行动、批评实践与文学观念建立起有机、细微的联系，如何将他的批评生成与文学干预作用相联系，无论这种联系是正向、逆向相关还是若即若离，寻觅并建立这些联系本身就构成了言说李敬泽的第三重难度。

二、文学作为行动：编者、批评家的身份重叠

1994 年，三十岁的李敬泽第一次为当年第 6 期《人民文

---

① 90 年代学院学者洪子诚提出了疑问："'审美批评'是否还有可能？如果文学批评排除了'文学性'的'基准'，那么，我们所推荐，所'批评'而'筛选'下来的东西，是否最终将是一堆'糟粕'？我们以一种印证的、阐释时代潮流和理论的标准来选择文学的方法，其后果又将如何？"《"问题的批判"》，《北京文学报》1997 年第 5 期。

学》撰写卷首语①，他以全部篇幅推荐了才华初现的徐坤及其
小说《先锋》。这篇题为《关于先锋》的短文，不仅对于文学
国刊来说殊不寻常——如此重要的卷首语栏目，交由一位年轻
编辑来撰写，这或可视作李敬泽对《人民文学》影响力体现的
标志性事件，李敬泽式随刊短评的风格由此确立，他以刊物、
文学的所有潜在读者为言说对象，最经济、直接地切中作品的
审美特性。翻阅 1994 年及其后的《人民文学》，即便卷首语仅
缀之以"编者"，李敬泽的批评风格仍然极具辨识度②。

　　更值得注意的是，《关于先锋》中，李敬泽不动声色地表
露对先锋小说以及 80 年代文学有所保留的态度。小说里，徐
坤以特有的话语方式戏谑演绎了 80 年代的知识分子精英式的
自我想象③，走过 80 年代的批评家们认出徐坤具有"嬉戏诸
神""告别光荣与梦想"④的僭越行径，不管论者的言说中是
否流露了告别的悲情，他们的情感与认同显然更倾向于"光荣
与梦想"的往昔。与徐坤同代的李敬泽则不同，他带着欣然与
认同评价小说《先锋》："《先锋》对八十年代以来中国艺术历
程的表现，与其说是一种判断、一种结论，不如说是提供了
一个角度。艺术的价值、文化的命运、生存的意义，这些问
题是需要正襟危坐，费尽九牛二虎之力地思索的，但正如狂
欢的感觉使人透悟万物的相对性一样，《先锋》的欢乐和嘈杂
也彰显了人在思索和行动中不能自觉又无法摆脱的限制和迷

---

　　① 本文中引用《人民文学》卷首语凡标注李敬泽为作者的，都是经
过与李敬泽本人核实而确定。

　　② 《小说这只燕子》（1994，7）、《妙在抽屉深处》（1994，11）、《沉
重的与灵活的脚步》（1996，2）都有李敬泽的批评文风。

　　③ 徐坤《先锋》小说语："人民大众都满怀着无比激动的心情，把艺
术家们团团簇拥在当中，通红的脸孔，热情的手臂，嘶哑的喉咙，如痴如
醉地朝拜起新时代的先锋。"《人民文学》1994 年第 6 期。

　　④ 戴锦华，《嬉戏诸神》，《当代作家评论》1996 年第 2 期。

误。"① 李敬泽是站在告别 80 年代、接受并认同 90 年代的位置上看待徐坤的小说。90 年代登场的作家和知识分子也许对张旭东的感受并不陌生："那些打着父兄辈思维习惯和语言风格烙印的种种话语同我们沉溺于其中的物质环境、社会风景和心理氛围形成了奇特的反差。"② 80 年代的知识分子是纯文学和人道主义情怀的信仰者，他们保持着虔诚的宗教热忱谈论文学、人性、主体，布道般的抒情悲壮的言说和修辞，使得 80 年代的思想气质和文化氛围如同酒神降临的一场狂热的痴醉。对于李敬泽来说，80 年代知识分子"文化英雄"的身姿始终是警惕的对象。他几乎勉强地接受"知识分子"的身份③，在谈论与文学之间的关联时，他通常不厌其烦地使用修辞表明编辑只是一种职业，是一个"公园售票人"——编辑毕竟不是"卖门票"等价交换这么简单，他必须持守一种标准。衡量他人即意味着权力，做此譬喻的李敬泽并非不理解这背后的意思，然而自居"售票人"，正是与 80 年代知识分子文化英雄的自我想象相对应，他已看清 80 年代知识分子的悲情背后是一种立场和志向，一种社会和文化构想的主观性和"虚构性"。

90 年代的中国，商业经济下的大众文化的迅速崛起，使得知识分子的地位和影响，都很快地退居到整个社会的边缘位置，"震惊"而不适的学院知识分子在回到书斋与投入市场之间徘徊抉择。90 年代《人民文学》面临的沿与革、常与变的挑战，作为刊物编辑，李敬泽的反应和自觉更加敏锐而内化，而刊物之外的观察者，很难体认李敬泽谈起往时的慨叹，那些"历史的真相、事实的真相可能隐藏在这些最终湮没的细节

---

① 李敬泽，《关于先锋》，《人民文学》1994 年第 3 期卷首语。
② 张旭东，《重访八十年代》，《读书》1998 第 2 期。
③ 李敬泽，《我的批评观》，《南方文坛》1998 年第 3 期。

之中"①，我们仅能就刊物呈现出的面貌观察它的变化：一方面，《人民文学》作为文学体制中最重要的文学期刊，它仍然保持着与政治话语之间的关联②，将原有单一的社会主义现实主义标准转向反映时代性、现实性等浅淡意识形态色彩的方向；另一方面，它延续着80年代以来的"文学性"、艺术性的标准，继承文学向内转的艺术追求和精神遗产。值得注意的是，如果说50—70年代，《人民文学》召唤社会主义新文艺的政治功能覆盖了其现代印刷媒介的商品性质，那么，90年代由市场和消费催生出的"大众"历史性登场后，文学曾经确定无疑的"读者"——以工农兵为主体的人民，逐渐向以"读者"为名的消费施行者和去政治化的"大众"悄然转移③。问题的复杂性在于《人民文学》在这两重诉求中摇摆和协调的暧昧。

编者的立场，使得李敬泽在90年代的批评中始终清晰树立着"读者"的观照，他一面强调小说文体的世俗性："它是一种世俗的艺术方式，它关注着人与人的关系，这不是一种哲

① 李敬泽，《〈人民文学〉与期刊改制》，索谦主编《传媒与文艺》，人民文学出版社，2006年，第296页。

② 《人民文学》1998年卷首语《新年寄语》："通过对党的十五大文件的学习，我们对自己的任务更加明确了，那就是坚定不移地贯彻'二为'方向和'双百'方针，弘扬主旋律，提倡多样化，把最好的精神食粮贡献给读者，'以优秀的作品鼓舞人'，为建设有中国特色的社会主义文化，作出积极的努力。"纵观90年代至今的《人民文学》，它仍然保持以开设专栏、专刊的形式呼应国家重大政治活动的传统。

③ 《人民文学》的卷首语中常出现与读者交流的方式讨论作品和办刊：《把心交给读者》（1996，6）、《再致读者》（1997，12）、《面对读者的文学》（2000，7），2000年《人民文学》第10期将原有的卷首语更名为《留言》，理由是"总有不在场的声音指引着刊物的方向，那是读者的声音"。留言既有读者的视角、观点，同时，选取哪位读者来信，又无不携带着编者的用心和选择。

学思辨，而是人与世界之间最真切的经验联系，有温度，有血肉，有生命的气息。"一面不断提醒作家警惕"个人写作"的狭隘："当作家带着他的作品进入流通和交换，被选择、被消费时，他很容易将读者想象为抽象的、在冷漠的表面下躁动着某种欲望的人群。""实际上现在所谓的'纯文学'小说家们早已远离了讲故事的现场，他们更喜欢把自己想象为在人群之外孤独地探索世界的秘密，提到读者会搅扰他们神圣的宁静，更不用说在读者和作者之间有一种应该信守的伦理关系。读者在这里代表着日常生活、代表着我们的'现实'。"① 从这里大概可以看出李敬泽理解的"读者"，不是消费施行者，亦不同于"人民"的政治内涵，他似乎想要形塑一种类似社群意义上的人群，这都与李敬泽对 90 年代社会与文学关系的理解有着密切关联。

李敬泽迥异于 90 年代学院批评家的批评姿态，牛学智在《当代批评的众神肖像》一书中命名李敬泽为"人民文学编辑型批评家"，强调编辑工作赋予李敬泽"全国性眼光"② 的面向。的确，编辑工作好比操千剑、观千曲，博观而后约取，大量文学新作的积累阅读，培养了李敬泽不同于学院批评家的现场感——这一立场是他始终持守的。批评文集《纸现场》保存着李敬泽"1995 年至 2000 年的批评文字"，《见证一千零一夜》则是李敬泽批评的代表作，这本奇异的"月记体"，记录了新世纪前三年内的文学现场李敬泽遴选的作家、作品、现象与个人的思考，两部书都以清晰的时间为线索，勾连起李敬泽"个人文学史"的书写实践。重读这些颖悟明敏的文字，是一次叩访世纪之交文学现场的穿越之旅，离开活生生的时代氛围和特

① 李敬泽，《〈大厂〉的意义》，《文艺报》1996 年 3 月。

② 牛学智，《当代批评的众神肖像》，文化艺术出版社，2012 年，第 277 页。

定的交流空间，意义本该如同承载文本的媒介一般泛黄——确而实的故纸堆，失去了直接的、不言自明的有效性，书名《纸现场》便是李敬泽的先见之明。然而，他所洞察并问题化的话题，他所采取的谈论问题的方式，包括他对文学问题的切入角度，以及他对自己认同的精神资源所作的文学阐述，可谓去今未远，余音杳杳可闻——90 年代是开放的、未完结的、联系着今天的时代，与其说李敬泽的批评文本内在的多义性或衍生性，让它摆脱了时间的纷扰，不如说李敬泽把意义交付给过往文学自身有待言明的历史性，任何恢复那种意义的直接性的企图都会沦为制造神话，仿佛只有这样才能把那些偶然、转瞬即逝、意义不明的事件置入因果律和必然性的叙述框架之中。在这个意义上，李敬泽的批评是一种言说文学、文学史记载的独特方式，一种感悟式、不命名、不造神、与时间同质的文学史。

值得注意的是，编辑工作同样反身形塑了他的批评观，李敬泽无疑参与了文本结束之前的创作过程，除去删改作品的直接参与外，文学刊物的约稿、组稿以及特定栏目的设定，都是编者引导作家创作的机制保障，正如李敬泽谈到《人民文学》的作用："《人民文学》的志向从来就不仅是单纯办一本刊物，发很多作品，而是要引领潮流，推动中国文学在思想上和创作上的变化发展。"[①] 他关注的是文学创作的开始，寻找到时代与人的精神气息，画符鼓风，形成一时之风气。他不断期待看到新鲜而生动的文学语言、表达、叙述，以及新生作家提供的新鲜文学实践，这与学院研究围绕文学史和文学经典化为核心的工作态度相去甚远。

没有哪位批评家像李敬泽一样拥有强烈的变革冲动。就具体作品而言，李敬泽警惕技术纯属和圆滑的写作："如果这个

———————————

① 李敬泽，《〈人民文学〉之路——答〈文艺争鸣〉张未民》，《致理想读者》，中国人民大学出版社，2015 年，第 79 页。

作品非常光滑，光滑得温文尔雅适于我们暗自咏叹，那么那种最初激动着我们的力量，那种滔滔的激情和激愤或许也会随之消散？于是，就忙说：不要改了，就这样吧，让它保留它的烟火气，保留一种未经精心雕琢的，刀劈斧剁的粗粝和强悍。"① 就文体而言，李敬泽同样不满"纯文学"之文体界限，"翻阅上世纪五六十年代的《人民文学》，有时会感到，我们在某些事上不是前进了，而是退却了，那时文学的体裁疆域似乎比现在更为宽阔，比如刊物上是经常发剧本的，而近三十年来，反而发得很少以至于不发。80 年代，'纯文学'观念大兴，文学的体裁边界相应收缩，除了诗歌、小说、散文、报告文学和评论，再无其他；这影响到作家的生产方式：专业的诗人、专业的小说家、专业的散文家、专业的报告文学家、专业的评论家，各守一亩三分地，跨文体都成了偶然和异数。"② 就作家主体而言，李敬泽认识到文学体制培养起来的"专业作家"与社会现实的疏离，他称之为"疲疲沓沓人到中年的职员式工匠式的写作"，"一种外向的文学行动精神在 80 年代以来的专业文学话语中几乎是没有位置的，特别是 90 年代以后，作家与生活的关系问题几乎完全被搁置了"③，因此他呼吁作家重建现实感和工作伦理。

终于，在编辑生涯接近尾声时，李敬泽于 2010 年第 2 期的《人民文学》开创了新栏目《非虚构》。《留言》中，他模糊地申明目的："何为'非虚构'？一定要我们说，还真说不清楚。但是，我们认为，它肯定不等于一般所说的'报告文学'或'纪实文学'。……我们其实不能肯定地为'非虚构'

① 李敬泽撰，《人民文学》1998 年第 6 期卷首语。

② 李敬泽撰，《人民文学》2010 年第 1 期《留言》（即卷首语）。

③ 李敬泽，《我们太知道什么是'好小说'了》，《致理想读者》，中国人民大学出版社，2015 年，第 27 页。

划出界限，我们只是强烈地认为，今天的文学不能局限于那个传统的文类秩序，文学性正在向四面八方蔓延，而文学本身也应容纳多姿多彩的书写活动，这其中潜藏着巨大的、新的可能性。所以，先把这个题目挂出来，至于'非虚构'是什么、应该怎么写，这有待于我们一起去思量、推敲、探索。"申明的模糊，可能是李敬泽有意为之的策略。早在 2003 年，李敬泽便看到了报告文学与纪实文学的危机来自文体界限和限度的不明晰——"既承诺客观的'真实'，又想得到虚构的豁免"，当时的李敬泽便形成了一种替代性方案，"一个突出强调伦理界限的名称：'非虚构作品'"①。联系李敬泽的文学观，"非虚构"写作既是文体界限的突围，亦是重建作家现实责任感的行动，召唤并助推"非虚构"是李敬泽一以贯之的文学观的实践成果。

　　在重叠的身份中，李敬泽培养了一种文化决断上的"相对感"。作为编辑，他永远怀着热切寻找新人、新作品、新的艺术表达方式和拓宽文学新领域，作为批评家，他却拒绝急于命名或阐释某些文学现象；在使用经典化的标尺时，他表现得与学院同行们一样审慎，作为将作家与文本引入批评场域的源头，编辑身份给予他十足的现场感，却使他质疑迷信"新"的"拜新病"："没有人胆敢压制年青一代的创造，恰恰相反，青春本身已是一个无可争辩的巨大权力；问题的症结在于，当我们为'新'而欢呼时，我们敢不敢说有些东西是应该坚守和传承的，应该学习和敬畏的？我们自己对这些东西是不是怀有信念？"②在这里，李敬泽的"相对感"与德里达充满享乐精神

---

　　① 李敬泽，《报告文学的枯竭和文学史的假期》，《见证一千零一夜》，（台湾）新地文化艺术有限公司，2014 年，第 336 页。

　　② 李敬泽，《必须捍卫文学——答夏榆》，《为文学申辩》，作家出版社，2009 年，第 60 页。

的"解构冲动"不谋而合。德里达认为，文学中"绝对的独特性"根本无法供人阅读，"要变成可读的，它就必须被分割了去加入与归属。然后，它被分割了并在体裁、风格、环境、意义的概念通则中担起它的角色。它为了提供自己而失去自己"①。因此，每一位被命名为新作家的写作者，其独特性与创新性一定是编织在既有文学传统和经验之中的，批评家只能在混合的文学经验中，将独特与重复的令人困惑的混合状态呈现出来。我们也许能够说，李敬泽的文化相对感也是一种解构精神。

更为重要的是，重叠的身份确立了他文学实践的旨归——将文学作为一种行动。2000 年，李敬泽写下他对批评的思考，"批评对于我来说不是一门学问，而是一种具体的、丰富的生活，我所想到的是那些写作者的人们、那些像我一样阅读着的人们，和他们一起，在他们之间积极的、具有介入激情的行动，使我感到批评能够克服写作的虚妄，获得充实的意义，它令人喜怒哀乐"，——行动即是投入现场，对变化不定的文化甚至现实境遇作出反应。行动不是体验生活，不是窥视和观看，而是真正的投入，是义无反顾的承担，是让我们的经验和体验在扩张中去迎接一种命运。"行动"也许根本就不是在某个异域或他人的生活中行动，"行动"就是我的生活②。

关于介入、干预的文学行动论，以文学反映、呈现、关注、批判和参与社会发展乃至历史进程，始终是左翼文学绵延不绝的暗流。社会主义文学体制中的《人民文学》保存和倡导的文学社会性的面向，正是对这种文学的实践性的继承，作为编者，李敬泽内化着这种文学主张，因此，批评与编辑工作

──────────

①　雅克·德里达，《文学行动》，王逢振译，中国社会科学出版社，第 34 页。

②　李敬泽，《纸现场》，人民文学出版社，2000 年，第 248 页。

一样，是一种连接作家与读者的文学行动。李敬泽自觉远离学院，宁愿为新兴媒体批评张目："'媒体批评'是庞杂的现实，它是精神的，也是物质的，是一种文学判断，也是一种经济功能，是言说，更是行动；它牵连的人群和利益远比传统的'学院派批评'更繁多、更复杂。"[①] 必须职业性地保持筛选、发现和推介作家和作品，李敬泽的批评又是不得不的非自觉选择——至少是历史与个人情性的巧遇。随着李敬泽在当代文学场中占据越来越重要的位置，他所创立的审美批评文体风格，成为当代文学批评中的文本典范，并且使得文学批评在审美性和文学性的层次上与学院研究和文学创作区分开来，获得了自己的独特品性。当越来越多的学院体制下培养出的青年人走向当代文学批评场中时，李敬泽的批评实践成为另类选择的提示与示范。

三、文学作为整体性力量：
从"风俗史和心灵史"说起

"当你翻阅过去一年的《人民文学》时，一种意图，或者说一种持久的冲动如地毯上的图案般明确显现。我们希望我们编发的小说将为一部宏伟的'人间喜剧'提供人物、情境和章节，也就是说，我们意识到我们面对的紧迫而重大的文化使命——留下这个时代的风俗史和心灵史。"——1996年第3期的《人民文学》卷首语《风俗史和心灵史》中，李敬泽第一次作为编辑、批评家提出了一种文学倡导。所谓"风俗史"说的是"小说可以把即时的、零散的眼光由片断引向对普遍和一般的关注。也就是说小说提供了这样一种图景，它虽不是新闻，

──────────────

① 李敬泽，《主持人语》，《南方文坛》2001年第3期。

但却是新闻由此发生的总的背景和状态，它是表面之下的生活，千千万万的人就生活在这种生活中"；所谓"心灵史"指的是"由一般的生活状态对人的精神处境，对时代最尖锐、最迫切的精神疑难展开有力的表现和究诘。同样由于大众传媒的发达，精神生活中公共空间和私人空间失去了平衡，人们或者完全把自己交出去，听任他人暗示和引导，或者把自己完全收起来，沉溺于隐秘的内心体验"。

李敬泽的"风俗史"无疑受巴尔扎克的现实主义美学影响与启发，然而，他的倡导显然对应着不同于 19 世纪的现实语境。"85 新潮"的先锋文学显然是上世纪 80 年代至关重要的文学潮流，在先锋派那里，小说的本体在于语言和形式，他们无须对现实说话，强调"怎么写"成为这代作家的首要文学任务。陈晓明认为，从莫言、马原、残雪到余华、苏童，"他们被现实主义规范下的历史叙事文体压抑得太久"，因此他们对小说的形式的绝对化追求是"对经典现实主义美学规范的挑战"[①]。而 80 年代批评界对迷信叙述的作家和"艺术民主"的赞赏、推重，使这些先锋作家自 90 年代至今都拥有笼罩"光晕"的经典位置。另外，80 年代文学和文化想象中，由知识分子树立起的"自我"是一种与"大众"对立的启蒙者位置[②]，当这种宏大叙事与 90 年代的现实处境龃龉不适时，80 年代召回的"大写的人"又化身 90 年代文学中"小写的人"，肉身而具体的"个人"。1996 年底，李敬泽曾借"翻来覆去的设问"小说的弊病，阐释他和《人民文学》倡导"风俗史与心灵史"的缘由，无论是批评小说过于内向化、耽于形式

① 陈晓明，《中国当代文学主潮》，北京大学出版社，2013 年，第364 页。

② 程光炜，《替自我和大众重新命名》，《文学讲稿："八十年代"作为方法》，北京大学出版社，2009 年，第 97 页。

探索而忽略了内容的重要性、取消阅读性，还是对"先导作家和作品"的模仿①，总之，他真正质疑的恰恰是 80 年代确立的典范作家和美学范式，特别是这种经典与范式在 90 年代社会转型后的适用性。在李敬泽看来，人们对文学的种种疑问，与作家们未经自觉反思地因袭 80 年代文学遗风有关，正如他在《站起来，没多深——"个人写作"及其他》一文中对"个人写作"的辩难——过度强调"个人"的合法性同样是一种意识形态策略，"'个人'这个词的原初意义是在与'世界'相对时生成的，也就是说，他衡量世界也接受世界的衡量"②。也就是说，未经公共性审视的个人并不具备天然的合法性，而作家主动卸掉文学的公共性与社会性的伦理向度，那么社会与公共空间同样会遗弃文学作为构建性力量的可能。

如果说，"风俗史"意在使文学向外部世界延伸，那么"心灵史"则是让个体在群体中显现，让个人与世界的异化力量抗衡。许多年来，李敬泽用他最擅长的、令人信服的隐喻方式，反复描摹好小说的样子——小说如同古老的城市、如同生活本身、如同一场恋爱，他的隐喻唤起我们自身的想象力、直觉和美感，从而与我们的精神世界呼应："它事关精神，在文学中，穿越覆盖着我们的幻觉、成规、各种分类和论述，我们感受到经验和生命的真实质地，看到意义世界的冲突、困窘和疑难，文学守护人的生动形象，保存了我们对世界之丰富和复杂的感知，也保存了对人的可能性的不屈的探索意志。同时，在文学中，我们能够通过语言与世界、与自我建立一种陌生和贴切的关系，有时如同舌头舔在冰凉的铁上。这一切，在一个消费社会中、在所谓互联网的时代，可能都在遭受威胁，但也

────────────────────

① 李敬泽，《翻来覆去的设问》，《纸现场》，人民文学出版社，2000年，第 157 页。

② 李敬泽，《纸现场》，人民文学出版社，2000 年，第 65 页。

恰恰因此变得非常珍贵。"① 在对文学的持续观察中，李敬泽从未转移关于文学揭示人精神向度的审视，他越来越深刻地认识到，当代文学在处理中国各阶层人群精神世界上的失效。中国的现代化进程中，知识分子、西方话语与中国百姓、中国问题之间存在着难以弥合的巨大隔膜，他以刘震云《一句顶一万句》中的老詹们为例，作家缺少表达和言说老詹们不曾道出痛楚与经验的模式。至此，李敬泽似乎又回到了新中国文艺建立初期的理想——让历史中无名者、被压迫者浮出地表，为历史中沉默者立言，回到那场因被理想遮蔽、压垮而最终失败并远去的革命，至少重温那场革命提出的问题。他揭示出那场革命中，或者说中国文学中长久以来对具体的人——无名者、沉默者精神世界的忽略，于是，他提出了汉语小说持久面临的"内在性的难局"，他呼吁作家寻找"一个农民或一个小城市民"以及广大中国人内在性的表意系统②。

　　仍旧回到 1996 年——随着刘醒龙、谈歌、何申、关仁山对应 90 年代社会转型现实的小说的传播，据此，张颐武提出了"社群文学"，李敬泽提出了"公共空间"。他们显然分享了相近的问题意识和逻辑——张颐武认为，"如果说，在 50—60 年代，我们曾用一种同质性的'我们'来建构文化的基础，导向了一个过于单纯的社会；而 80 年代，我们信奉'我'/'他'之间的断裂，试图建立一个'个人主体'的文化的话；那么在 90 年代，我们所需要的却是一个'我'/'你'之间的沟通与对话，是差异中的认同，是一种新的社群的意

　　① 李敬泽，《必须捍卫文学》，《为文学申辩》，作家出版社，2009 年，第 59 页。

　　② 李敬泽，《内在性的难局——2011 年短篇小说》，《致理想读者》，中国人民大学出版社，2015 年，第 41 页。

识。它会创造我们的今天与未来。"[①]李敬泽强调小说在内部表现为社会的公共空间，在外部则呈现为社会公共空间的一部分，在小说提供的公共空间中，代表不同社会利益的个体形成对话和交流，在对话中各方力量达到交流、让步与和解[②]，正如他为《大厂》所撰的评论中"体验性的剧场效果，观众完全投入情境，感同身受"[③]。对比孟德斯鸠提出"公共空间"背后追求权力制衡和让渡实现民主的政治观点，我们可以更好地体会李敬泽文学"公共空间"的目标，一种提供社群平等交流的文化想象。张颐武在《"阐释中国"的焦虑》一文中更清楚地表达了试图为 90 年代中国社会绘制出全息图景，并在图景中找寻和确立文学的位置的愿望[④]。"阐释中国"与"公共空间"都有着为当时的现实寻找合法性解释的意图，"公共空间"亦忽略了不同社会力量之间非对等的权力关系，同时，我们也应看到他们"介入"和处理现实的努力，诚如贺桂梅对他们的评价："正是这些试图阐释中国的研究者，往往最先对中国的一些文化适时作出反应，这其中蕴含着九十年代文学批评所无法回避的使命，以及如何对已发生巨变的社会现实做出一个人文学科研究者应有的回应。"[⑤]

李敬泽显然并未停止对 90 年代的追究。他"十七年后重读《废都》"，重新认识这部小说与庄之蝶的意义，他承认贾

① 张颐武，《置身共同的社群之中》，《文学自由谈，》1996 年第 3 期。
② 李敬泽，《公共空间》，《纸现场》，人民文学出版社，2000 年，第 153 页。
③ 李敬泽，《〈大厂〉的意义》，《文艺报》1996 年 3 月 15 日。
④ 张颐武，《"阐释中国"的焦虑》，《二十一世纪》（香港），1995 年，转引自贺桂梅《批评的增长与危机》，山西教育出版社，1999 年，第 21 页。
⑤ 贺桂梅，《批评的增长与危机》，山西教育出版社，1999 年，第 22 页。

平凹提供的社会结构"或许就是生活的本质和常态，它并非应然，但确是实然，而认识实然应是任何思考和批判的出发点"①。实然只是起点，在李敬泽看来，贾平凹的批判性建立在中国古代文人的"人生感"上，一种看破虚妄的智慧，一种不同于西方现代性塑造人精神归宿的方案。很难说这是贾平凹最初主动的设想，这更像贾平凹的小说唤起了李敬泽对《红楼梦》《金瓶梅》时的体验，一种他对中国小说与中国精神的理解。

然而，当雷达饱含激情地为新的创作风尚命名为"现实主义冲击波"后②，它勾连起"现实主义"概念并不遥远的历史关联和文学记忆，其话题性和熟悉度迅速引起文学界的关注，赞同与反对接踵而来，人们的讨论也就逐渐疏离了张颐武、李敬泽的问题界域。

在这一意义上，李敬泽郑重地宣布了文学作为整体性力量的重要性，"无论风俗史还是心灵史，'史'的观念要求一种整体性的力量，意识到生活的变化和流动，意识到这种变化和流动是整个时代图景的一部分，意识到个人的隐秘动机和思绪与这个时代千丝万缕的联系"③。90 年代至今，李敬泽太多次谈到整体性力量的问题，引得论者用"新总体论"来概括他，牛学智以卢卡奇的"总体论""失效"的批评语境对应李敬泽固然有启发性，但是"西马"代表人物卢卡奇的总体论，意在

———————————

① 李敬泽，《庄之蝶论》，《致理想读者》，中国人民大学出版社，2015 年，第 125 页。

② 雷达，《现实主义冲击波及其局限》："它们面对正在运行的现实生活，毫不掩饰地、尖锐而真实地揭示以改革中的经济问题为核心的社会矛盾，并力图写出艰难竭蹶中的突围"，"其时代感之强烈，题材之重要，问题之复杂，以及给人的冲击力之大和触发的联想之广，都为近年来所少见"。《文学报》1996 年 6 月 27 日。

③ 李敬泽，《人民文学》1996 年第 3 期卷首语。

重新显影被物质遮蔽、透明化的阶级关系①，在我看来，这并不是李敬泽所关注的，他有关整体性力量的想象，来自中国古代史家之观念，或许司马迁的志向"究天人之际，通古今之变，成一家之言"，要比卢卡奇更贴近李敬泽的初心。他的初心连通着中国传统之"道"——无论孔孟还是老庄，这是属于中国人看待天地与生命自在规律的方式，它沟通天与人，古与今，无所不包，周转不息。

因此，李敬泽的"文学整体性力量"不同于欧陆哲学提供的现代性与后现代主义的思考范式，事实上，向来警惕话语权力的李敬泽，同样警惕着各类宏大叙事的意识形态表征。他未必赞同宏大叙事的历史合目的论，因此，在谈到河南作家群普遍怀有总体性书写的志向时，他反而建议作家们以小规模的方式，寻找进入现实的路径："面对这样一个庞然的东西，如何在较为细小的规模上、较为轻盈灵动的规模上，找到进入现实的路径，可能是值得我们思考的。就是说，我们现在无法提供总体的表意模式，无法提供总体的解决方案，但是我们也可以想象，我们为什么非要提供总体的那个东西。……也许像蜂针一样，那样细小的规模上反而能够给这个现实、给我们拿它无可奈何的庞然大物扎出血来，真正触摸到它本质性的东西。"②整体性力量并非是先在的规定性，它应该有蕴含所有具体而微的事物与人的力量，正如李敬泽乐于称许何玉茹为"小事的神灵"，而批评余华《兄弟》对全部生活的提炼"简单到简陋不能成立"。

李敬泽从人的内心出发，在隐喻的意义上捕捉到了事物之

① 牛学智，《新总体论文体批评——李敬泽文学批评阅读》，《南方文坛》2011年第5期。

② 李敬泽，《寻找进入现实的路径》，何弘主编《坚守与突破——中原作家群论丛》，河南文艺出版社，2011年，第50页。

关联，这给我们巨大的启发。当新中国文学建立之初，社会主义现实主义文学倡导作家们将目光投注在外部广大"新"世界，外在于知识分子的工农兵，截然不同于旧秩序的新秩序、新社会、新世界，文学成为新生民族国家的示范和感召力量，成为呼唤新人、形塑新人的文化力量。新时期文学以人性为旗帜，文学回到文学本身，回到内心，将自我、大写的人、个人经验去置换宏大叙事。当代中国的文化与话语，如同历史本身，呈现着不可跨越的裂隙与鸿沟，李敬泽给予我们把两种传统与实践的诉求弥合与勾连起来的可能，将心灵的世界同现实世界并置于文学的愿景之中——"世道人心"。"世道"与"人心"，"风俗史"与"心灵史"，李敬泽何其偏爱并置的词汇和意义，正如他的批评文章中四处散落着并置的词语①，意象的罗列是诗意的叠加和蔓延，这本是汉语的特性，文体风格归于他对文学的理解：文学理应在一个空旷的公共空间中，在并置的事物之间建立精微的联系，建立一个浑然整体的世界。

四、中国小说：声音、对话与说书人

　　若试着在李敬泽的批评文章中寻觅关键词，找到的或许是出现频次最高的"声音"与"对话"。小说的腔调、小说家的声音、人物的声音、众声喧哗、静默与沉默，李敬泽偏爱与声音有关的隐喻。事实上，"叙述声音"是经典叙事学中十分重

---

　　① 李敬泽评张楚的《樱桃记》："'记忆'、'岁月'、'敌人'、'成长'、'逃跑'和'追逐'、'地图'和'道路'和'远方'，还有'疼痛'，还有'樱桃'这个名字，张楚让这些词语饱满、强劲，在它们之间建立起意义繁复的隐秘联系，让它们互相照亮，让它们像在一首诗中一样找到陌生的突兀的确切的位置。"《那年易水河边人》，《致理想读者》，中国人民大学出版社，2015 年。

要的概念，而众声喧哗的对话性理论则源自巴赫金的复调小说
理论①。与声音相对的是人的目光。李敬泽意识到，现代城市
文明建立在"目光的意识形态"上，西方小说无论是巴尔扎克
的现实主义还是现代主义，都在以目光观看和注视②。

　　同样在小说中发现目光的是日本学者柄谷行人。沿着日本
作家夏目漱石的眼光，柄谷行人发现了日本小说中"风景"的
确立。他认为，直到明治20年代（1890年代），日本作家才
向内发现了自我，并以内在化的自我向外发现了"风景"。风
景的被发现并非源自对外在对象的关心，反而是通过无视外在
对象之内面的人而发现的。因此，"少时喜读汉籍"的夏目漱
石，在接触到英国文学后颇感受欺上当，他意识到被欧洲定义
的"文学"中内化着欧洲中心主义的立场，不仅如此，他更加
拒绝的是欧洲式的自我认同（identity）。柄谷行人看到了漱石
固执于汉文学背后的政治诉求："所谓'汉文学'意味着现代
诸种制度建立起来以前的某种时代气氛，或者明治维新的某种
可塑性。"③也就是说，文学中目光与声音的意义与效力，代
表着东西方文化的巨大差异，同时，也象征着东西方现代性路
径的差异。

　　如若我们细究欧洲现象学派对声音的兴趣，便会发现无论
是雅克·德里达"保持沉默的声音"，还是美国现象学家唐·伊
德的"声音现象学"，在西方哲学话语中，不在场的声音与沉
默，代表着自我隐匿的上帝的声音，上帝的声音永远作为沉默

---

　　①　巴赫金，《陀思妥耶夫斯基诗学问题》，白春仁、顾亚铃译，三联
书店，1988年，第29页。
　　②　李敬泽，《中国奇迹、人的故事——七篇小说的文本分析》，《致理
想读者》，中国人民大学出版社，2015年，第118页。
　　③　［日］柄谷行人，《日本现代文学的起源》，赵京华译，中央编译出
版社，2013年，第26页。

的大他者对阅读者保持着不在场的权威与威慑①，他们与李敬泽对中国小说中声音的理解判然相离。如果说，在小说"对话"性上——"文学要容纳和展现人类经验和观点的复杂冲突和对话"，李敬泽仍然与巴赫金保持一致的话②，那么，李敬泽反对小说家用一个人的声音充塞小说天地之间，当作者将他者的声音挤出去时，言语暴力降临，则是意识到西式小说中叙述人声音的排他性，是对他人经验的拒绝，同时亦是自我中心主义的权力想象在文本中的显影。或许，我们可以在愿意反思西方自我中心主义的哲学家那里找到与李敬泽近似的立场，布朗肖写下《无尽的对话》一书，就是为了强调文学中的对话精神，以回应着西方哲学中刻意强化的他者的压迫机制。

少年时代的夏目漱石，"漠然冥冥之中由《左传》《战国策》《史记》《汉书》而略知何为文学之定义"。"喜读汉籍"的岂能只有日本作家，李敬泽在许多场合谈到他对历史的兴趣，他从中国古代典籍和传统小说中，寻找到不同于西方小说的艺术特质。李敬泽发现了习得"说书人"传统的中国小说家。莫言不再是现代意义的小说家，他成为说书人，小说中的叙述者具有说书人的叙事精神："直接诉诸听觉，让最高贵和最卑贱的声音同样铿锵响亮；直接诉诸故事，却让情节在缭绕华丽的讲述中无限延宕；直接诉诸人的注意力：夸张、俗艳、壮观、妖饶，甚至仪式化的'刑罚'也是'观看'的集体狂欢……说书人需要训练，做一个传统的说书人要比做现代小说家难得多，因为现代小说家可以放纵自己，哪怕把读者吓跑或气跑，而一个说书人的至高伦理是听众必须在，一个都不

---

① 李金辉，《多维视域内的现象学研究》，人民出版社，2014 年，第197—198 页。

② 李敬泽，《文学语言，及其未来——〈1978—2008 中国优秀短篇小说〉序》，《致理想读者》，中国人民大学出版社，2015 年，第 51 页。

能少。"①

　　如此缭绕华丽、辞藻恣肆的言说，与其说李敬泽在论述莫言或"说书人"，不如说，李敬泽透过莫言与"说书人"以及二者之间的关联，想象与言说着他理解中的"中国精神"：他认为莫言回归民间文化，寻回乡土世界里包含的现代性之外的文化与精神力量，而不带着预先的判决，莫言将现代性开启之初的两种历史方向揭示出来，"必须选择大地般超然客观的叙述立场，他取消了自己的声音、甚至取消了自己的角度……因为任何一种声音、一种角度都不足以覆盖中国灵魂的痛苦、艰难、辽阔和孤独"。李敬泽清晰地看到关于中国近现代历史话语的断裂、错置和颠倒，当代理论不断告知我们的那句格言，"一切历史都是当代史"，如果说"新时期"意味着人为地划了一道深鸿截然的文化深谷，两边是背道而驰历史讲述声音的话，李敬泽有意复杂、矛盾的论述"它是外来的、它是自身施于自身的、它是绝对的软弱、它是绝对的强大、它是痛苦、它是迷狂、它是卑贱的死亡、它是高贵的救赎、它是律法、它是人心、它是血、它是手艺和技术、它是传统、它是传统的沦亡、它是历史、它是对历史的反抗……"。这不是制造空洞的能指游戏，而是期冀一种新的文学能以整体性的力量弥合历史与现实的断裂，而弥合并非是合目的性的线性总体性，混杂的民间狂欢式的中国精神的体现，如同庄子论道，道之无所不包，不因屎溺秽污而不存。

　　无法确证李敬泽这篇《莫言与中国精神》批评文章是否引发了莫言创作的思索，只能透过一些文本中的信息考察作家与批评家之间的互动关联。《生死疲劳》发表之后，莫言曾与李

─────────────

① 李敬泽，《莫言与中国精神》，《小说评论》，2003 年第 1 期。

敬泽就小说有过一番笔墨交谈①。李敬泽认为这是一篇章回体小说，它具有挽救在当代已经"死去"的古典章回小说传统的重大意义，莫言则稍作概念位移，"这不完全是章回体小说"，"从深层上考虑，是想恢复古典小说中说书人的传统，因为章回体小说一般是从话本小说演变而来，是话本小说之后相对成熟的小说形式，作者作为说书人的姿态出现"。——如果说，李敬泽率先在《檀香刑》中拈出"说书人"的概念来评说这部小说的"伟大"，彼时莫言尚沉浸于小说家直觉创发状态之下的话，此时的莫言大概想借机申明他对这个问题已有足够的自觉和思量。两人并未就古典小说区分为"巨观"如《三国演义》和"一人一事足资谈笑者"的话本小说②多做探讨，他们共同将话题引向一种新的小说美学探索，一种自觉借鉴古典小说的叙述传统的崭新实践。

　　李敬泽确然在莫言小说里看到了古典小说的因子，也看到了不同于西式小说的中国古代坊间书场"说书人"的叙述传统，"说书预设了听众的在场，说书不是书写，而是声音，是包含和模仿所有声音的'大声'，古代的小说是'说'出来的，顶多是'小说'，这是非常重要和复杂的区别。《生死疲劳》是一次罕见的大说特说"。数月后，他将这一问题深入阐述下去，从现象演绎出结论，"它具有说书人的声音，而这声音本身就是一种世界观——一种不同于西方传统的总体性路径：在中国古典小说中，一切如轮回转，分久必合合久必分，人不是与他的世界对抗或从他的世界出走，从根本上看，人是

————————

　　①　莫言、李敬泽《向中国古典小说致敬》，原载《新京报》2005年12月29日，《当代作家评论》2006年第2期转摘，转引自《说莫言》（上），林建法主编，辽宁人民出版社，2013年，第27页。

　　②　（明）天许斋，疑为冯梦龙，《古今小说题辞》，这种划分具有一定专业的文学史知识，莫言显然在写作中对这个问题有过认真梳理和思考。

在承受、分担和体现世界的命运，人物带着他的整个世界行动和生死"①。

那些宋代瓦肆勾栏、茶舍酒楼的说书人，"烟粉奇传，素蕴胸次之间；风月须知，只在唇吻之上"②，因源于说书伎艺，自书场中来，"宋元话本小说的确更接近'听觉的艺术'"③，因说书的听众是"杂货铺主、碾玉工人、酒店掌柜、无业游民"④，宋代话本小说的拟想读者便是都会中的市民阶层。五四以来，自胡适、鲁迅到当代研究者，关于话本小说与白话小说的研究理路大抵不脱这样的理路：随着文人的参与，中国古典小说的文体日益向现代小说逼近，至晚明，小说中说书人消失，而现代意义上的叙述者浮出纸面——一个向着现代西方小说标准演化的历史。然而，援古论今的李敬泽逆向而行，在他那里，说书人的意义远大于文人"才子"的劝诫和一抒胸中块垒的言说欲望，否则，他不会语意欣快地说："小说中的'莫言'是个'知识分子'，没他什么事，但是瞎起哄，到处提供似是而非的阐释，又像一个插科打诨的丑角。"⑤

莫言与李敬泽在对话中渐渐浮出历史地表的"说书人"，不仅演化为人们研究和评述莫言的关键词，同时成为了 2012 年获得诺贝尔文学奖的莫言于瑞典文学院报告厅的演讲的核心词——《我是一个讲故事的人》，他不仅在演讲中两次提到"说

---

① 李敬泽，《"大我"与"大声"——〈生死疲劳〉笔记》，《为文学申辩》，作家出版社，2009 年，第 91 页。

② 罗烨，《醉翁谈录·小说开辟》，古典文学出版社，1957 年，第 3 页。

③ 陈平原，《中国散文小说史》，上海人民出版社，2014 年，第 288 页。

④ 陈平原，《中国散文小说史》，上海人民出版社，2014 年，第 285 页。

⑤ 李敬泽，《"大我"与"大声"——〈生死疲劳〉笔记》，《为文学申辩》，作家出版社，2009 年，第 91 页。

书人"，更加有趣的是，在镜光灯与目光交织的国际舞台上，英文词"storyteller"无差异地弥合了古典"说书人"与当代"讲故事的人"之间的时空距离。可以想象，一位受诺贝尔文学奖褒扬的中国作家，向世界宣布并输出了一种中国独有的文学传统，这将会在中国甚至世界文学场产生怎样的意义和影响。2013年，《繁花》甫一面世，小说家金宇澄在与批评家朱小如的对话中，便以"我想做一个位置很低的说书人"表达自己叙述姿态："你写的东西，是给读者看的，旧时代，每一个说书人，都极为注意听众的反应，先生在台上说书，发现下面有人打呵欠，心不在焉，当夜回去就要改，我老父亲说，这叫'改书'，我想做一个位置很低的说书人，'宁繁毋略，宁下毋高'；每个说书人，每一位小说作者，心中应该有自己的读者群，你得为他们服务，心存敬畏。"① 这几乎是对十年前的李敬泽的遥远回应了，无论金宇澄有无读过李敬泽那篇张举"说书人"的文章，置身相同语境下的两种言说的互文性清晰而无误。

可是，李敬泽并没有在说书人敬畏或取悦读者那里停滞不前，他继续追问，今天媒体上能指狂欢的信息爆炸时代，即便说书人取悦读者，读者也未必会不吝拥抱。"传统说书人对于他面前的或他想象中的人群必有一个不言自明的前提：你们的真理就是我的真理，我的智慧就是你们的智慧，我们——包括讲述者、听众或读者、故事中的人或物——我们都'在'，静默是'在'的仪式，当我们在开始前同归静默，我们是表达一个信念：我们共同沉浸其中的静默就是我们经验的普遍性的明证。"

李敬泽将问题引向了更具启示性的议题，一个有关人类文

---

① 　金宇澄，朱小如，《我想做一个位置很低的说书人》，《文学报》2013年11月8日。

明媒介变貌的问题。16世纪，当"说"的听觉性转化为"读"的视觉性时，均质的视觉经验将过往由五官乃至身体复杂交织的复合感觉抛诸脑后，现代小说这一诞育于印刷媒介的产物是视觉文化期的典型，它将经验缀连成一个连续体以便人们总体而理性地去想象世界。恰如麦克卢汉所言，视觉性所构成的世界，是个空间一致、均质化的世界。因此这种世界与口语拥有多元要素、相互共鸣的世界毫无瓜葛。一度，李敬泽曾不无向往与怅惘地描绘了印刷媒介主宰时代下的理想读者："一个理想的欧洲中产阶级读者，携带一本小说，在漫长的旅途中，在火车、轮船上阅读，他必是耐心的，与今日的读者相比更是耐心惊人，他在细部流连，而他手里的这部小说揭开了生活沉默而真实的层面，他是孤独的，而长篇小说提供了一种内省性的精神生活。"[①]贯穿16到19世纪的默读行为，呈现为李敬泽描绘的优雅而宁静，在白纸黑字的均质的语言组合中，人在精神世界中构建出对应的未知地域。19世纪，一切再度逆转。当声音可复制的时代来临，世界上便出现了无数新的声音，扼杀了沉默，亦使得自然的声音相形见绌，声音不再有远近大小起伏，声音不再回响于空间。在日本学者吉见俊哉看来，正是现代资本主义催生了声音的复制术，催生了泛滥成灾的声的海洋，于是，人类丧失了沉默的能力。吉见俊哉的结论是，听觉性知觉占了上风，取代了印刷术出现之后的视觉中心主义，正如有声技术诞生后悄然逝去的默片艺术。也就是说，"声的资本主义"制造了"复制声音"作为"视觉中心主义"的文学阅读的敌人，它同时淹没了万物的——包括人自身的声音。

　　沉默与静默，在声音的包围和映衬中被凸显，李敬泽看到文学的意义和价值："静听，我用这个词表达我对文学语言的

---

① 李敬泽，《格格不入，或短篇小说》，《为文学申辩》，作家出版社，2009年，第177页。

信念……当世界被分类整理、各就各位的时候，文学恰好守护着并且勘探着那个沉默的区域"，"在这时代和历史的大变中，人的境遇如此复杂，他们的生命和生活中必有大片沉默的区域，没有声音，无以言表。那么这正是在我的想象中作家所在的地方，他站在沉默中，让沉默发出声音。说汉语的人们在凝神静听"[1]。至此，李敬泽已经走到比巴赫金论述陀思妥耶夫斯基更远的道路上了。

五、未封之境：中国传统批评的当代转化

李敬泽的批评文章中，时常蹿出"狐狸"的意象身影，他承认，"狐狸"作为批评术语是以赛亚·柏林的原创[2]。然而，狐狸的意象给予他漫延的联想空间，他乐于使用"气味"形容作家的才华，以及"声音""腔调""胃口""中国之心"这些词汇，与中国传统文学批评的"文气"说一样，它们联系着中国人关于文章与人格，乃至与生命的基本因素之间幽微的关联。

在《一本书，我的童年》[3]中，李敬泽回溯了对他批评产生影响的阅读资源。80年代初，叶维廉编选的《中国现代文学批评选集》被他视为秘籍，叶维廉撰写的《序言》中"未封"一词，后来出现在他写于1999年的《我的批评观》。叶维廉对传统批评的描述给予李敬泽最初的启迪：

────────────

① 李敬泽，《文学语言，及其未来——〈1978—2008中国优秀短篇小说〉序》，《致理想读者》，中国人民大学出版社，2015年，第18页。

② 李敬泽、冯艳冰，《发现之旅》，冯艳冰主编，《名编访谈》，广西人民出版社，2011年，第36页。

③ 李敬泽，《一本书，我的童年》，《当代作家评论》2017年第3期。

　　"这种程序与方法在中国传统的批判文字中极为
少见，就是偶有这样的例子，也是片段的，而非洋
洋万言娓娓分析证明的巨幅；如果我们以西方的批
判为准则，则我们的传统批评泰半未成格，但反过来
看，我们的批判家才真正了解一首诗的'机心'，不
要以好胜的人为来破坏诗给我们的美感经验，他们怕
'封'（分辨、分析）始则道亡，所以中国的传统批
评中几乎没有娓娓万言的实用批评，我们的批判（或
只应说理论）只提供一些美学上（或由创作上反映出
来的美学）的态度与观点，而在文学鉴赏时，只求
'点到为止'。"①

　　事实上，叶维廉描述的是中国传统批评的泛整体性思维特
征，它倚重于整体的、模糊的、具象的、隐喻的描述性把握。
在中国古代文人的观念中，文章至美至妙之处是无可言说的，
在那里，老庄哲学发挥了原初的启示意义——"大音希声，大
象无形"，于是，古人评点艺术的高低，最高超绝妙之境界一
定是不可言说的。至高至妙的美，不可言说不意味着一种虚无
的不可知论，而是不便以语言和理性加以分析和阐释，而是忧
虑过分理性分析会破坏以语言构筑的完整艺术世界。那么，批
评者会心即意，寥寥数语，引得读者心领神会，便完成了批评
的全部过程。这种企盼心与心跨越媒介的递减效应而直接传递
艺术讯息的方式，在中国传统文论中俯拾皆是，古人大多抱着
"虽不能至，心向往之"的看法。在古人那里，言意关系之不
妥帖，言之害意，不要说论者的多语，即便是作者自身，尚且
忧惧语言折损了天地之间的真理性"道"的存在。

────────────

　　① 叶维廉主编，《中国现代文学批评选集》，联经出版事业公司（台
北），1976年，第2页。

　　传统批评"点悟"式的思维，有限言说和话语留白的表达，通过阅读"秘籍"而内化于李敬泽的知觉结构中，同时也因与其个人审美和心性的洽切而欣然接纳。李敬泽不仅自我践行着传统批评的精神，并据此反观当代批评中话语的留白处："评论家们各有其话语系统，也受着不同时期的思想和学术风尚的影响，谈起某些事、某些作家特别有话说，如庖丁解牛，运刀騞然，得心应手，顾盼自雄。但碰到另外一些事、另外一些作家就英雄无用武之地，如老虎吃天，无处下嘴，只好视而不见，保持沉默。"① 被李敬泽称为"具有某种天然的抗体的"作家，他在不同时期、不同场合、不同文章中列举过许多，冯唐、杨争光②、邓一光、红柯、格致③……与其说李敬泽爱做批评的翻案文章，不如说他偏爱这些难于被理论话语割裂的作家，这些创造浑然整一、内容形式彼此契合的艺术总体的作家。即便是批评界颇受关注的作家，李敬泽也看到流行通用的批评话语的疏漏和失语，他说，批评家和读者们在面对张楚小说时大多"心动而难以解释"，这是因为"他之所写，就是我们所'在'，就是我们说得出来的、滔滔不绝地说我们还没有一套贴切细致地分析人的内心生活和复杂经验的批评话语时，张楚的小说就只能是被感知，然后被搁置"④。

---

　　① 李敬泽，《关于缓慢、重复的事物》，《致理想读者》，中国人民大学出版社，2015年，第132页。

　　② 李敬泽，《关于缓慢、重复的事物》，《致理想读者》，中国人民大学出版社，2015年，第131页。

　　③ "格致之文大家都觉得很好，常有惊艳之感，……但是，真要坐下来思量她的文章的挑战是好事，在应对这种挑战的过程中，我们认识和估量了一个作家的价值，同时也拓展了我们的理论视野。"李敬泽，《从'大神儿'说起——格致二论》，《致理想读者》，中国人民大学出版社，2015年，第166页。

　　④ 李敬泽，《那年易水河边人》，《致理想读者》，中国人民大学出版社，2015年，第151页。

　　传统批评的范畴和命题无疑给予李敬泽以多种启发。以表现主体的心灵和情态为特色的传统批评，曾对心学的叩问中萌生出繁富的学理，"情志""性灵""文如其人""修辞立其诚"，是传统批评中"道""人""文"自上而下、由虚及实的内在性和统一性，纵偶有"心画心声总失真"的反诘，在古人看来，文人的心性和整一的自我总会通过修辞与行文中暴露无遗。李敬泽认可传统批评在人与文之间建立的联系，并在不同的批评语境中延伸与更定。作家、文本的叙述人与读者／论者，是为三个血肉丰盈的生命体。对比作为学院研究常识的罗兰·巴特《作者之死》，我们很难想象李敬泽与这样的理论观点形成通约关系："读者的诞生应以作者之死为代价。"[①] 然而，即便李敬泽的批评频繁以作家论的形式出现，他绝不同于巴特以及德里达批判的古老的作者中心法，李敬泽关注的乃是叙述者与小说家之间"声音""腔调"的传递，以及叙述者"声音"如何在读者那里产生影响。"声音"这个被李敬泽重新定义的批评术语中，包含着作家的思想、价值、观念，于是，与罗兰·巴特以及德里达这些欧陆后现代主义批评家的不同便昭然若揭——李敬泽并未放弃与作者／文本的起源处对话的决心和努力，舍弃活生生的、具体的"人"来谈论文学问题，这在于李敬泽是无法想象的。

　　另外，传统批评中，世界万物无不存在于关系或都是通过关系而存在，正如李敬泽相信的文学作为整体性力量，语言、现象、美，被一个活跃的思维中心将它们从文本中散落、无意识的坐落中吸引出来，重新组织在一起，因而产生了巨大的揭示性力量——他以个体纷呈的形式，聚合起自己的思想场域和审美标的。此外，传统批评的前提是"机心"的相通，诗文之

——————————————

　　① 汪民安，《谁是罗兰·巴特》，江苏人民出版社，2015 年，第 145页。

美的知觉传递是在共享精神资源的士子文人之间的，传统社会中文化等级制度与社会制度一样，隔阂着森严的"理障"，而现代意义上的文学是有大众性的，批评如何跨越当代知识生产中的"理障"，起到连接读者和作者之间的作用，这是李敬泽始终自觉思考的面向："传统文论的要义第一是感受，贴近作品和读者，同时也讲究批评的修辞效果。所谓'言而无文，行之不远'，批评一定要考虑怎样能够在人群中"行之远"的问题。批评家应该在这样一个众声喧哗的文学生态中，自信地表达观点和看法——自信来源于他的专业素养，他对文学的敏锐感受和深入思考，在此过程中，批评家的影响取决于他对公众的说服力，所以我的文学批评需要另外一方面的努力，就是'立志让人懂'。"①

当我们不再生活于传统文化赖以依存的社会基础时，传统批评的精神和话语如何注入、转化为现代批评实践，是学界多年来孜孜以求的方向，这种转化在跨越前现代与现代文化的深刻断裂时，无疑是困难重重的。与其说李敬泽是搬用传统文论的语汇，使文章呈现一派古奥，不如说他是对传统批评精神的承袭，夺胎于传统批评之精神，换之以现代语汇之骨，融会贯通，点石成金。事实上，李敬泽并没有过多使用传统批评的概念与修辞，他的批评修辞完全是想象性的，随物赋形，据对象的题材、核心意象加以文学性的描述。

在新近写就的《一本书，我的童年》这篇自述批评观的文章的最后，李敬泽模糊地自称为"中国"式的批评家。不仅由于他的言说对象、问题意识都是面向中国文学的，而且由于他进入文学的角度与眼光。更为值得深入思考的是，李敬泽的批评中，始终在同不在场的对象对话、交谈与论辩，而那些

---

① 李敬泽，《文风与'立志令人懂'》，《文艺报》2011 年 6 月 24 日。

对象是作家、批评同行，甚至是古今中外不同语境下的思考者们——"无数聪明脑袋"。即便是为文学申辩，李敬泽也常常采用介乎辩与不辩之间的修辞方式，很多时候，当李敬泽层层设置譬喻，形成富有说服力的论辩时，会令我想到先秦诸子特别是孟子的雄辩之风。当孟子将时局与生活中的事物随手比拟，大小由之，浅近易懂，随机应变时，便形成了浩然正气的中国之文的风格——李敬泽的文章，或可作如是观。

六、结语：走向未知的写作未来

借鉴大陆哲学流行的"事件"理论，我们可以反思对于文学批评本质的探讨，很多时候也需要回到语法层面，即当我们提问"什么是批评？"时，不是将文学批评作为摆放在眼前的对象，等待我们去提取出它的属性，而是将之作为一个动态的发生，一种文本游戏、言语行为、写作行动。因此，我们的问题或许不再是"文学是什么？"，而是"如何去谈论文学？"，正如事件理论鼓励我们对于文学的事件的理解，从"存在论"转换到"施行论"上。我们关注的不再是文学语言表征的外部现实，而是文学语言的描述方式本身。文学的意图能为读者所领悟，并非理念自身，而是因为理念表征过程中的文学语境构造了一种敏感的氛围。李敬泽的批评实践，正给予我们这样一种启示。

李敬泽对时代以及人在这个时代的处境的洞察——这成为他思考文学的起点和全部旨归，他的表达和思想方式的亲和力及其易感性，同时代人不自觉地被他的思想和主张感染与感召，与中西方历史上那些难于被时代接受、理解或体认的批评家相比，李敬泽和当代文学是幸运的。在他的文学里，一种沉吟的、优雅的成分，同一种不安于一己之心，嘲讽自我与他人的倾向始终纠缠不休，而在批评、衡量之外，他始终面对文学中存在的巨大诱惑，内在于他的精神世界中召唤着他。批评时他要用自己的语言、自己的方式言说，李敬泽较少使用引文与引语，他说，复述小说情节是无趣的。实际上，借作家、作品为引，李敬泽要说的是他的感悟与思想。李敬泽做的恰是现代主义大师们煞费心机借助史料、文学去做的事情——在意义缺乏、表达松散的空洞的能指狂舞中，用文学在一个纷乱的物的世界中聚合起一座精神的整体殿堂。李敬泽终于开始一种面向未来文学的写作，当然，"有时复旧，也是为了创新"。

原载《南方文坛》2017 年第 4 期

自九十年代走来的女人

——徐坤小说综论

　　徐坤是属于 90 年代中国的小说家。直观而言，徐坤的文学生涯的出场时间在 90 年代初，彼时，她以一系列出色的中短篇小说登上文学舞台，她在 90 年代被阅读、评说和认可。何谓 90 年代文学？ 学界大多依托作为参照系的 80 年代文学为 90 年代命名，谢冕的"后新时期"，陈思和的"无名"的 90 年代，张颐武、陈晓明的"后现代"，皆以 80 年代文学为"前史"。内在的证据是小说家的情感、观念、经验和表达，她以反讽性叙事构造世界，讽的是 80 年代知识分子的精英想象与言说姿态，她展示了丰赡而弹性十足的叙事气力，把对知识分子世界和城市生活经验的冷静分析变成了文学搏击之术，庄谐杂陈的语言本身又为詹明信的后现代主义文化提供了注脚。而这些特点本身是高度风格化的，很快 90 年代的文学界就把徐坤与其时最擅长以插科打诨的、颠覆崇高感的醒目人物王朔联系到了一起，"女王朔""女大侃"的称号也随之而来。

一、失语的喻体

　　此时回想，身处八九十年代之交的徐坤面临着得天独厚的文化契机，她"幸运地"生活在政治核心、文化中心的北京，就职于高级知识分子聚集的中国社会科学院，敏锐的徐坤无须刻意寻觅，便能亲身感受到在特殊的新时代精神气候里，知识者的形象发生了怎样的改变。既往的叙事范式、叙事成规，已不再适合表现知识分子生活，特定时期的思想文化诉求期待着小说呈现新颖独特的知识分子叙事风貌。在徐坤的前期小说中，知识分子叙事有多重向度：知识分子对"启蒙"使命存在价值的质疑，知识分子或者探寻新的信仰和价值，或者放弃承担、鸣唱绝望和失败的不同选择等等。但是，徐坤关注最多的，也是叙事呈现最为全面和深刻的维度是知识分子的"失语"——这里迎来了悖论，知识分子角色的作家只能依靠语言，而语言却用来表现挥舞语言本身的知识者的"失语"。

90年代的社会转向，新的话语空间和言说方式尚未定型，留给知识分子的只能是"前人牙齿的缝隙，在无数话语的夹缝之间逡巡"（《北京以北》）。一如《斯人》，诗人既无法认同遮蔽目前的庞大经典和传统话语权力，又不甘就范于"非同小可的力量"的现实话语的威慑。这场孤独的话语的交锋之战，只能以诗人落败，堕入失语行列为结局。《白话》里的那群社科院的知识分子在下乡锻炼中，效仿五四传统发动第二次白话文运动，企图从乡间俚语、民间土壤里获取话语力量。佛学博士阿梵铃的答辩完全是在玩一场毫无文学意义的文字游戏，还有所谓专家的面子之争、个人出国的宣誓大会，皆是一场场试图寻找话语权力的精彩闹剧（《梵语》）。"先锋艺术"的一时风骚也许是空画框的故弄玄虚及语言魔术杂耍似建构起来的神话，一旦话语失效，失去庇护的先锋真正沦为乏人问津的"废墟"（《先锋》）。

作为社会、历史结构产物的话语，原本是文人、知识分子手中挥舞着最重要的一种武器，一如鲁迅先生的"匕首和投枪"。但是，跌落话语神坛的知识分子们不得不卸下超载的社会使命与功能，面对社会和文化的世俗性和消费性这个言语环境、言语对象的改变，他们的话语、表达不再被倾听和接纳，他们丧失了对于自己的存在方式和主体价值的自我解释能力，"'失语'注定成为这一代人的命定际遇"（《北京以北》）。

徐坤成功展露了失语之后扭曲、怪诞、荒唐的儒林景观，从此，话语的伪饰、遮蔽、被剥夺、暴力泛滥始终都是她关注的问题。《狗日的足球》是一篇格外值得关注的作品，现在距离徐坤写作这篇小说已经十年有余，时光丝毫没有磨损小说的力量。小说中呈现的凶猛如潮的雄性暴力话语，至今仍然盘桓在北京某座体育场的上空，而作者隐而未宣的忧虑，不仅在于男性文化在构建语言体系中潜藏的性别歧视之心，更在于她为我们揭示了影响更加深远的文化隐患，那足球场边喧嚣、粗鄙的大众语言狂欢，如今在无边、无踪、无约束的网络上更加肆无忌惮地上演着，暴虐、粗鄙、哗众取宠的语言变本加厉地吞噬着汉语的优雅和美感。面对大众舆论的强大话语势力，个人——不仅仅是女性、知识分子——唯有更加卑微彻底的失语。徐坤2009年写就的《通天河》恰好是十多年前预言的回响，千百个以或功利或"无私"的理由走上爆料之路的宋斯基们，业已掌控了科技新时代的舆论导向和话语权，他们呼风唤雨撒豆成兵，"自贬、贬人、自残、残人、自虐、虐人"，率意左右着他人的生活和生命，"匿名爆料作恶捣蛋揭短的快意，简直胜过天底下任何好玩游戏，胜过一切言语"。

徐坤小说呈现了一系列极具时代症候的躁动的喜闹剧，当她以百无禁忌的姿态，肆意地颠覆文化人士的生存价值时，在嬉笑怒骂地调侃知识分子跌落神坛后的自怜、自讼与自鬻之后，自身的知识分子身份使她无法认同和屈服于现实原则，唯有以"悲怆与激情"的姿势与80年代的"光荣与梦想"诀别，徐坤的这一姿势极为洒脱决绝，但也无法掩饰当中物伤其类的微凉的生命悲感。所以，画家撒旦伫立在麦地里孤独守望的身影，佛堂中虚缈地千万回描摩佛像的手指头（《先锋》），自蕴含有一种精神追求的庄严；当博士消失在残雪覆盖的原野尽头，离去的路边"一排排经历了四季轮回的白杨树，正在瑟瑟的风中兀立着"（《白话》），也尽是一幅"漠漠平芜天四垂"的萧索哀景。想来这也是作者与小说中人物在现实境遇中一起体会到的精神痛苦。

二、女人的本真

90年代末期，徐坤收起了她擅长的反讽与戏谑，更换一副笔墨，开始书写"小世界"以外的"大世界"，由此，这种生命悲感在徐坤的小说中也更加清晰可感。这次笔墨转换，被徐坤看作具有"行到水穷处，坐看云起时"的意味，她说："囿于职业的限制，以往我所写的，大多是我所熟悉的知识分子'小世界'群体之中所发生的事情，着重于群体内部的重重矛盾，以及这'小世界'与外部广大世界发生的千丝万缕的勾连。现在我尝试着将视点从书斋中转移，转到更广阔的外部世界，试图用我的笔素描一座城市。"（《坐看云起时》）

徐坤的城市有两座，一是故乡沈阳，一是寓居十余年的北京。而写城市，离不开城中人。城市知识分子的经验和命运仍是徐坤书写娴熟的对象。不同于老舍京味小说的蕴藉平和、明朗朴拙，也不见刘心武、陈建功、邓友梅寻根一脉之下的京味小说共同呈现出一种对老北京文化和传统情感上的留恋和认同，徐坤的"北京书写"大多描述的是巴尔扎克式的"外省知识青年"的北京。在这些怀揣着梦想、带着征服城市的野心的外省知识青年眼中，北京是拥有着特殊政治文化含义的首都，是一代人用一生的奋斗来定位自己的坐标系，然而北京同样是一座充斥欲望、金钱、权势、文化歧视的现代都市，也会冰冷得如同磨盘一样碾碎他们的梦想。像隋志高（《年轻的朋友来相会》），巩泽原（《早安，北京》），这些优秀的外省来京知识分子曾经激情满怀，他们共有的渴望与最终沦落的失望，都是来自京城／异乡的重压，理想／现实的差异，渴望融入又难掩疲惫和乏力，身后是早已自我断绝的归路，面前是案牍劳作或一地鸡毛的意兴阑珊。心力交瘁，欲罢不能。

读徐坤笔下的城市中人，你会感到光阴流逝，生命的锐气在虚耗，人的激情、意志、耐力和智慧全部在与一座城的搏斗中消磨殆尽。城市与人的力量对比之悬殊，人的命运之不可自控，小说如此逼真地切近着当代人的身体与心灵的痛楚。

除去文化人，徐坤写得精彩的还有城市中的女人。在90年代那个女性意识在小说中空前觉醒的时代，尽管徐坤被评论者和文学史归入女性主义写作一脉中去，然而队伍中的徐坤看上去有些桀骜不驯。她是女性作家和女性主义研究者，具有充分的女性主义的观念和自觉主动的女性写作姿态，然而读其小说却鲜见女儿情态，无论思想、主题还是言语、笔法。惯常所说的女性文学细腻、敏感、清新、婉约和纤柔的语言与叙事风格，基本上绝迹于徐坤小说之中。

然而，从90年代后半期以来，徐坤以探讨城市知识女性命运的小说逐渐变得质地柔软。徐坤以平和的写实手法，悲悯的眼光关注她们在现代都市中的情感和精神处境，表现她们的困惑、痛楚、迷茫，其间不自觉地对女性的自我回护姿态使这一系列小说沾染着温暖的气息。

在女性系列作品中，两性关系始终是作者关注的核心话题，都市男女的每一段关系，在徐坤看来，似乎都是一次包藏祸心的性别之战。地产大鳄顾跃进占有电视台女生于珊珊，是为了与时尚光鲜的传媒界搭上边（《爱你两周半》）；北漂青年民生"傍富婆""自我阉割"，是为了获取城市生存权（《杏林春暖》）；叱咤八九十年代的文学批评家赵日对于青春娇艳的宋乙乙没来由的追逐和占有欲，不过是为了找回当年无数狂热的青年崇拜者的热捧，甚至是得到女孩子们心甘情愿的献身的辉煌感（《含情脉脉水悠悠》）。动机不纯，勾心斗角，心垒森严，无道德的欲望，都是徐坤笔下现代都市男女的情爱关系的本质，然而在徐坤处，围城之中的世界却有着别样景观和情感基调。

以作家"流浪在北京"的婚恋生活为底本，浸润了"居京十年的眼泪"的长篇小说《春天的二十二个夜晚》是一部打动人心的小说。徐坤对人物心理的细致考察和表达，对氤氲在日常生活中看不见、摸不着，然而无处不在的烟火气息和情感痕迹的透彻把握，平和的、十分生活化又保持着文雅流畅风格的语言，给人留下了深刻的印象。小说讲述了十几年间，女主人公毛榛从大学恋爱到婚姻破裂，然后继续上路寻找情感归宿的经历。作者事无巨细地描写了许多人物的生活细节，在叙述人的带领下，流年间的甜蜜与辛酸似流水般汩汩自记忆中淌出。其中，最让人难忘的，莫过于作者对毛榛婚姻破裂的整个过程的叙述，日记式的讲述，相关文件证物似的呈现，境遇之中的人物毫不掩饰地宣泄着痛楚和困惑。琐碎而密集的写实趋于极致时，反倒容易引发空阔而苍茫的想象。平实人生生出的戏剧性和虚无感，带来了更真实的切肤之痛。读者仿佛已经进入小说世界，与女主人公同室相伴，目睹她的遭遇，伸手抚慰她的创伤，这也许就是这部小说引起了许多读者共鸣的原因。

这是一部带有鲜明自传色彩的小说，但它不是用来向人倾诉，而更像是一种自我倾听和梳理心绪，在这种倾听中，人生境遇无法言说，然而深埋其中的伦理、性别和文化的庞杂因素，以困惑、纠缠的形式呈露出来。婚姻和情感的真相，正如那些引人流连的爱情诗和无题诗一样，缠绵悱恻，优美动人，但词义隐晦迷离，难于索解。对于徐坤来说，那些破碎的往事即便历历在目，杜鹃啼血，也是"此情可待成追忆，只是当时已惘然"。惘然，意味着难以求解，剪不断理还乱，这原本是围城中人的真实滋味，这部小说之所以格外动人心弦，也许正是缘于这份洇漫不散的惘然和淡淡的悲感。

三、"我"与"世界"

在更清晰而广泛地探明当代精神处境后，徐坤的目光滑向了人间万象，将关注慢慢投向了世俗社会中的大众，开始尝试把握纷繁杂沓的现实，开始用具体而喧嚣的日常世事呈现社会与人的病痛。作为学者出身的作家，徐坤说，希望"用一个家族的变化素描一座城市，通过一座城市透视一个社会，以及社会发展变化过程中的某一阶段——我尽力想把所遇到的问题一一理清。一时尚难理清的，也试图先把问题提出来"（《坐看云起时》）。作家密切关心现实本是中国文化一脉相承的传统，追本溯源，中国现代意义上的小说的产生本就与这一传统有关。五四以来，甚至一度产生了为探讨某种社会问题而创作的问题小说，而鲁迅从《狂人日记》开始的短篇小说，如他自己所说，"原意其实只不过想将这示给读者，提出一些问题而已"（《英译本短篇小说选集自序》）。

随着观照目光的扩展和延伸，徐坤曾经的那种先锋主义气质和女性主义的叙事痕迹逐渐淡化，正如她自己所宣称的那样，"在写作中发现了现实主义的无穷源头和深厚魅力"，而对于现在式的、人们身处其间却尚未被警觉的社会现象，徐坤往往表现出异常精准的洞察力和热情言说的责任心。她的目光不断漂移，关注着这个不断发展的社会。《沈阳啊沈阳》记录了在中国经济转型期，面对下岗失业这样严峻的生活剧变人们所承受的焦虑。《做秀》揭穿了时下流行的谈话节目的真实居心。所谓的"真话真说""实话实说"，只是一场主流意识形态引导下的事先排演好的真人秀，亲临现场的观众捶胸顿足，高呼猛喊，背后真实的目的只是要让大众烦躁的情绪一吐为快；而社会主流意识形态的无形操控，使得十来岁的小孩子面对媒体也"情不自禁"地吐出称赞的语言。《昔日重来》则是描述了商业文化对精神净土的大学校园的致命冲击，使"一个严肃而清洁的地方"变成了"歌舞升平的地方"。对现代性的质疑是徐坤早已关注的一个重要命题，《北京夜未眠》讲述了匿名的、空虚的城市人在网络上寻找情感的交流和理解的故事。《起步，停车》等作品记录了北京的"学车热"和城市拥堵交通造成的个人空间的挤压和心灵的压力。在小说《通天河》里，徐坤再次以自己熟稔的语言的戏仿、拼贴、杂糅游戏，展示了地产商、业主与物业公司之间斗智斗勇的过程，探讨了城市拆迁和房价涨跌、网络爆料和媒体话语暴力等等热门话题。

在越来越难以看到现代性的宏大叙事和以正在轰轰烈烈发生的国家、民族大事件为直接书写对象的时代，2008 年，徐坤拿出了一部 50 万言的奥运题材小说《八月狂想曲》。可以说，在那一年，人们对《八月狂想曲》的关注和讨论，已经超越了一部小说的意义而形成了一桩文学事件。

从作者自述的素材搜集方式、寻找主题和切入角度的创作过程，以及作者的创作期待和对书写对象的理解来看，我们很容易理解作品为何会呈现出令人赞叹的现实主义品格、宏大叙事的规模、恢宏大气的风格和昂扬热烈的基调。奥运馆场设计、投标、建设，老体育场拆迁，旧城改造等等，徐坤记录了一个对我们民族和国家如此重要的历史事件；肩负起一个时代的重任的新时代的知识分子，不同行业、正面或反面形象的官员和人间烟火之中的普通百姓，徐坤表现了一个真实的社会下值得书写的丰富多样的人。徐坤愿意给她的小说设置一个时限，一个傍晚，一顿晚餐，两周半，二十二个夜晚，在一段叙述者和读者都预先设定好的时间段里，在期待的视野中呈现人物和故事。在《八月狂想曲》里，小说的笔调是峻急而势不可挡的，它裹挟着巨大炽热的激情向着一个 2008 年的终点冲刺，朝向着未来溢涌而去。如此宏大的结构，如此众多的人物，如此复杂的故事情节，徐坤叙述起来大处恢宏气派，小处细致入微，这种写作不仅显示了徐坤的勇气和智慧，也集中体现了她的写作能力。

在近二十年的写作历程中，徐坤以一个女性学人的视角去观察人生、审视世界，她的作品始终带有一种"文化"品性，她有学院风范，有知识分子的批判立场以及对批判立场的"解构"；她有女性的细腻，于生活的变异明察秋毫，但又从不止步于男权为中心的社会秩序下的女性世界。徐坤的笔力遒劲、坚实、强烈、辛辣，具有打破生活坚硬外壳直抵本质的力量。从早年的冷眼旁观，戏谑间打破知识分子的话语神话，到带着温情悲感的体恤人心与命运，直至热烈地书写青春、家国与盛世，徐坤的小说世界拥有乍暖乍热的多重温度。即便徐坤常常自嘲是一位"惶惶进入中老年"的女作家，她的小说语言仍然葆有 90 年代的鲜活、泼辣和生机，这是自 90 年代走来的徐坤为汉语小说贡献的特殊性。

原载《文艺报》2012 年 3 月 26 日

青春歌行：回望与告别

——略论颜歌

颜歌少年成名。不算少数的 80 后作家自新概念作文大赛与《萌芽》杂志走出，这或将成为书写中国 21 世纪文学史的一条清晰的脉络。少年作家身在校园，长在相对稳定历史时期，他们之所以在"新概念"与《萌芽》中展露的文学才能，大多依凭着旖旎多姿的想象力和踵事增华的语言风格，也就是通常所说的才华、天赋。同列之中，少女颜歌堪称翘楚。正如她的自白："我父母都是中文系毕业的，从小我唯一的玩具就是他们的书，因此，很小的时候我就希望自己能够写作，能够当'作家'，然后就顺理成章开始写，一边写，一边在大学里读文学，到现在十多年了，写作成了我的基本状态。"天赋、理想和充分的专业积累和写作准备，使颜歌顺理成章地走上专业写作道路。对照同代的 80 后作家群体，颜歌的潜力和笔力两皆惊人，成绩堪列入上格。同样，与同辈作家一起，颜歌曾被冠之"少女作家""80 后作家"等等标签。然而，时尚光鲜的城市生活，纵欲放荡的身体书写，对代际和成规的蔑视挑战等等，这些论者常谈及的青春写作具有的特立独行的充满现代主义的叛逆和颓废色彩，于颜歌的作品中却鲜有出现。颜歌温和感性，敏悟而善思，有着良好的古典文化教养，她从走上创作之路伊始便有意经营克制精巧的叙事策略，使其小说具有早熟的文学品格。2011 年，留学美国的颜歌创作了长篇小说《段逸兴的一家》(单行本名为《我们家》)并发表于 2012 年第 5 期的《收获》杂志，这篇小说引起了评论界的关注，她也因此获得了第十一届华语文学传媒大奖年度新人奖。自《我们家》起，颜歌似乎可以去掉那些为了增强市场效应和夺人眼球而添加的定语，而只称"作家""作者"，自《我们家》始，颜歌的写作正式归队。

青春魅影，鬼魅、精魂与异类

2002 年，颜歌在《萌芽》杂志上发表处女作《锦瑟》，在小说的开头，她让主人公锦瑟在鬼气森然的氛围中登场：

> "我忘记了回家的路，在这条寒冷又肮脏的巷子里。只剩下茫茫无边的雾气，一片空白，我泪流满面，蹲在一只死去多时的老鼠旁边。这时候有人来拍我的肩膀，我转过头去，看到了一个女子模糊的脸庞，她穿着一件深红色的毛衣，对我微笑。她对我说，走吧，回家。她这样说，并且呵出美丽的白色雾气。她说走吧，回家。于是我跟着她走……"

这段文字不算出众，然而对颜歌以后的写作来说，却显得颇具意味。来历不明的狐鬼精魅倏然出现在寂寞而迷茫的主人公的身边，或互诉衷肠，或百无聊赖地相伴，寥遣孤寂而已。自此，那些来自另一个世界的幽灵鬼影便常常徘徊在颜歌的小说之中，它们飘忽游弋在我们的世界，但是只有主人公的眼睛才能捕捉得到它们的魅影。

在长篇小说《五月女王》中，幼年失母的袁青山时常看到一抹踟蹰徘徊的鬼影，来自这个暧昧不明之物的拥抱，成为孤独异常渴望母爱的孩子的唯一慰藉："她果然从窗户那里进来了，没有发出一点声音，细长的身子拖在地板上，像太阳落下的阴影，一看见她，袁青山所有的委屈都出来了，她叫了她一声'妈妈'，眼泪就落下来了。她的朋友看着她，她的眼神让袁青山觉得她什么都明白了，她用细长的手臂把袁青山抱了起来——那臂膀是那么长，像蛹一样让袁青山暂时离开了这世界。她终于在'妈妈'的怀里面睡着了。"流淌于文字间的痛楚是无须言说的。在中篇小说《白马》中，颜歌设置了一个特殊的魅影——白马。白马曾经携带着优美的意旨，贤人君子或飞逝的时光，奔行于古典文化之间，然而在这篇记录在小镇生活的孤独和有着遗传性癔症的少女成长之殇的小说里，"我"所看到的尾随小镇众人的一匹匹白马，隐喻了现代人千疮百孔的灵魂或永不可知的人心。诚然，颜歌是以异化对抗异化的，飘忽的魅影是一种暧昧的效应，它们是支离破碎的世界在孤独而敏感的心灵里的投影，而在一个孩子内心的投映之下，人们看似熟悉并和谐的世事人情，如此疏离、冷漠而陌生了起来。

在颜歌的小说世界，虽没有异史氏的森然鬼气和荧荧鬼火，但是叙事者带着异常敏达之心和冷静的眼睛观看这个惘怅寂寥的世界，那种荒烟弥漫、怅然若失的氛围每每挥之不去。颜歌早期创作的一系列中短篇小说《朔夷》《锦瑟》《飞鸟怅》和长篇《关河》等作品，大多敷衍旧事，阅人述事，洞若观火，在历史、传说与志怪之间驰骋想象力。今朝欢乐，明朝白骨，生命与历史的必然与偶然，不过是一线之隔。

长篇小说《异兽志》是颜歌经营异化叙事学的典范之作，这是一部依从"庄生迷蝶"的古老哲学命题踵事增华、敷衍铺陈而来的现代演义。顾名思义，《异兽志》的创作灵感应该来自古代和民间的志怪传统。颜歌虚构了一个人类与异兽杂居的世界——永安城，那里生活着九种拥有不同习性、生理特征和种群历史的兽，它们与人类发生了爱恨纠葛的故事。显然，兽的名称象征了它们所代表的某种人性特质：曰"舍身"，象征人与人不可避免的内讧、自戕的阋墙之争；曰"穷途"，象征人性的绝望与堕落；曰"喜乐"，象征人之初的纯真与美好；曰"悲伤"，却象征爱与美的极致之态……颜歌的精魅与异兽非魑魅魍魉，它们不具备伤人的攻击力和惑人的歹心，它们因代表某种极致的精神与特质而易于"被侮辱与被损害"，反而是屡遭常人庸众伤害的弱势者。《异兽志》接近尾声的一段文字："很小的时候，母亲对我讲过那个城市，是永安城中的每个孩子都会听到的。母亲说：你要乖，不要乱玩水，否则来归兽会把你带去亡灵的城市，它就在永安地下，无比旁道，永远找不到边界和出口，无论医院、教室、公安局，所有的建筑都是灰色，无论冰激凌、巧克力、饼干，所有的食物都索然无味，你一去那里，就再也回不来。"这既是母亲的枕边故事，也是关于这本小说，关于"另一个世界"的寓言和谜底。兽与人，谁才是城市的主人，谁才是异类，也不妨附会冯梦龙的名句："太平之世，人鬼相分；今日之世，人鬼相杂。"在颜歌的故事里，人与兽只是伦理的悖论而已。

《五月女王》是异类少女的成长私人史。袁青山人如其名，妙龄少女却长成一座巍巍青山。她是小镇的异类，身世暧昧，有一个父亲与人私通而生，却备受宠爱的妹妹，从幼年起便异于常人的高大身体，使其成为同伴嘲弄和戏耍的对象。异类袁青山却成为了小镇的救星。在某个深夜，在小镇人们酣睡之时，袁青山用巍巍之躯堵住了即将崩溃的堤坝，屹立如山。袁青山的死改写了小镇的历史和镇上每一个人的命运。小说的偶数章节，以类似奈保尔的《米格尔大街》的形式，用一位人物名字为题，描写了数年后叙述者"我"眼中的小镇众生相，

"我"看到了一个个怪诞、孤僻而神秘的人物和他们的死亡，每一次死亡无不与袁青山有着秘不可宣的关联。

当然，《异兽志》一定不能算作成熟之作，人物塑造太易显出感伤的痕迹和倾向，《五月女王》的后半段蓦然将叙述焦点由袁青山转至妹妹袁清江，也影响了小说的叙事节奏和感觉，然而，颜歌用异类与异兽的故事，毕竟呈现出了一个80后女性所体察到的人心灵底层迷宫镜城式的景象。而多年前，那半明半昧的雾气之中，站在巷口，四下张望人间，望着精魅式的红衣女子走向自己的女孩，已然为女作家预习了创作的姿态。

新一代的成长小说：少女成长与女性心理症候

颜歌许多小说都可以归于书写成长的范畴之内。处于成长的正在进行时的颜歌，与同代作家一样，大多展示了带有自我标志的青春生命的片断化情景，是一次成长之路上述说、发泄和整装再出发。颜歌书写成长，讲述的是关于女性（或称少女）个体生命伤痛的故事，源自个人经验的切肤之痛成为作家的情感依据，所以她需要更大的书写勇气。

颜歌少年失恃，命运让一位敏赡而多感的女作家过早地承受了"世界上最疼我的那个人去了"的哀痛。阅读颜歌的小说，一不小心便会撞到描述人物失母的情节时那起落沉浮的触目的疼痛，小说《白马》中写到姐姐和"我"一起闯祸之后，却只有姐姐一个人受到姨妈的惩罚，"她看见我进去了，恨恨地说：'我好羡慕你没有妈！'"《五月女王》中的袁青山对着鬼影唤了一声妈妈，随后发现"自己已经好久没有使用这两个字了"。作者的语调并非撕心裂肺的哭喊，而是平淡舒缓，当所有痛沉淀为记忆、流血的伤口长成狰狞的伤疤时，痛感已经完全内化到作者的心底，有时她和人物甚至抱有些孩童似的天真的疑心质疑母亲的所踪。

长篇小说《良辰》是颜歌写作生涯中十分重要的一个文本。它呈现了作者绚丽而感伤的文采，臆想窜藏，情思流转，没有来路和出路的情节布局，汇集在叙事者天马行空拼贴图画式的呓语和幻想中，不确定的叙事氛围构成了《良辰》独特的诗意视景，因此成为颜歌作品中最"难读"的一部小说，"是一个思绪混乱，感觉却精准到位的文本"——郭艳对《良辰》的评价可能代表了很多读者的感受。《良辰》类同于那些颠覆经典叙述模式的影片，无所事事的少女与少年顾良城扮演了十个不同身份的角色，在相似的城市布景之下，出演了一连串相遇、相恋的故事。十个故事不妨看作青春与人生的不同向度。然而，颜歌在《良辰》的后记《年年月月》中，明明白白地告诉我们："这本书，实际上，从头到尾，情人只是一个噱头，它是关于母亲的，关于那个最爱你的人，你最爱的人，离开了你的人，再也不回来的人。"因而，《良辰》中所写的爱，带着鲜亮而柔软的童真，不知所起而一往情深，痛得缠绵入髓，不知所踪。

母爱的匮乏使得父亲成为家庭唯一的支撑、核心，成为孩子在家庭中的关注焦点——"现在我只有我的父亲了"（《年年月月》），独特的家庭结构产生了颜歌小说中两种典型的心理情结，一是常见于西方小说的女性俄狄浦斯情结——恋父。这种因创伤、缺乏而产生的某种心理痼疾：永远迷恋着种种父亲形象，以其成为代偿；不断地在对具有类父形象的年长者与强有力的男性权威者的迷恋中，在寻找心理补偿的同时，下意识地强制重视被弃的创伤情境。于是在《五月女王》《白马》《声音乐团》中，我们可以看到含辛茹苦抚养女儿的父亲，幼年时父女之间温馨甜美的回忆，父亲对家庭的抛弃，以及女儿们对父亲挑选的再婚对象的排斥。一是女性自我成长镜像的消失，使得颜歌对母女和姐妹情谊的书写呈现一道曲折而清晰的轨迹。它时而亲情融融，执手成长，相依为命；时而硝烟弥漫，冷漠窒息，逃脱无门。颜歌在另一部出色的长篇小说《声音乐团》中，塑造了刘蓉蓉和母亲杨英这一对极端对立的母女关系，杨英因丈夫的离弃而将怨念和愤懑全部发泄在女儿身上，这种来自家庭的创伤记忆造就了主人公刘蓉蓉自卑的性格，并间接造成了她谋杀他人、并被人所谋杀的悲剧命运。母女、姐妹之间的战争和自相戕害是一种典型女性文化的症候：一边是血缘、性别、命运间的深刻认同，一边是因性别命运的不公与绝望而拒绝认同的张力。总之，颜歌的少女成长故事中，始终在为自己构想或追寻一个小说世界的"家"，从体验来自鬼魅精怪的母亲怀抱，到对一个理想的父亲的渴求，到她对姐妹情谊欲行还止的挣扎，到对英俊聪慧少年爱情的梦想。于是，她写出了《我们家》。

跨越代沟：我讲我的家族史

刻意标榜特定风格或素材，未必是一个好作家的所长或所欲。颜歌的小说由拟旧写到新鲜的当下，可见其写作兴趣的宽广。"在我的创作图景中，经常出现的地名有两个，一个是永安城，一个是平乐镇。……我是说，我在写的是我的故乡，平乐镇，或者是郫县的郫筒镇，写城乡接合部，写在这个高速发展的社会中放置着工业城市排泄物的混浊、迷蒙、尴尬之地，写这里的父老乡亲，写他们琐碎的善良和懒散的邪恶。"（《相信并且敬畏》）颜歌的创作目标可谓明确，而一个以"平乐镇"为中心的文学故乡也日益清晰地呈现在读者面前。

剥除了仿古拟旧式的外衣，揣摩同代和上代人的心声的世故，以及一种宜嗔宜喜的风情，可为我们阅读和关注这位青年作家的起点。颜歌擅长说故事的能力在新作长篇小说《我们家》中得到证明，小说用"我"——平乐镇上一个家庭里的孩子段逸兴的视角和叙述口吻，讲述了她的爸爸、妈妈、奶奶、姑姑、伯伯的故事，为了给奶奶过寿而聚集在一起，而偏偏爸爸在与二奶偷情时突发心脏病入院就诊。自此，所有家庭的矛盾、隐私和历史，随着家人重聚而逐渐重现天日，这一家子"大人们"从少年到中年时代的婚恋、情欲、事业、成长的故事呈现在读者面前。地道的川西方言恰如其分地点缀在人物的对白之中，读来谐趣丛生，加之小说自始至终充盈着对川系小吃色香味的酣畅淋漓地描写，饱满的通感使得《我们家》成为一部带着辛香麻辣川菜滋味的小说。故事讲得泼辣、生动、声色俱全、妙趣横生，这样通达圆融的姿态，代表了她近年来重要的写作心得。

颜歌是一位富有耐心的小说家，她对小说形式创新的奇思，在业已问世的几部长篇小说中可见一斑。《异兽志》拥有人与兽两条不同又相关联的线索，看似并列的九个以兽为名的章节，却带着不断自我挖掘和解释的复杂结构。《五月女王》穿插讲述相隔数年的两个时间的故事。《声音乐团》是一个俄罗斯套盒似的复调式文本。《良辰》是两个主人公在不同背景下演绎的十个相似的故事。而在《我们家》里，叙述者"我"作为这个大家族孩子的身份，以及小说所有人物以家庭的伦理称谓被指认和叙述，这两个特点构成了这篇小说形式上最为奇特而引人入胜之处。颜歌最大限度地淡化了小说中爸爸、妈妈、奶奶、伯伯这些家庭人物的伦理负担，爸爸薛胜强是有着百年历史的家族企业豆瓣酱厂的厂长，他嫖妓、偷情、包二奶、谎话连篇，过着花天酒地醉生梦死的日子，然而，爸爸又是一个精明、豪爽、孝顺、讲义气、有几分"瓜"的男人，他是今天中国经济社会中普通而颇具典型性的人物。爸爸薛胜强是颜歌笔下塑造得最为成功的人物之一。颜歌又最大程度地强化了家族的称谓和人物的亲缘关系，她明里暗里地提示着我们，这些人都是从未露面的叙事者段逸兴的长辈，而"我"对你们的世界洞若观火。颜歌那些荤腥不忌的描写身体、性爱的语句，以"爸爸""我爸爸"为主语更增加了陌生化的张力。伦理身份的合理运用无疑使这篇小说的叙述更具有弹性，也平添了阅读的趣味。

诚如颜歌的自述，这部小说在构思之初，具备着将家族史与郫县豆瓣史掺杂一起，构建成一部宏大的史诗性作品的可能性。然而，颜歌没有选择前辈作家们常常使用的将家族史附会于国族历史的老路。她将家族的孩子段逸兴，在读者的期待中彻底隐去身影，她仅仅作为叙述者语笑嫣然地讲述了家人和父老乡亲——那些大人荒唐肆意的生活趣事与窘境，颜歌游走其间，带着莞尔又不无理解及同情的眼光看待一切。这种怡然轻松的叙述姿态，代表了颜歌对父辈们的理解、接受及包容之心，她全然理解大人们的世界的秩序和作为一个人所藏的欲念和私心，不难察觉跨越代沟以达成代际和解之举期间蕴含的体恤和温情。

《我们家》中的叙述者"我"虽然也是一个与颜歌年龄相仿的少女，然而叙述者在性格类型与感知方式上，与颜歌早期拟旧和成长系列小说已有所不同。颜歌没有放任自己成为文本世界中无法长大成人的"滞留的少女"。她日益成熟而冷静，将个体生命的痛楚更深入地内化到精神气质之中，而不再浮于文本的语言的表面和营造的氛围之中，故事也不再囿于书写少女成长之殇的一隅。小说家颜歌从此告别了自己的青春时代。

原载《文艺报》2014 年 10 月 29 日

神圣与世俗的疯狂

——城市文学视域中的晓航

　　英国数学家、哲学家怀海德认为，音乐和数学一样，体现了人类精神中神圣的疯狂。音乐和数学，如同一切艺术与科学门类，需要以一定的秩序、规律和确定性为基础，确是人类理性的创造，然而其因"神圣的疯狂"而具备超越理性的冲动恣肆。神圣的疯狂有别于世俗的疯狂。神圣的疯狂可以让个体摆脱具体的禁锢，为难以言喻的伟大与崇高感所捕获，于是在有限的经验中体悟到无限，进而体会到个人的渺小。世俗的疯狂更多是感官的沉沦和欲望的宣泄，通过世俗的疯狂，个人在欲望的消费里无限地膨胀，随后堕入空虚，期待下一次刺激的到来。在都市生活中，我们随处可见世俗的疯狂，灯红酒绿下的肆意狂欢或可堪称一种城市文化符号。

　　学理工科出身且早早投身商业大潮的小说家晓航，因拥有与其他作家不同的知识结构和个体经验而抱有与众不同的创作胆识和野心。他乐于将一定的科学概念进行文学想象性的描写处理，对应描摹现代城市中小资、商人、白领、青年科研者等特定人群俗丽时尚而颓废迷惘的生活，他注重展示世俗的疯狂破灭之后人物心灵对神圣的向往和渴求。在晓航的小说中，神圣与世俗的双重"疯狂"巧妙地互为镜像，超验世界与经验世界交相辉映，读者和论者很容易从中获得新奇的阅读体验。这是晓航的独特。独特的艺术面貌为晓航的小说获得了一定的文学殊荣（中篇小说《师兄的透镜》获得第四届鲁迅文学奖），也获得了评论界"智性写作"的命名——"智性"指涉科学与艺术的玄机与奥妙，因其体现了人类智慧中神圣的疯狂和世俗疯狂的真实与切近而格外迷人。

城市：恶之花？

在创作谈中屡次声称"不读文学作品"的晓航，对于中外文学史上曾经热闹流行过的先锋文学、魔幻现实主义等流派大概缺乏探究的好奇和热情。但是，无论先锋文学、魔幻现实主义还是智性写作，剥离炫目奇巧的文学技巧，看清作家对现实世界的呈现和理解，才是判断和理解一位作家的价值的重要标准。

晓航曾理性地规定过自己的写作模式："首先我依然继续运用想象力，搭建那个远远没有完成的'非现实世界'，它被我命名为第二世界。其次，在这个过程中我开始主动谋求建立一个独具个人色彩的'现实主义世界'，它被我命名为第一世界，我一直努力打通'第一世界'与'第二世界'之间的管道，想使两者融合，并力图产生更加丰富多彩的可能性。"第一世界即是现实，晓航是地道的北京人，没有过任何非城市生活经验，他的现实世界就是城市甚至说当代中国"京式"超级大都市。从城市文学的视域考察晓航的创作，他早期作品"往事系列""青春系列"等中篇小说无意突出城市的主题，并未对城市本身进行深入思考，更多是不自觉地根据个人经验将人物安置在城市的舞台上。

直到在不久前发表的新长篇小说《被声音打扰的时光》中，晓航才将城市时隐时现地塑造成小说的一位隐秘"人物"。城市作为小说"人物"拥有时尚而鲜明的符号,雾霾、拥堵、水泥森林、消费文化、金钱拜物等等含义不言而自明。晓航依然延续西多奥·德莱赛对现代都市的阐释和批判,以亦真亦幻的方式呈现现代城市繁华喧嚣背后的社会文化的丑恶与黑暗,城市中人的精神危机和情感失落,个人美好理想与严酷现实之间的落差。晓航在这篇小说中虚构一个神秘的日出城堡,在那里"产生梦幻的地方也消灭梦幻的地方,在这里什么都可以发生,既有复活也有死亡",它堪称城市的缩影,城市中涌动的物质欲望、醉生梦死的狂欢和多元个性的追求毫无拘束地爆发和肆意地漫衍。

读晓航和其他当代以城市为书写对象的作家的作品,也会产生一种疑惑,作家们是不是把描写冷漠、功利、市侩、丑恶等种种城市生活窳劣本质,当作一种毫无推敲余地的"盖棺"性结论?在《被声音打扰的时光》中,晓航让小说人物一遍又一遍地不假思索地宣布:这个世界是"恶毒与功利"的。对恶的警觉是任何一位成熟作家的必备条件,但是警觉并不等于一股脑儿地归罪于恶的本身和认定恶是渊薮就万事大吉。晓航的可贵之处在于虽然在小说中他毫不犹豫地宣判城市之恶像"日出城堡"一般令人畏惧矗立不倒,然而人物愿意以蚍蜉撼大树的勇气和决绝与之抗争,即便这种抗争是盲目而出于本能的。然而,当人物表达着"世界不是我想象中的那样理想,我对世界很失望"的情绪时,警觉的作家会用文学的方式将城市生活的丰富传达给读者,探究城市之恶的来由,探讨限制恶的社会因素。而沉迷于"恶之花"的香艳诡俏的作家则会把恶简单地当作生活的常数,过于认同人物的情感倾向的作者会使叙述者和人物的声音融合,小说的意味将失之单薄。

城市中人：在犬儒心态与理想主义之间摇摆

晓航作品里的人物，大都是科研界的异类天才、知识界的另类精英、商界的冒险家，而由他们生发的故事，也大都蹊跷而离奇。赵晓川是一位出现在多篇小说的人物，他一般被赋予理工博士、辞掉科研工作下海的商人等等身份，类似的人物被晓航称为"小资产阶级"，他们身上呈现着一种城市中人新的存在方式，一种另类的个体发展态势。作为知识分子出身的商人赵晓川一方面深谙当下社会的"现实法则"，懂得金钱的力量会改变人的行为方式，会改变人的生活状态，另一方面，他对现有秩序的不满转化为一种不拒绝的理解，不反抗的清醒和不认同的接受，带有颓废的玩世不恭和现代犬儒心态。然而，他的骨子里还终究难以割舍一些具普遍意义的信念与理想，他对情感是真挚而不失善良的，在他的身上，社会良知的弥足珍贵与现实欲望名利磁场的纠葛缠绕，使他处于十分尴尬的人生境遇。

晓航的代表作《师兄的透镜》（原名《当兄弟已成往事》）以研究所中的年轻科研工作者试图探索宇宙形成初期的第一缕星光作为情节线索，讲述了终极真理对知识者的召唤，以及知识者对为庸俗和欲望腐坏的自我心灵的救赎。叙述人"我"作为一个资质平庸的高校科研工作者，自认与真理相隔永恒的距离，于是自甘堕落地在庸常的生活中保持狡黠而世俗。我和研究所其他平庸之辈一道，贪婪地寄生在才华横溢的师兄朴一凡身上，依靠他的智慧完成科研任务，从而维持自己无忧无虑的世俗生活。如果没有朴一凡的突然失踪，没有那幅名画对众人经济生活造成的威胁，没有在寻找过程中被唤起的青春记忆及往事情怀，我那沉湎于安逸生活渐趋麻木的内心就将无限制地滑向世俗的谷底，最终麻痹于城市生活喧嚣的声浪里。小说的结尾则让那种渴望发现宇宙的第一缕星光的震撼与清醒长留于"我"的心中，那微弱的光芒象征着意义的、抽象的、价值的、精神的觉醒和徜徉。

几年前，北大钱理群教授尖锐地指出，我们的大学正在培养一大批"精致的利己主义者"，他们高智商，世俗，老到，善于表演，懂得配合，更善于利用体制达到自己的目的。钱先生一石惊起千层浪，社会开始纷纷反思高等教育的问题。而晓航的小说人物在很多方面佐证了钱理群先生的论断，那些高校知识分子、科研精英和受过高等教育的商人在犬儒心态与理想主义之间游移、矛盾和纠结，这是晓航作品里常常呈现出的城市中人的精神状态，他微妙地展现了商业化时代知识者欲念十足、平庸世俗的精神世界。同时，晓航期许城市中人在世俗浮生中能够受到理性之光、智慧之源的启迪，于是他的小说很多以怀旧和致敬的方式回望和追忆那些"往事"与"青春"，那些充满理想与激情的时代，那些人类智慧中神圣的疯狂。

城市：商人冒险家的乐园

现代城市既是政治文化中心，也是商业活动的重要场所。从词源学考察，这两种功能与古代汉语中"城"与"市"两个字的含义正相符合。现代英语国家说到企业家"Enterpriser""entrepreneur"，是从法语中借来的词，原本是经济学上的概念，普遍是指企业中能够让企业合法经营，不断发展具有社会责任的人，突出了"冒破产之风险"的特点，也指艰巨的事业、魄力或开拓进取的精神。早在16世纪晚期，敏锐的莎士比亚就发现了商人作为新兴的社会阶层，富有强大的生命力、创造力和想象力，崇尚冒险精神的商业时代业已来临，另外，商业主义因追求利润而显得咄咄逼人以及自私和不道德。21世纪，城市金融商业文明日益成熟，商人已经成为城市中的重要群体，考察小说中商人形象和作品所展示的经济生活的细节，有利于我们理解金融商业时代的城市文学。由于在商海沉浮多年，晓航习惯设置象征性情节和玄妙逻辑，偏爱塑造与自己经历和精神气质相似的人物。

《所有的猪都到齐了》是晓航写于2008年全球金融风暴之后的一篇小说。几位来历神秘"有故事"的人聚集在城市出租屋里，他们善于突发奇想，把商人冒险家的精神发挥到极致，他们开辟了"大象租赁""石舫时间""无忧草"等几种商品和经营模式，在一番短暂热闹的成功之后最终以失败告终，几个生意伙伴在伤感和悲壮的情绪下拆伙解散，相忘于江湖。即使不具备专业经济学知识的读者，也不难从"大象租赁"这样异想天开的商业模式中领会到现实寓意，次贷危机、股灾、虚假广告、炒作、网络推手、泡沫经济，种种城市商业文明和经济生活中的人为灾祸和贪婪人性的丑恶，我们对此毫不陌生。信奉市场原教旨主义的经济学家早已宣告，经济人只受自私或自利动机驱使，罪恶者表现得更加厚颜无耻，并且抱着肆无忌惮的态度公开承认动机的腐坏。晓航也不例外，小说的人物一再说："有人想买，咱就可以卖，这就叫市场，谁跟钱有仇啊。"伙伴们推销依古籍配方制成的"无忧水"时，为了进行网络销售，也制造了一个话题，做了一个故事，引起了网民的愤怒和感动，胡乱编造的一种产品因炒作而热卖。当无忧草的销售产生泡沫之后，相对清醒的林岚提醒大家及早抽身，生意合伙人们在钱的诱惑下仍然无所畏惧："这又不是我们炒的，谁当最后一头猪关我们屁事。"猪，是那些卷进市场炒作当中的被套牢的受牵连者，是经济食物链上的每一个环节，最后一头猪大概就是崩溃时不幸砸在手里的那位倒霉者。值得注意的是，这篇小说在刊物上发表时原本名为《灵魂深处的大象》，"大象"在小说中象征着人与世俗平庸生活对抗的奇思异想、理想与情怀、温暖与爱意等，当面向市场结集出版时，小说乃至小说集的题目都变更为《所有的猪都到齐了》，其间的微妙意味我们不难体会。

晓航称呼小说中这群人为"乌合之众""社会闲散人员"，他们过着"啸聚山林般的生活"，后来索性注册了名为"瓦岗"（瓦岗寨）的公司。瓦岗的几位成员对伙伴们满怀绿林好汉的江湖义气，肝胆相照，老罗在经手背叛伙伴们独吞无忧草配方游说时毅然地拒绝了，而对于他人——那些商品的消费者的利益得失则根本无暇顾及，谁在购买和炒作不见真身的大象？谁在服用毫无科学保障的"无忧草"？小说中偶有人物善意地质疑："这不是缺德吗！"立刻会遭到伙伴说服和纠正。小说中把瓦岗合伙人的城市商业历险记比作"飞蛾扑火般追求梦想"，在这个金钱成为人的本质和存在意义的时代，理想和梦想这样纯粹高尚的语词的内涵也与遵从资本和市场的逻辑谋求利益挂上钩。最终，看不见的手又以同样的逻辑和不可抗拒的强大力量使这些经济食物链上末节梦想一夕间破灭。因此，小说用伤感的笔触描写着曲终人散时瓦岗合伙人们豪饮痛哭的场景，主人公在多年后怀念伙伴和冒险经历的怀旧情怀，我们更多体察到了并不陌生的青春情怀。

2014 年，法国经济学家托马斯·皮凯蒂（Thomas Piketty）的《21 世纪资本论》在西方社会获得广泛的关注和追捧。他告诉我们，21 世纪正经历着"承袭资本主义"（capitalisme patrimonial）"，亦即富人承袭的财富主导整个经济，豪富寡头随之出现。富人的大部分收入并非来源于他们的工作，而是来自他们拥有的财产。穷者恒穷，富者恒富。"美国梦"式的白手起家拼搏致富的资本主义美好想象早已绮梦破碎。晓航在新作《被声音打扰的时光》里，女主人公冯慧桐的父亲"股神"孙维信身上明显带着巴菲特的影子，他天价鬻售与其共进晚餐的机会，神乎其技地操控着股市与金融工具，这样的金融巨鳄才是我们这个时代的主宰。小说中被人们看作"城市英雄"、带着黑道大哥气质的青哥，原本拥有着不可征服的日出堡，随意操纵他人的生死，他依靠经营实体经济而富甲一方，终于因毫无金融活动的经验而被股神消灭摧毁。在晓航讲述城市商业故事的小说中，始终有一种神秘而高深莫测的力量徘徊在普通商人之上，他们无法控制自己的命运和成败，即使偶然累积了部分金钱获取了利益，也不得不随波逐流地被市场和巨鳄们牵制和掌控。晓航的确具备优秀小说家的资质，他敏锐地体察到金融经济对城市人生活的巨大影响和操控力，今天世界上那些实力雄厚的经济体和掌握巨额资产的超级富豪，正以隐蔽不可见的方式攫取资源和财富，小商人和城市市民的致富梦随时都会被碾碎。

伊恩·麦克尤恩曾经这样描述自己的创作："我比较喜欢一部作品有自我完善的特性，被它本身内在的气势和光辉所支撑着，它和这个世界很相似，却又不被它所左右。"才分高的作家大多知道怎样使作品与世界保持恰如其分和亦真亦幻的距离。晓航正是如此。作为一位天赋型小说家，晓航在几十年的写作中形成了成熟的写作模式和鲜明的个性特征，他对人类智慧中神圣的疯狂的热情与爱好，对世俗生活特别是城市生活的持续观察和表达激情，让我们看到了他的小说创作的无限可能。

原载《文艺报》2014 年 10 月 29 日

罗曼蒂克的县城、底层与孤独

——论张楚的中短篇小说

当小说家张楚被论及时，常见的定语是"70后作家""青年作家"以及"河北作家"，这些称谓依凭的正是时下文学界最为简易、便利而权宜的批评话语——"代际"和"地域"。文学的代际研究以十年为断"代"标准，指称60、70、80、90年代出生作家群体，通约作家因成长背景与时代发展的重合而形成的文学共通性。诚然，文学与时代的关系是一个古老而经久不衰的命题，"文学染乎世情，兴废系乎时序"，是为中国文统，然而古人所说的"时"与今人以公历纪元、来自基督纪年的西历或西元，是两个源于大相径庭的文化传统的计时观念，而"将一个世纪以连续的十年为阶段进行划分的叫法，通常适用于用公元纪年"[①]，因此，当我们不假思索地将时间流与历史流以西元的标准切分为十年一代，我们解释、厘清和整合的问题，也许与我们遮蔽、忽视和错置的问题同样多。在更依赖时间坐标的历史研究领域，英国的霍布斯邦就提出了"短二十世纪"，描述历史进程与公元纪年之间并不整饬地对仗、融合。而在"70后""河北"作家张楚的身后，通常跟随着"小镇/县城""人性深幽""叙述绵密""语感抒情"

[①]　摘自《现代汉语词典》，第六版，第946页。

等关键词①，然而这些仅归之于文学审美的范畴，探究其背后的政治、经济、文化问题，或可成为讨论小说家张楚的另外路径。

一、县与镇／远方与城市

不少文学评论者都从张楚小说中看出了空间的审美意义——小镇、县城②。在中国城与乡的二元结构中，县、镇是居于二元的中间物，县与城市建制、行政等级相同，而其主要的面向则是乡村，是协调城与乡之间的关系。背靠乡村，面向城市，是中国县城的基本政治位置。而镇的规模低于县，同样"一头是农村，一头是城市"，农业与非农业人口各占一定比例，具有相当规模的工商业。梁鸿从"镇"的独特地位的角度评价 70 年代出生作家的文学贡献："当代文学以来，文学中的地理空间多集中在'乡村'或'都市'两极，而对处于'过渡'位置的小城镇及其在中国生活的重要性却没有充分的认识，很少以它为小说的内部场域。"就中国的社会结构而言，"小城镇"存在正处于最富历史性的时期，介于传统与现代、乡村与都市、农民与市民、坚守与抛弃之间，是一个"中间物"，也是中国目前各种复杂矛盾的最基本载体。从这一角度，梁鸿给予了七十年代出生作家文学史式的褒奖——他们

---

① 《人民文学》给予张楚未来文学大家 TOP20 的颁奖词中说："张楚以诚实的写作姿态，敏锐洞察小镇人物所面临的生存困境和精神焦虑，表达自己对于生活的追问和思索。他把社会底层的小人物塑造得个性鲜明，为读者打开了一个沉默的世界，从而击中了读者内心至为柔软的地方。"

② 梁鸿《小城镇叙事、泛意识形态写作与不及物性——七十年代出生作家的美学思想考察》。

"可以说弥补了当代文学经验的这一缺失"①。然而，所谓县 /
市与乡 / 镇，其行政建制和功能面向的不同，县的发展以乡村
为依托，以城市化为发展的方向，乡镇则包含既有乡土社会的
生产方式和生活习俗，又具有城市的商业文化。而更为特殊并
被人们忽略或刻意遗忘的事实在于，乡镇的前身或曰建制基
础，是中国当代史上重要的社会主义乡村实践——人民公社，
这种曾经结构化地改变了中国农村存留了数千年的生产方式的
组织形式。

张楚的小说通常被冠之"小城镇""县城"小说，然而有
趣的是，正如批评界尚未从政治学、社会学及城乡发展史的角
度细分县 / 市与乡 / 镇一样，张楚的小说，因空间的不同——
那些将故事设置在通常名之为"桃源县"与"云落县"的小说
中，与那些将空间设定于"桃源镇"或"麻湾村"的小说——
在叙事、情节和人物塑造上有着清晰可辨的差异，这种差异同
样尚未被耐心地识别和指认。

李敬泽认为，张楚的小说中"几乎所有的人都有一种内在
的姿势：向着远方。远方的朋友、远方的星星和冰雨、远方的
工作和机会，或者仅仅就是不是此地的远方"②。远方，是一
个被诗意的想象装饰过的辞藻，事实上，如何想象"远方"，
与如何看待"此地"密切相关。远方的想象正是对理想生活状
态的拟象。张楚的小说里，县城大多叫作云落或桃源。这空灵
明净的名字，正符合了千古文人梦想中远离俗世的桃花源"行
到水穷处，坐看云起时"，隐于终南山的贤者方有闲情坐看云
起与云落，领悟人生的无常变幻。然而云落、桃源像中国大地

① 梁鸿《小城镇叙事、泛意识形态写作与不及物性——七十年代出
生作家的美学思想考察》。

② 李敬泽，《那年易水河边人》，《"河北四侠"集结号》丛书序，引
自张楚，《夜是怎样黑下来的》，花山文艺出版社，2013 年。

上的许多曾经山明水秀的县城一样，正行进在日益急促的城市
化道路上，"无论走到哪儿都是股呛人的粉尘味，仿佛你无时
无刻不穿行在一个肺病患者的体内，到处是不洁的气味和轻微
腐烂的器官"（《在云落》）。

在善写小城镇生活的作家当中，张楚是为数不多的县城常
驻客之一，更多生长于县城或乡镇的作家们，早已移居大城
市，以残留的记忆和想象的乡愁书写家乡的过往和变迁。于
是，小镇和县城不只是张楚的纸上文学家园，它与张楚肌肤相
亲，血脉相连，犹如一张沾满灰尘的网，张楚居于其中写自己
的小说，而小城的人们"犹如同一张网内的蚊虫，欢欢喜喜聚
拢在你身边，让你在网内蠕动、挣扎、呐喊时，不至绝望、忧
伤和自残，相反，更多时日，你会感受到一种莫名其妙的、毛
茸茸的幸福与欢喜"[①]。熟稔又疲惫，留恋又嫌恶，满足又不
足，张楚如此看待"此地"，小说中有种"总显得心不在焉的
语感"，一种对于叙事对象若即若离的暧昧。

数年前，纪录片导演张赞波辞掉北京电影学院的讲师职
位，回到老家邵阳租地耕田。逃离"北上广"的呼声虽甚嚣尘
上，但是繁花错眼的大都市仍然是这个时代人人向往的天堂。
张赞波式的盛世隐者让张楚困惑、艳羡与敬佩，于是他为这位
逃离北上广的艺术家虚构了一场小城的奇幻之旅，便有了小说
《在云落》。小说里的县城生活的几个主要人物都带着某种不
寻常的精神症候或符号，失眠、臆想症、偏执，没有谁是正常
的。精神疾病、肉体沉疴、身体虐待和戕害谋杀，诸种现代小
说的奇观在张楚的小说中错落交织。韩少功、贾平凹、苏童、
格非们曾经以现代派小说的审美和艺术手法灌注于社会主义现
实主义的文学乡土社会之中，而今的张楚则以同样的方式处理

────────────

① 张楚《我的美妙仙境》,《七根孔雀羽毛》后记，上海文艺出版社，
2012 年。

他的"小说中的县城"。北京来的最终还是要回到北京去的。小说的结尾并不让人意外，在云落的经历不过是这个焦虑迷惘的青年艺术家的一次游魂出窍之旅。这世间本就没有什么桃花源，今天的县城更不是，它只是一个缩小的城市空间，尚未长成、渴望长成、亟待长成的城市。

当张楚将小说放置在镇与村的空间中时，那些小说有着"乡下人的土气"①，写乡土风物和民俗人情，叙事上少了许多先锋和荒诞的因子，增添了叙事的客观性和平实感，呈现了偏于现实主义的朴素风格。在白话文学史上，乡土小说占了大半部文学史。直至今天，乡土小说中或寄托了作者对逝去的乡土伊甸园的怀思，或表达了对现代、城市的批判。这类写发生在庄、镇、湾、村的小说中，张楚并无鲜明的批判指向，他无意对发生在乡土社会上的巨变进行直接的思考和回应，他的关切是那些乡下人之间的纠葛，以及在纠葛中乡下人的苦痛和情感。与写乡土著称的作家相比，张楚的这类小说还不够"土气"，甚至缺少了县城小说中"显得心不在焉，好让读者有种松弛的、适度的疲惫感"②的叙事语感，他的乡下人小说大多显得朴实而暖意融融，却也单薄而过分简单。

国内最重要的文学奖项鲁迅文学奖，将优秀短篇小说奖授予了张楚的《良宵》。这篇小说并不是张楚广受赞誉的"县

① 费孝通，《乡土中国》，上海人民出版社，2006年，第10页。

② 1995年第6期的《人民文学》发表了何申的《年前年后》，1996年1月号的《人民文学》与《上海文学》又同时推出了谈歌的《大厂》、刘醒龙的《分享艰难》。在这两个文学刊物的策划与推动下，一批相近题材与书写风格的作品陆续出笼，包括刘醒龙的《分享艰难》《路上有雪》，关仁山的《破产》《大雪无乡》，谈歌的《大厂》《大厂〈续篇〉》，何申的《年前年后》《信访办主任》等。这批作家作品所代表的共同倾向被批评家命名为"现实主义冲击波"，并成为1996、1997年中国文坛的一个"热点"。

城"小说，小说的故事并不复杂，退休的戏曲名角 / 老太太告别城市红尘，回归乡村，颐养天年，遇到了罹患艾滋的孤儿。中国农村的留守儿童现象已经被广泛关注，同样获得鲁迅文学奖短篇奖的毕飞宇《哺乳期的女人》是较早关注乡村儿童命运的小说。而今天农村中青年劳动力离开土地，儿童的抚养大多由祖父母承担，在城市中，祖父母逐渐加入核心家庭中，参与照顾家庭，两代人家庭变为三代或隔代家庭，当代中国核心家庭的组合方式已悄然发生变化。如果说，《哺乳期的女人》是以"母乳"女人作为留守儿童代母的话，那么十几年后，《良宵》是以归隐乡间的城市女性作为代祖母，中国农村家庭的变化获得了象征性的文本化。

二、小镇青年，抑或"文艺范化"的底层青年？

2016 新年伊始，"小镇青年"忽而成为电影评论界频频使用的热词，这个尚未被充分学理化、更多存在于感知范围内的群体，他们被看作"今天的电影赖以存在和爆炸性增长的主要力量"[①]，人们开始研究和认识作为消费群体的"小镇青年"，他们的精神消费和审美需求，既受来自大都会和好莱坞文化的影响，同时也反身作用于今天中国电影的生产。于是，"小镇青年"及其审美成为中国电影烂片当道的"替罪羊"，在电影批评、媒体话语和电影制造者的多重想象和叙事之中，小镇青年们被看作是一群肤浅而从众的快餐文化消费、明星、粉丝文化的拥趸，一群拒绝文化精英性和经典性的庸众。

很多年前，张楚便开始塑造一系列与上述想象迥然相异的"小镇青年"。张楚的小镇青年爱读《查拉斯图拉如是说》，

────────────

① 张颐武，《新观众的崛起：中国电影的新空间》，《当代电影》2015，12月。

爱上喜欢阮玲玉的女孩（《安葬蔷薇》），在老婆上夜班的冬天里，猫在家里看大量的法国文艺电影（《关于雪的部分说法》），少女暗恋收集地图的少年，拿着《巴黎地铁图》追逐着心上人（《樱桃记》）。不仅是青年，张楚小说中的人物都有着超越此在的文艺心，县城商人李浩宇，不断地谈论细菌、宇宙的哲思，试图摆脱道德上的困扰（《七根孔雀羽毛》）；乡下来的、在大学宿舍里做宿管阿姨的中年女性，雅好戏曲和舞蹈（《略知她一二》），"那天陆续来了很多朋友"——这是张楚小说中常见的一句，来的这些朋友助推着小说情节的发展，而他们大多是县城里的文艺青年（《莱昂的火车》）。

善于借用修辞批评话语的李敬泽，迂回地指出了张楚处理小说人物的特殊方式，"不是中层也不是高层"，"似乎真是放不进关于底层或现实的通行批评话语里"[1]，也就是说，张楚小说的"人"，从社会阶层划分上，属于底层这个取消了"无产阶级"的马克思主义色彩的、意指那些无权者、悲惨者、"赤裸的生命"。通行的批评话语里，那些部分继承了马克思主义色彩的批评是从政治经济学的角度批判、同情底层苦难的书写，张楚的小说的确与之不同，他的人物的痛苦不是经济上的，至少并不一目了然来自物质生活的困乏，他的小说"那些孤独的男女，他们在人世间的爱欲、苦痛和软弱"[2]，他不写，或不大书特书人的物质贫贱，而是写那些精神上无法摆脱的贫贱感。张楚并无社会批判的指向，压抑了人的心灵、造成人的苦痛的，被混沌噩然地包裹成一个巨大的存在，那就是生活。因而，张楚的小说中的男男女女，几乎没有畅然和谐的两性关系，这种非和睦两性关系是人的苦痛的源头、归处甚至是

———————————
① 李敬泽，《那年易水河边人》，《"河北四侠"集结号》丛书序，引自张楚，《夜是怎样黑下来的》，花山文艺出版社，2013 年。
② 同上。

某种隐喻。在以男性为叙事视角的小说中，女性是神秘不可知的，贪婪好欲，情绪无端变化的，她们的任性和无情，成为男主人公的痛苦的开始和命运的转折；而以女性为叙事视角的小说中，男性是危险而富有伤害性的，是侵犯女性的身体、心灵和情感的暴力之源。另外一重通常的心灵苦痛是丧子、怜惜病儿、骨肉分离。短篇小说《曲别针》与中篇小说《七根孔雀羽毛》是张楚的两篇代表作。从两篇小说中我们不难看出张楚小说的叙事路径，以及内化于小说家自身的情感结构。两篇小说的主人公拥有许多的共同点，甚至可以说是同一个人物原型的两种不同。《曲别针》里的志国和《七根孔雀羽毛》里的宗建明，既是受过高等教育的天才，又是日常生活的"废才"，婚姻的不幸使他们厌弃女人，在面对世界时，他们没有能力完全投身其间。任何时候，他们都与他人、对象、世界保持着些许冷漠的距离，无法怀着简朴又强烈的感情在现实中随心所欲地生活，这是张楚小说人物的普遍气质，唯有怜惜分离的、病弱的孩子使他们显露出仍具有柔软的情感和人生的期许，最终也是为了重获孩子的相聚和健康，他们铤而走险自我毁灭。于是，作为喜好、被视为救赎希望的文艺，既烛照这些小镇青年的命运，又使他们虚妄而绝望。正如张楚小说中那些常常出现的醺醉的男人一样，酒、安眠药以及艺术，都是人们逃离庸常生活、麻痹精神创痛、人为制造幻觉的道具。

从文学接受的角度来说，今天的纯文学的阅读者，大多是城市中的受高等教育者、文学爱好者、文学从业者。换言之，那些具备小资趣味的文艺"青年"，张楚的小说，以他们可感知的、熟知的方式连接了他们与他们也许并不熟知的人群，"为读者打开了一个沉默的世界，从而击中了读者内心至为柔软的地方"。

三、诗意的无所事事、孤独以及罪恶

张楚的小说中通常有一些"击中读者至为柔软的内心"片段，写的是主人公孤独一人的处境和模糊不定、指向不明的情绪。作为小说家，张楚最为显著的才具是捕捉生活的细节与心灵的恍惚，他惯于使用重叠绵密的意象和舒缓的叙事语调，让时间放慢甚至停滞，在缓缓流过的时间里，人的某种模糊不明的情绪被感知。《悲剧的诞生》中，尼采痴狂地爱着幻景送出的梦境，他越是在自然中觉察到那些描摹万物的艺术冲动，觉察到在艺术冲动中有一种对假象的热烈渴望，对通过假象而获救的热烈渴望，尼采就越是觉得自己不得不做出一个形而上学的假定，即作为永恒受苦和充满矛盾的东西，为了自身得到永远的解脱，也需要迷醉的幻景、快乐的假象。

张楚在小说中同样迷醉于幻景。"再后来我干脆脱掉衣服，将左腿卸下，扔地板上，裸露着身体削苹果。几只黑头蚂蚁爬过来，啃着塑料假肢上的几缕淡血。虽然我一点不喜欢我的左腿，我还是用烟头烫死了蚂蚁。雨越发地大了，好像在打闷雷，闪电鬼魅般地在房间蛇游。在雨声中，我似乎听到了昆虫'嗡嗡'的歌唱声。我只有将塑料假肢抱在怀里，期待着陆西亚快点回家。"[①] 这样的片段在张楚的小说中随处可见。

现代社会中生活的人们似乎随时处于某种巨大的焦虑之中，心理学家吉登斯将之命名为"存在性焦虑"，个人的安全感来源于对周遭社会环境及行动的连续一贯的熟悉度与认同感，而生活中的习惯与惯例是个体生活安全感的重要来源。我们周遭的世界变动不居，上下无常，我们的习惯、风俗、传统

———————————————

① 张楚，《蜂房》，《收获》2004 年第 4 期。

不断在被潜移默化或突兀暴力地改变，我们内心的焦虑不可避免，无法摆脱。而资本与生俱来的膨胀欲，促使人对成功的追求永无止境，于是强调竞争和效率，时间被要求最大化地使用，浪费和蹉跎时间是非理性与不正常的行为，即使是在私人空间和假日里，"合格""健康"的现代人也不会无所事事地度过，而是被有规划的休闲和度假生活填充起来。于是，小说、文学以及其他诸种艺术，唤醒我们无所事事的本能，打破外在力量对人的束缚和规约，后现代主义使得艺术再也不是简单的审美，艺术变成了认识世界的一种方式，一种对抗。张楚的小说也可以从这个层面获得意义。

原载《桥》（台湾）2016 年第 4 期

纯真者的启迪

——关于黄咏梅的岭南城市小说

出入《诗经》《论语》，张柠描绘了一派古典气韵的小说家黄咏梅，"从外表看，她有着一副抒情的面容，巧笑倩兮，思无邪，温柔敦厚，很无辜的样子，让人不敢久视"①——这样的黄咏梅堪称当代的女君子了。张柠论文先及人，知人而论世，熟悉黄咏梅的人，大多会认同张柠的描述和他在小说家与小说之间建立的联系。黄咏梅当然是地道的现代小说家，然而她的小说的叙述视角、风格面貌，与其人都有通类之处，她的岭南城市小说具备某种"温柔敦厚"的外在表征，她笔下不再是被喧嚣波浪冲击后显现出的肮脏世相和现代奇观，而是一幅困窘而丰满、琐屑而真切的市井众生图。于不期然之间，黄咏梅的小说在不同的城市经验、地域文化和底层叙事的面向中，赋予读者以及文学以启迪。

纯真、限知与冷酷：天真的叙述者

黄咏梅的小说最动人之处，包含在小说叙述者天真和忧伤的腔调之中。即使她讲述的故事与关涉的人物命运，都指向时

---

① 张柠，《黄咏梅和她的广州故事》，《南方文坛》2003 年第 2 期。

代和社会的大症结，比如网络暴力、文化差异、信访、征地矛盾、青少年网瘾和吸毒等等，小说的叙述也不因对象的宏大暴力而声色俱厉。惯用天真叙述者（Native Narrator）的黄咏梅因为世界不美而忧伤，并不像全知叙述人一样世故机巧，或带着阅遍世情的揶揄，咏梅的小说极少智力上的炫耀，她语气轻盈地诉说着别人的忧伤。那些城市犄角旮旯里生活着的人们，她因这些人的痛而伤心，因而，黄咏梅的小说弥漫着一种优美而动人的感伤情调。叙事者天真倔强的声音的号召力和感染力，使世界的无情和残酷显得更加蛮横。这是黄咏梅小说最大的魅力。

老到而敏锐的批评家们，一眼望去就发现了黄咏梅小说中颇具辨识度的艺术特质。陈晓明说她的叙述中包含着"无知的单纯与天真"，"这就是她有意去主体化的叙述，那是她独特的艺术路数"[1]。李敬泽则从小说中拈出"惊奇"来，"纯真的惊奇，这可能是黄咏梅的真正力量，在生活中，她总是惊奇地看着大家，好像她在参观'神迹'，当然很可能是荒谬可笑的神迹，在小说中，我能够感到同样的眼光"[2]。黄咏梅的小说总会让人联想其人——当然，这也是当代批评的便利，我们能够在人与文的并置观察中，体察其中感性、细微的关联。

何谓小说的腔调？何来纯真与惊奇？在这里我不妨说明白些。欧陆的媒介理论试图告诉我们，媒介或多或少决定着内容，媒介不仅事关人类作为接受者的思维习惯，而且在决定内容展开的过程时，影响着内容的浮出字表。现代小说的媒介当然是文字，然而文与言之密切关联，使得视觉的文极容易转化为听觉的言，语言和音乐借助声音媒介而彼此相通，审美文字

───────────────

① 陈晓明，《去主体性或为卑微者立传》，《文艺报》2009 年 9 月 1日。

② 李敬泽，摘自《黄咏梅专辑》，《文学界》2005 年第 10 期。

作为语言的表意符号而拥有乐性的，阅读时我们脑中难免会有叙述者的语音，或显或隐，如同人说话的语气、轻重、方言、柔刚，小说如同音乐，同样也有腔调。

小说家们不屑于以理论服人，他们倾向于在文字的编织书写中寻觅自己的心得。在台湾的张大春看来，小说"腔调的确常可以被取材与修辞决定，不过，它也可以是一种语言策略。作为语言策略，小说的腔调容有完全对反的功能和意义：读者或为之催眠而越发融入文本表面的情感；或有所警醒而幡然侦知文本内在的讽刺"。

回到黄咏梅的小说来寻找她叙述的"影子"。黄咏梅的大多数的小说是关于人的日常和反常，关于亲属和朋友的交集、纠结的故事，她的短篇小说大多围绕着一个主人公来写，《小姨》《表弟》《草暖》《少爷威威》《文艺女青年杨念真》《鲍鱼师傅》……题目明白昭示着小说关乎一个人的故事和命运，这个人与天真的叙述者多半是近亲挚友，于是，叙述者讲述这个人的故事时，语气是天然的亲切和熟稔。

在《表弟》里"我"是看着表弟长到十六岁的表姐，回忆和讲述表弟的故事是确然而亲密的腔调："要是表弟当时知道我这些心理活动，他肯定会被气哭的。我太有数了。表弟受不得半点的屈辱，从小到大都会被些芝麻大的屈辱气哭。眼泪几乎就是表弟的绝招和武器。"

《父亲的后视镜》是女儿讲父亲的故事，开篇第一句，"父亲生于 1949 年。过去，他总是响亮地跟别人说，我跟中华人民共和国同龄。不过，很久没听他再这么说了"。1949 年，共和国同龄以及"很久没听"，这些关于时间的描述，无不来自熟悉和密切的分享了时间和记忆的人的口中。在叙述开长途车的父亲的职业习惯时，"仔细想想，父亲每次出车，不仅自己穿得整洁，还把大卡车也擦洗得清爽，的确像一个出门约会的男人"。类似蕴含情感、出自揣测和对往昔生活细节的观察和追忆，在咏梅的小说中不胜枚举，张柠称之为抒情，"在黄咏梅的作品中，强大的情感冲力往往来自形象内部，而非来自外在的撞击。这种充满感情（甚至温情）、具有内在和谐感与自足性的笔法，使得黄咏梅的小说流露出浓烈的抒情气息"①。小说家叙述的语气中始终透露出率真、轻松与自如，与对象保持着适度而舒服的距离，既不过分紧逼、训问人物的内心和纠结，同样也不会有意释放叙述的迷雾和障眼法，以疏离人物与读者的距离。

　　然而，颇为吊诡的是，文学的天真和惊奇之中往往包含着危险的意味。黄咏梅的小说中的"冷峻"与"宿命感"，与纯真和惊奇同样一目了然。当小说的人物走向生活的毁灭和崩溃时，天真叙述者既无行动力，亦无行动之意愿，"她"纯然旁观的姿态和她外在于主人公的限知限度，在助长了小说主人公的悲剧之悲，从而益发显现了人情的冷漠。《小姨》堪称黄咏梅的代表作之一。面对"小姨"这样80年代末的大学毕业生，少女叙事人"我"如何理解她曾经的理想和执着？理解她俗世衡量中失败无望的人生？小说正以天真叙述者的惊奇和限知间离出人物的孤独、怪异和不被社会理解的困境。伴随着小说情节的进展，天真叙述者与小姨的心理距离逐步扩大，小说开始时，"我喜欢跟小姨待在一起，她似乎对什么都无所谓，松松垮垮，相处起来一点不像长辈"。小姨多年后再次经历了青春理想幻灭、崇高瓦解、爱情偶像坍塌的复杂情绪之后，从天真叙述人看去"小姨狂笑不已，看上去简直像个疯子"。于是，黄咏梅让天真叙述者以所知的限度旁观小姨的行为，"当天晚上，我跟小姨睡一床。睡到半夜，我就被声音吵醒了。小姨睡

————————

　　①　张柠、李壮，《后抒情时代的都市边缘人——黄咏梅近期中短篇小说研究》，《中国现代文学丛刊》，2004年。

的位置是空的，那声音代替了小姨在黑暗中起伏。我一动不敢动，连大气也不敢出，只是凭感觉找到了那声音的所在地——靠墙的那只落地大衣柜。小姨把自己关在那里面，正试图放低声音哭泣。我听了一会儿，鼻子就酸了。我想，失恋，大概就是这么伤心绝望的吧。可怜的小姨"！由亲近喜爱到困惑不解，小说正是通过逐步拉开叙述人与小姨之间的情感依赖关系和心理距离，传递小姨被放逐于社会和家庭的遭际和凄凉。小说结尾，天真叙述者无论如何不能理解小姨以肉身献祭理想的"壮举"，"我被这个滑稽的小丑一般的小姨吓哭了"，这便是激烈和冷峻之间冲突的高潮了。

譬如《把梦想喂肥》，这部小说属于黄咏梅早期的创作，她的第一本小说集便以此为书名，小说的意义当予以特殊注目。小说的叙述人和主人公仍然是女儿与母亲，"我妈"是一个从梅花州来到广州，没有亲人，被丈夫抛弃，被疾病缠身，还要供女儿读书的残疾女人，为了追求致富的梦想，像无数饱经沧桑的人一样，她有过从接近梦想的时刻到梦想破灭的瞬间，这样的故事原本仅会使我们重温一场平常的疼痛感和疼痛后的麻木，不平常的是咏梅采用她所擅长的、来自女儿的天真视角。于是，当我们读到走投无路的母亲微弱的反抗和自甘受凌辱时，叙述者的天真和惊奇顿时转化为小说的冷峻和严酷：

我妈朝我喝叫道，给我滚回家！滚回家，整天只知道看电视，电视能当饭吃吗？真是没良心的，养你有什么用，养你还不如养只龟！

我在我妈的训斥下，跨出了小超市。那个矮胖的老刘和郭生呆在里边，面面相觑。离开小超市的门不远，忽然听到我的身后发出了很响的声音，不是什么东西掉下地的那种声音，这种声音是谁听到都会本能地回头看的。

我回头，看到了我妈，朝着里边的那两个男人，张开了两只干瘦的手臂，拐杖早就已经躺在地面了，我妈的手朝着两个男人，好像是要做某种拍打的姿势，随后，我妈因为失去重心，扑通一声扑倒了在地上。就在我妈扑倒在地的同时，我妈的声音从地上升了起来，求求你，买一套吧！

那个矮胖男人一定是被我妈这个样子吓跑了，他一下子从超市的另一个方向跑了出去，那个方向是朝着黄埔大道的，这条可以同时奔跑十二辆车的大马路，也是我妈每天等公交车的马路。

我们每个人在成长中或多或少都曾见证过亲人的暴力、出丑、懦弱，那种困惑、羞耻和无法参与和左右的旁观感，梦魇般残留在我们的情感结构之中，黄咏梅的小说常带领我们重温那些。然而，重温的经验的重要性需要承认，因为必定需要我们先做出一个历史性判断：当叙述者是来自少年的观点，那么读者——当代成年人要么拒斥它们，要么验证它们，小说家将伦理的难题留给了我们。

香港与岭南，别一种怀旧

《草暖》的主人公草暖的口头禅是"是但啦"，粤语中"随便吧"的意思。有趣的是，香港作家马家辉长篇新作《龙头凤尾》里，黑道龙头频繁爆粗、贯穿全书的口头禅也是与之相类的"是鸠但啦"，夹带一个脏字，意思差不离。马家辉意在以江湖恩仇演绎香港历史，脏字加"是但啦"，是犬儒虚妄的人生态度，但更加隐含着香港讲述的历史虚无感和欲望动力。黄咏梅则有意塑造一个随遇而安的年轻女性，于一念之间产生对人生和他人的一点点执拗，正是从一点反常中，我们随着女主人公看待看似安稳的人心和生活背后的异样。这个口头俗语在粤方言地区颇为流行，多少带出了岭南人的生活心态。

正如草暖之名，取自广州著名的市民公园——一个中产阶级社群标志性的城市空间，草暖的个性以及"是但啦"的口头禅，不无深意地象征着某种广州市民性格。

黄咏梅出生在广西梧州，多年在广州生活，粤语方言与普通话共同构成了她的母语语系。她的小说大多发生在岭南一带，信手拈来的粤语拟音字，显示了她是"在地"有根的作家。

共同的地域方言继承自"前代族语"，分享着同源的文化和习俗。"这其中的差别也不取决于方言本身而取决于文化，一般说来，分手的时间长、迁徙的路程远、来往的机会少，和其他民族相融合的规模大，方言的变异就大，继承的共性就少。"[①]香港与岭南粤语方言区的关系也是如此。近几十年来，香港与岭南之间的往来融合愈加密切，于是在方言来说，"广州人爱学香港人，在中文里杂英文，将我们这些销售员叫'sales'，读起来就是'销士'。比方说，我们现在也一样吧'贝仙'挂在嘴边。'贝仙'是一个性感妞，她主宰着我们的命运。真要哪一天，在公司的业绩表上，谁的'贝仙'跟人跑了，就意味着谁已经'阵亡'啦。'贝仙'就是英文'百分比'的读音"（《旧账》）。——小说中无意识地便会扯到香港去。

事实上，黄咏梅许多小说中都徘徊逡巡着香港的影子，尽管香港这座城从未成为小说的真实空间，它始终是想象的、作为镜像的香港，是用来对照和检查自己不足的香港，是畅想自身未来的香港。小说集《少爷威威》的封皮上，雅致淡然地印着小说《少爷威威》里的一段话："他似乎又找回了往日的风度，少爷威威，只不过，这些美好的时光，现在，十分钟就结

———————————

[①] 李如龙，《方言与文化的宏观研究》，《暨南学报（哲学社会科学版）》1994 年 10 月。

束了……",语调如此伤感而怀旧。这篇小说是黄咏梅将作为爱欲客体的香港、港产文化、想象乡愁、怀旧情绪编织凝练得最为圆熟精巧的一篇。《少爷威威》是 1983 年香港艺人谭咏麟为同名电影演唱的主题曲,歌曲唱道"少爷威威……追女仔 / 不要悭休 / 休失礼……天天都送大礼 / 钻石与金表咪话贵 / 一味要死充"。这首粤语老歌确然也是"东山大少"魏侠这段故事的主题曲,无钱无势的中年男子,为了追女孩子,天天死撑面子买大礼,被女孩子骗走了钱财,小说的结尾处,他与往昔"不会招惹的老女人"跳起了拉丁舞。小说弥漫着伤感浓郁的怀旧气息,拉丁舞、粤语歌、港剧、佐丹奴 T 恤和苹果牌牛仔裤,一连串关于香港的物象和记忆,勾连凝聚起主人公哀感顽艳的遥望香江彼端的乡愁。魏侠就是怀旧本身。魏侠乡愁的起点是逃港母亲在 90 年代为他带回的"新潮玩意儿",以及母亲一遍遍重复的嘱咐:"你是有个香港妈咪的少爷仔!" 90 年代的魏侠身后追随着数不清的"靓女",而"进入二十一世纪不久,魏侠就没戏了"。没戏的更是"香港妈咪"的香港神话,那个纸醉金迷繁华无边的香港梦,而香港神话与魏侠自诩的"东山大少"身份一样,不过是母亲用华美而漏洞百出的言语搭建起的空洞能指。

关于香港的故事,作家也斯有一段著名的表达:"香港的故事?每个人都在说,说一个不同的故事,到头来我们唯一可以肯定的,是那些不同的故事,不一定告诉我们关于香港的事,而是告诉了我们那个说故事的人,告诉了我们他站在什么位置说话。"[①] 站在岭南位置上说话的黄咏梅,她的小说中漂浮不去香港幽灵,以及一厢情愿的香港怀旧和乡愁,包含着特

① 也斯,《香港的故事:为什么这么难说》,《香港文化》(香港:香港艺术中心,1995 年第 1 期),第 4 页,转引自王德威,《如此繁华》,上海书店出版社,2006 年。

定时期的岭南人乃至大陆人面对香港的情感结构。这正是福柯所言的怀旧，"作为对于失去我们的历史性，以及我们活过正在经验的历史的可能性，积极营造出来的一个征状"。香港，一度是我们尚未经历的可能和未来，香港的怀旧想象暗含着我们自身对历史的判断和对现状的焦虑。

谭密斯是一位逃港女。在另一部小说《草暖》中，草暖的妈妈同样是一位"不在场"的逃港女，她在女儿眼中是一个"没有什么资本嫁到香港去"的平凡的女人，她抛下家庭，人间蒸发，音信杳然——尽管小说家在这两个女人的叙述上大度地予以道德的饶恕和温情的体恤，使她们不算十分不堪地出现在文本之中，然而小说隐含的评判昭然若揭。抛夫弃子的女性、空怀港梦、身无长技的女人，等待她们的香港命运似乎除了出卖肉体和尊严之外，并无任何奇迹。与逃港女表面光鲜背后落魄的状况相对应的，小说中草暖的丈夫、魏侠女友心仪的富二代，都是广州本土的新贵富人，他们成为小说中新的权力象征。

确如王德威所言，"1949 年之后，香港成为 20 世纪后半段（中国的）城市想象的终极目标"[①]。90 年代以后，香港代表的繁华、进步、发达，通过涌入大陆的大众文化演绎着港式日常的优越，文化的时尚，国际化四小龙的经济地位，这些无不成为大陆对自身未来的想象依凭。岭南地区与香港的地缘关系，以及历史上的血缘关联和方言的一致，他们在情感结构上更加容易接受香港文化以及其背后的经济地位。于是，香港以及港台流行乐、影视片和武侠小说，这些文化符号中能够隐约感觉到它们共同指向那个暧昧不清且又意义丰富的"过去"。伴随着香港大众文化怀旧的悄然到来的是"九七"以来大陆的

---

① 王德威，《如此繁华》，上海书店出版社，2006 年。

经济崛起，大陆与香港的关系在几十年间悄然变化，在热盼和犹疑之间，当中国大陆的现实印证了曾经的香港想象。当彼岸成此岸时，当年香港大众文化的痴迷者们恍然发现，尽管他们的城市早已如同香港一样"围列着的巨型广告牌，红的，橘红的，粉红的"[1]，一派光怪陆离的后现代景象，可是，他们的生活并没有成为港产文化中呈现的那般美好、时尚而威风，真正威风的不再仅是港人，而是草暖丈夫那般广州新贵。于是携带着香港想象的歌曲、电影种种"物"，唤起的是往昔香港繁华梦的惆怅和恍惚，是今不如昔，华梦破灭的伤逝。怀旧情绪依靠"恋物"来发挥作用的。正如本雅明关心的问题那样，"现在如何残留着过去的痕迹，'物'本身如何记录了历史性变化，而民众的感情又如何寄托在这些'物'中"。而这种怅然不独属于岭南人，也属于痴迷于香港文化的几代国人。

因有地缘之便，黄咏梅于此有更为直接和深切的个人记忆，小说《契爷》里叙述者的旁白不经意便道出了小说家的个人之感，"1988 年我已经 15 岁了，我已经不太喜欢跟着这里的伙伴们到街上到处乱玩了，而是喜欢跟同学们互相学习香港的流行歌曲，饶有兴趣地在歌曲里学着香港话，在每一首歌词的下方用普通话的同音字表示出其读音，还将歌星的照片贴纸贴在一本本纪念册里，集邮一样相互流通"。正如福柯所言，以过去来取代无法承受的现在，是一项有意的逃避策略："与其说是回返，毋宁说是求援。"

同样值得关注的是，香港不仅是一场华美的梦，对于岭南人来说，毗邻故土的香港又是一衣带水的所在，因近便，香港想象的传奇性、诱惑性和危险性比其他地域更加清晰，更易于体认。"从我们这个小城，只要沿着浔江出发，漂流整整一

---

[1]　张爱玲《倾城之恋》中白流苏刚到香港时看到的景象。

天一夜，据说一直可以流到香港，脚都不用沾地"（《契爷》），
香港又携带着民间传说似的传奇性，桃花源或神山仙洞似的，
在岭南小城中某某去了香港，某某发了迹的故事屡见不鲜。当
然，香港带来的未必都是好运和财富，"契爷"卢本去了香
港，回来时如同被下了蛊，性情大变，并为小城带回了"坏消
息"——一种类似于诅咒的超自然悬念。这种诅咒未必与香港
有关，而是关于不可测的现代性未来的恐惧。

小人物的游击战：何种逻辑的现实主义

黄咏梅小说写的多是都市里的小人物。2007 年，洪治纲
曾对黄咏梅进行了精辟的点评："她的绝大多数小说都建立在
异常陌生的市井化的现实之中，建立在那些生活于都市底层的
人群之中。"[①] 中国的白话文学起于小人物，卑微蝼蚁般的生
命，无力而可悲，如何对待他们，书写他们是考量作家社会立
场的重要标的。况且，这本就是 19 世纪以来文学的题中应有
之义，正如本雅明曾经讥讽圣·伯甫这样的"闲暇文人"，除
了自己的命运得失之外，容不下对下层车夫的丝毫同情和体
恤，而激赏波德莱尔同情拾垃圾者的革命性[②]。如何写小人物
是富有左翼关怀的中国文学的一个大问题。洪治纲认为，黄
咏梅小说的价值是为这些小人物描摹出"卑微而丰实的内心
世界"。

写实为主的小说中，黄咏梅采取了与现实同构的逻辑，取
信读者以尽可能逼近所呈现的生活本真。小说里的主人公是与

---

① 洪治纲，《卑微而丰实的心灵镜像——黄咏梅小说论》，《文学界》
2005 年第 12 期。

② 本雅明，《发达资本主义时代的抒情诗人》，张旭东、魏文生译，
38 页。

周围格格不入之辈，他们大多格外执拗，期冀通过努力拼搏，实现现实逻辑中指向的某种成功。然而，小人物们无法规避生活的磨难，本就勉力维持的生计，若有了生活上风吹草动的波动，就更加举步维艰，这是她小人物叙述的常用模式。在这寻梦、梦碎的过程中，日常生活的侵蚀力和抚慰性，人心的纠结和舒展，都是咏梅的才华得以淋漓尽致的施展之处。然而，在充分肯定黄咏梅底层小说的成就时，文学批评界对底层写作的批评始终幽灵般徘徊在讨论咏梅小说的场域上空，当写实主义要求的细节真实实现之后，文学如何组织起来自现实的情节素材？以何种逻辑来讲述现实？小说家可否超越现实的逻辑，那些使底层无可选择、无望摆脱成为底层的逻辑？

《把梦想喂肥》中，叙述人女儿说道："在我的理解中，我妈的世界里仅仅只有几种人，一种是她经常挂在嘴边的'政府'，'政府'在她的眼里不是一个机构，只是她经常去打转的中山路一个小屋子里的那几个人，他们是残疾人联合会的负责人；一种是上三轮车就坐下到达目的地就下地走路的顾客；一种是他们这些有能力还想做点事的人；再有一种就是比他们严重，完全不能自理生活的残废人。我妈生活在这几种人的关系构成的社会里，每天清早，发动起她那辆挂着红蓝相间的塑料布的'宝马'，突突突突地出门了，周旋在这个小小的城市里。看上去我妈不是在讨生活，而是像料理庄稼一样料理她的那些关系。"

"我妈"关于与他人之间的关联的判断，在黄咏梅的小说中富有代表性。他们大多抱持一种线性的生活逻辑，惯于把众生简单地依据与自己生活的关联划分为"你""我""他"三类。这是最朴素的阶层划分了。与自己处境相当的一类是"我"，与自己非同类的、游离于此在生活的是"你"，通常来说作为旁观者的叙述人大多属于此类，再就是那些权威的、强

权的、暴力的"他们",他们可以是政府、富人、罪犯、骗子
等等,他们外在于"你""我"的生活圈,他们神秘、诡诈而
有力,他们的存在影响着"你""我"的生活,他们如同"大
他者"一般存在。于是,当小人物们与"他们"遭遇时,双方
的周旋、缠斗,成为改变"我们"生活命运的方法和契机。小
说大概在这样的"我""他"关系中展开。这样悬殊的力量对
比的纠葛,使得小人物的生活犹如一场游击战。游击战中,他
们时刻会遭遇同一阵营伙伴的倒戈,时刻遭遇无处不在的现实
权力结构的压抑,他们时刻准备妥协以保全自我。

　　他们打游击的动力来自生活之梦,一种被社会主流所魅惑
形塑的关于理想幸福生活的幻想。"我妈在一次次免费看楼的
过程中,逐渐培养了一个有钱人的理想,她不再向往我们冼
村村口那幢唯一的 28 层的公寓了,要知道,我妈之前一直以
在这个公寓买一套二手房为最高理想。我妈现在认为,死都不
要在这个面朝大马路的地方买房,要买就到番禺去,那里的空
气在这里是闻不到的,那里的声音在这里是听不到的,那里的
房子是这里想都想不出来的。"(《把梦想喂肥》)小公寓不够
要住大房子,这显然是欲壑难平的资本逻辑和发展主义的影子
了。并不是说小人物或底层社会不可以分享中上层的生活方
式,而是说当他们认同和服从于这些主流逻辑时,他们便自愿
将自己卷入到发展主义、拜金主义和资本主义的体系之中,心
甘情愿地成为其金字塔上的奠基底座。况且,"分享"之艰难
和希望之虚妄,无论从咏梅的小说中,还是现实生活中,我们
都早已有所目睹,切身体察。

　　《达人》的意味更加深远。"丘处机"作为无权势亦无财
富的印刷厂下岗工人,他的传奇性在于痴迷 20 世纪 80 年代
风靡国内的港台武侠小说并能大段背诵,被小秦科长许以"达
人"之名。前印刷厂工人"丘处机"下岗时除了三万块遣散

费之外，得到的是四个纸箱的书，分别是金庸、梁羽生、古龙……"清一色的武侠"。金庸为代表的香港武侠小说，在当代中国文化序列中作为90年代最重要的大众文化消费品，包含着对港台文化的逐步认同，"无父"的个人英雄在江湖中，在朝堂庙宇之外，快意恩仇，迷人和惑诱的豪情和侠义，应对着90年代以后个人主义"自由"与"解放"的想象。然而，香港武侠小说在"丘处机"这里大约权作怀旧之用，正如小说中路边倒立弹唱的卖艺人唱起了众人皆熟的《上海滩》。他"从不多管闲事，他对暴力很反感"，只有武侠小说唤起了他的侠义之心，以微薄有限的反抗——游击战似的，帮助比自己更弱势的"桃谷六仙"。

90年代以来，中国社会在交换价值层面的阶级分化相配合的是构造文化阶序的符号价值生产体系的建立，今天的劳动者不再是文化的享有者和消费者，在小说中无意间形成了有趣的表达。印刷厂下岗前印刷的产品是武侠小说，"丘处机"得以阅读、沉浸和自我代入、投射，而当重操旧业的"丘处机"为老板们印刷的则是他不配享有的、属于"达官贵人"的精美春宫《明清传奇》。正是这本底层劳动者不配享有的文化产品解决了他的危机，换回了谋生工具，求得平静生活的方式。小人物的行为无关道德评判，只不过是小说家理解的生活中小人物的应对人生困境和现实逻辑的狡黠，一种模糊领会社会体制的实际优先权归属后，作出的一种疲惫的、脆弱的、下意识的机警反应，一种普通弱小生物应对丛林法则的生物学方式。

总而论之，黄咏梅的底层小说涉及了社会问题的许多面向，但它们归根结底并不是对一个时代或社会结构的批判，而是对那种可被抽象称作"俗世"的存在的批判或憎怨。这种退却，不应承受我们批评者或读者过于猛烈的指责，它本身不是小说家的畏缩和退却，而是对逐渐"强悍自信"的社会所产生的问题的一种无意识、被动的回答①。

因而，我想说，底层叙事颇受指摘，指摘的理由其实并不新鲜，甚至并未超越、溢出《在延安文艺座谈会上的讲话》范畴，评论界指摘的理由仍然是小说中是否放下了知识分子的精英架子，是否平视底层人的生活——挑剔着作家的主体姿态。诚然，自反式辨识自身的情感结构是作家的清醒和理性，洪治纲肯定黄咏梅的底层叙事，说的就是"撇开知识分子所操持的不自觉的价值判断，而以一种绝对平等的叙事视角，将市井中的庸常生活转化为人物骨子里的一种自足的存在形态"②。咏梅的确足够清醒地选择"去主体化"的方式去无限接近底层世界。然而，底层书写的有效与否不只于作家知识分子心态或启蒙姿态的问题，更在于是否能够以艺术创造力超越现实逻辑。换言之，文学固然不能止于诉苦和呈现苦难的悲情主义，然而我们如何在小说中组织人物和故事的逻辑？——小说作为一种叙事门类，现实主义作为重要的小说文体规定，一定需要有因果关联，有开端过程和结局，总要有一种力量驱使人物行动。总而言之，一定需要有一个圆滑成功的表象、一个自洽的逻辑，才能成功组织起来自现实的"现实主义"情节，它未必会把我们带入更严酷的现实的深处，相反平滑的现实逻辑会把我们载离真正严酷真实的现实。那么，批评界关于底层叙事的质疑，也许可以换一种方式说出，我们的文学能否不再流连于这些对小人物既可怜又可笑的人生的展示，不再让严酷的现实逻辑肆意蔓延在文学的世界中，束缚我们的梦想和想象。

在这个意义上，戴锦华高度赞许电影《钢的琴》为中国当

———————————

① 雷蒙德·威廉姆斯，《乡村与城市》，韩子满、刘戈、徐珊珊译，商务印书馆，2013年6月，第78页。

② 洪治纲，《卑微而丰实的心灵镜像——黄咏梅小说论》，《文学界》2005年第12期。

代底层叙事的宝贵实践。在 2011 年的 11 月 17 日的北大讲座中，她谈到了这部表现底层工人的电影在艺术上、思想上带给我们的巨大启示："当我们所有人都知道，这个世界是剥夺百分之九十九的人来成全百分之一的人，这已经成为一个全球性共识的时候，可是我们没有对改变这个世界以另外一个更好些的世界去替代的，哪怕是想象力的所在。这才是今天世界所面临的问题，这也是悲情政治、悲情动员不言自明所能提供的。所以我说，这个意义上，这个影片最为成功的是，不让它流于怀旧、流于犬儒、流于悲情。它以一个饱满的、昂扬的方式，给我们讲了一个有情有趣的故事，而所有的故事并不参照主流逻辑而成立，而借助自身的逻辑，这种逻辑却又不同于发展主义、拜金主义、消费主义的主流逻辑，这才是值得称赞之处。"①

这种逻辑是需要我们作家和艺术家们发挥艺术想象力去探索的，这也是批评者在庞大的底层写作中体察的匮乏和轻薄。我们不再需要一次次用虚构的、艺术的故事佐证现实逻辑的坚固不可摧，不再需要以一个个小人物可悲可笑的命运祭奠权力和金钱的强大。这不是对黄咏梅的苛求和指责，而是时代对所有仍然怀着底层关怀的作家的期待和恳请。

原载《新文学评论》2017 年第 2 期

———————

① 戴锦华，《〈钢的琴〉：阶级，或因父之名》，2011 年 11 月 7 日北京大学理科楼 107，讲稿文字来源为 https：//www.douban.com/note/183477224/，2017 年 3 月 5 日。

仁青的青海，青海的仁青

龙仁青向我走来，显然，北京的街景称不起他。

他喜欢穿黑或红 T，系麻布方巾，手上串着几绕的玛瑙佛珠，黑发铮铮，像马的鬃毛，面孔经了风斫日炙，棱角线条历历分明，北京芍药居一派慵懒市井中，龙仁青是一个"抠象"的人影，他太清晰，太立体。自有一种气"息"围绕着他，"生物之息相吹也"的"息"，青海湖水，日光幻变，铃铎僧幡，草场裸原，是这些汇聚而成的"息"，让青海人龙仁青与众不同。

西来的友人，让我心生欢喜。

没去过青海，青海来客就成了我想象青海的所有依凭，言行举止，穿衣打扮，我相信，这就是青海的"息"。何况，龙仁青是一位作家。龙仁青的笔下自有一番令我瞠目结舌的青海湖事——"一副烂漫无知的样子，扎括心里想，还装嫩呢，也不看看自己满脸的皱纹，还有嘴角上永远也擦不干净的白沫，都半老徐娘了，还把自己搞得像个十几岁的小丫头，真不害臊"，这个"蠢女人"是青海湖！不仅蠢，且骚情爱卖弄，孟浪得几近娼家，"人们在青海湖边上种上了油菜籽，到了夏天，青海湖便急不可待地围上一条金黄色的围巾，搔首弄姿，招摇过市，那副骚情劲儿让人有些受不了"。"青海湖飘飘然已经忘了自己姓什么。它不断地和这些人合影，摆出各种搔首弄姿张牙舞爪的动作来。有些人甚至搂住它的腰，把一张臭嘴贴到它的脸上，它也是来者不拒和颜悦色。"我读起来是吃惊的，青海湖怎么着不是"圣女"也得是"母亲"啊，怎么就成了荡妇了？这么"自黑"，真下得了手啊！反过来说，也只有血脉相连、亲密无间的人才能"黑"得下心，"黑"得下手吧。龙仁青耸耸黑鬃眉，青海湖就是我们的女人。

是的，青海湖畔的草原上，连太阳都是一个多情的女人——"太阳悬在远处地平线上，好像一个斜斜倚在自家帐篷门口搔首弄姿的女人，不知道害臊，眼睛里还火辣辣的，就等着有个男人经过她家帐篷，她就把撩拨男人情欲的目光放电一样不断射到男人身上，把男人电迷糊了，然后带进她的帐篷，陪她过夜，为她驱赶黑夜的寂寞"。藏族男儿扎括看到自己被太阳无限拉长了的影子，在他的前面四平八稳地晃动着，就像是一座走动的山。在太阳这女子的眼里，男儿伟岸如山。难怪歌里唱的是"父亲的草原母亲的河"，在龙仁青的小说里，那青海湖边阳刚雄性的是草原，光荣的草原，在太阳、母亲灼灼目光下，任由好儿郎、情歌手和骑手们驰骋的草原，那继承自父亲的草原。风骚娘儿们青海湖水和西边荒漠的双双入侵，外来"先进"事物的重重诱惑，牛羊畜生无情的舌头，男人的草原越来越窘困而逼仄，举步维艰地生存——男儿末路的悲壮和豪情总是打动人的。

在北京三环路的夕阳下，小说里草原和骑手的雄性气魄和自然而然流露的荷尔蒙令我心潮起伏。2013年5月，我第一次阅读龙仁青的小说，难忘至今。

世界是由男人主宰的，男人不断训诫女人：你们是弱的、小的、依附的——这道理我早已看破，然而，看过太多巧言令色的金钱、权势、道德包裹之下的性别压迫故事后，草原这大好男儿的荷尔蒙显得清新可爱，或许，"他"的可爱正在于那

神话岌岌可危的动摇和破灭感。我这城市长大学校里出来的
"女学生"，难免会对草原的荷尔蒙充满"低级"的兴趣，借
着谈文学的名义，常公开刺探草原小说家的"荷尔蒙往事"。
某次放松警惕的龙仁青，一不小心跟大伙儿透漏了第一次钻帐
子的经验。"没什么的啊，我简直是逃走的"，龙仁青答得老
实，好像描述一场逃学逃课、打架打输，他显出可爱，那种草
原男儿光荣而完满的神话裂开缝隙的可爱。

　　分别后，龙仁青生活在我的朋友圈里。他始终在走着，闲
不下来的，其中青海与西藏他走得最多，边走边拍照，采访藏
族格萨尔王的吟唱艺人，做《格萨尔王》的整理、翻译和讲学
的工作。我慢慢发现，作家或曰小说家，只是龙仁青若干文化
身份中的一种，在藏语文化界，龙仁青一连串的身份中排第一
的应该是翻译家，他是仓央嘉措的译者之一，他翻译藏传佛
教的活佛传和各类佛教文献，他的译著如山。写过《情歌手》
《牛奶和咖啡》小说的龙仁青会写歌词，在青海，在北京，那
些在我看来异常英俊和美丽的藏族歌手，对龙老师抱有崇高的
敬意，他们静候龙老师诗意萌兴时刻的降临，等待他用汉语或
藏语写下动人的歌词，那些隐匿游弋在汉藏两种语言中、跨越
青海湖与北京的万里空间、穿梭今夕记忆的微妙情感，也许只
有与他们分享共同语言与经验的人才能表达。听龙仁青藏语歌
唱，我们听出了熟悉，熟悉的忧伤爱惧，也听出了异样，异样
的是唇齿间陌生的音节气韵，无边的想象和据此及其他而生的
怅惘。

　　龙仁青实在有别于我们对作家的一般想象——或满身泥
土，或宅居书斋，或时尚、国际或文青的范儿，他有太多别
样丰富的内涵，我相信，他的丰富与别样来自环绕着他的青
海的"息"。因此，即便龙仁青为数不多的作品体裁大多是
"短篇小说"。他的"短"，也从不让我有逼仄狭窄之感，他的

"短"，从不捉襟见肘、磨牙费嘴、数米量盐、游尘土梗。龙仁青之"短"包含着阔大无限，流淌着澎湃元气，他技巧不灵，心思不巧，才情不敏，纵使主题不脱反思现代性的窠臼，人物不外牧童、少女与儿郎，但是，他的小说，的确是好小说。小说家龙仁青鲜少夸耀或自矜，他自阅读学来那套文学"乡愁"的伤感与悲情，被元气与阔大所调和，恰到好处地打动了我，正如他的天真和纯朴维持在绝假存真的水准上。

　　真的不应该对龙仁青这样的作家提出一厢情愿的请求，哪怕这请求是出自好意——多写一点吧，多写一点小说，不要浪费你的才华、经验和文化资源。记不清我是不是也一厢情愿过，应该有的，这些话，听起来耳熟，说起来顺口。但是，我知道，那不过是一种狭隘、固化和僵硬的认识，仿佛文学是高于一切书写和文化工作的纯粹而排他的事业，仿佛小说的文体地位真正至高无上。研究过悲剧兴亡的本雅明就不这么乐观，他说，谁也不能保证小说有一天不会死亡。是啊，悲剧这样古希腊城邦的精神支柱的艺术类型，人家才是欧洲史上至高无上的文体，最终也伴随着古典文明的消亡而彻底消失，谁又能保证 19 世纪才清晰起来的小说能永生不死呢？在这个意义上说，龙仁青的工作，哪一项都是重要的，与他的小说同样重要。

　　龙仁青对自己的写作亦有判断。翻译作品除外，他说，自己不会在任何民族类的文学刊物发表原创作品，也不会参与任何民族文学类的评奖活动。这并不是出于对民族身份的排斥，而是不想让单一民族标识以及关于民族的歧见，妨碍他对青海乃至中国多元文明的热爱和欣赏。我们的民族观念越来越与现代"民族国家"观念缠绕纠结在一起，这个汉语词对应两组不同的英文词 ethnic group 与 nation，其政治性常被混为一谈，乱成一锅粥。我们的中国自古就是多个民族（ethnic groups）组成的王朝，王朝的基本疆域之上坐落着今天我们的国家（nation），悠悠历史，各民族之间经历过太多次血统和文化的融合，如何能分得泾渭分明？龙仁青说，龙是汉族父亲的姓，仁青是藏族名字，他是"民族"混血，而我的父母分别是河北人、山东人氏，汉族，然而，我和龙仁青相见后，他从我脸上看出了藏族姑娘的特质——新疆、云南的朋友们，也依据我的外形客气地把我视为本族。血统、身份在龙仁青那里不是边界，而是重叠交织的馈赠，他并不"你们如何，我们怎样"，并不把民族标识视为一种文化与任何楚河汉界划定后的差异。他的小说和他，让我再次领悟，我们是如此丰富而多样，我们亦有那样的生活，我们尚有别样生活的可能。会汉藏双语的龙仁青说，青海民族众多，文化多元，自己看到了写作展示出的一种可能。这多么好，有这样志向的朋友，在青海。

原载《时代文学》2017 年第 7 期

当哲学成为文学批评的第一支点

——李德南文学批评一议

引　言

　　决心研读李德南，源自我对文学批评差异性的惘惑、好奇和可能性的期冀。中国文化有着鲜明的地域性特征，政治经济位置越来越决定着某一地域、省份、城市——最终小至一所院校在文化版图上的重要性。寄身现代大学的学院批评与依托文学体制的作协批评与媒体批评，无不带有可辨识、可追溯的学科、师承、阵地、门户的思想"印痕"与"气质"，机构与高校云集的文化重镇，如北京、上海、南京等大都市的新生代文学批评家①，细察之，大家操持的批评方法经历了 80 年代文学"向内转"、世纪之交"新左派"与"新自由主义"的论战、20 世纪西方后现代主义理论的化用、文化研究向文学领域的渗透等思想洗礼，显现出诸多可通约的共性。学院出身的批评家们，大多"学术"有余力，再生产些文学批评"副产品"。

　　李德南的批评与研究呈现出些许差异。投身中山大学中文

----

　　①　此处指上世纪 70 年代以后出生后的，以"北馆南社"、鲁迅文学院高研班（文学评论班）为体制依托的文学批评者。

系攻读博士学位之前，传统中文系以"文学史"为"纬"、以历史时段和地域对象为"经"的研究与教学模式，并未在李德南身上留下明晰的印记，他的批评文章较少着墨勾勒文学谱系。在我看来，李德南身上"中文系气质"是稀疏而淡泊的，他更多凭借"作家"的方式进行"自觉"的文学实践。早有谢有顺、王威廉、周明全和江飞几位论者指出作为批评家的李德南看待文学的眼光来自哲学研习的经历。他阅读文学作品，他研究以文学为思考对象的哲学家，他怀着文学青年的热情写小说。几个面向构成了李德南的文学批评实践——生产于学院、散见于文学刊物的史铁生研究，从偏重于 80 后作家和岭南文学的批评，到视域渐广、积极活跃的"现场"批评，以及文学期刊的专栏主持。贯穿在所有批评面向的，是李德南曾经用力颇多的海德格尔及现象学哲学精神。我的关切在于，此种差异性的文学—哲学批评方法能否为文学批评带来新的可能。

一、重述故事：殊相的意义再聚合

一本装帧精美的《有风自南》，收录了近年来李德南的批评文章。诗意盎然的篇目《有限的我们如何相爱》里，米兰·昆德拉名作《生命中不能承受之轻》被轻松愉悦地当成爱情小说来读，即便是没有读过这本书的读者，在读文章时也不会太过索然无味。李德南完整、耐心、生动地为我们讲了一个爱情故事。一边讲故事，李德南一边分析和探究小说人物如何以爱情寻求存在的意义。如同书中辑录的三篇关于昆德拉的文章一样，李德南认为，只知解构的昆德拉是无法建构价值和可能性的——像地道的人文主义者一样，他矢志不渝地吁求文学的价值与哲学意义上的道德。然而，我想说的是，在这里，李德南展现了一位批评家易被忽略的优秀禀赋——重述故事的才能。

重述，似乎是一种无须强调的基本技能，向读者推介一部小说的情节，或援引文本为自己的立论筑基，都需要重述文本的全部或局部。然而，在利奥塔那里，重述或曰重写，是后现代哲学向现代性的总体性话语开战的行动，重述像后现代哲学要做的那样："以诧异的目光凝视话语种类的多样性，就像看待千姿百态的植物一样。"[①] 如果说写作是一座元话语的文本世界，那么，批评家的重述，可算拿新鲜差异眼光朝向文本的打量凝视，甚至是对元文本的重组与改写。目光捕捉到文本中压抑的、无意识的意义，一个新的意义空间由此开启。因此，重述这一看似客观的过程，实际是批评家筑建批评文本的基石，不只是说批评者激赏或不满的态度在重述的腔调中可见一斑，还是说所有文学的经典性和历史性，正是在重复批评或阅读（至少是）的重述中实现的，如何重述，更是批评方法论的表征过程。在《乡村与城市》中，雷蒙德·威廉姆斯展示了令人瞠目结舌的理论洞察力和想象力，其中，他选取了一个异常新奇的角度重述了《苔丝》故事："苔丝并非一个被乡绅引诱失身的乡下女孩；她是一个房产终身承租人兼小商人的女儿，被一个退休制造商的儿子引诱。后者花钱买了一座乡下宅邸和一个古老的姓氏。"威廉姆斯的新左派马克思主义立场显露出来，他看到了哈代小说发现了"经济进程"，即"一个家族衰败另一个家族崛起，这是千百年来发生在有权阶级以及附属阶级身上常见而富破坏性的故事"[②]。用同样的视角，威廉姆斯重述了简·奥斯汀的小说、波德莱尔的诗歌和《尤利西斯》，

───────────────────────

①　秦喜清：《让－弗·利奥塔：崇高之后的美学》，张晶、杜寒风主编：《美学前沿》2006年第3辑，中国传媒大学2006年版。

②　[英] 雷蒙德·威廉姆斯，《乡村与城市》，商务印书馆，2013年，第273页。

他要做的是颠覆文学和文化中关于城市与乡村的二元对立想象以及想象中的意识形态。

耐心观察，便会发现李德南式重述的特质。在为小说家文珍撰写的作家论中，李德南索性遮掩去作者的名字，他津津有味地操笔重述了"三个故事"（三个"爱情故事"）。通过重述，他要让三个文本中共同的意义轨迹浮出纸面，让残留其中的无意识显影现身："三个故事，实际上指向同一种现实——她既是在写 80 后这一代人的情感危机，又是在写这一代人自我认同的危机：并不是无法参与社会，而是参与其中的同时无法建立一种自我认同。"① "先来重温一个故事"是《入城故事的常与变》② 的开篇首句，李德南兴致勃勃地重述了高加林的"人生"，将文本意义上发生在三十年前的故事，拉到了 80 后作家吕魁的小说的时空之中，在对比中讨论入城故事的创新与沿袭。重述的特质更鲜明体现在他对尚未获得广泛关注的作家文本的分析上。《从伊甸园到尘世》一文中，他既重述了徐东西藏小说的爱情故事，又以具有哲学品格的语言重述了关于"伊甸园"的诗意想象。徐东的文本——即便不甚成熟——被笼罩上批评者赋予文学与哲学的意蕴光晕，这种批评方式，显然有助于读者对批评家所述对象产生阅读兴趣。与新批评倡导的文本细读的方法不同，李德南不会支离、放大细节和寻找文本裂隙，他的重述富有作家写作般的热情，更倾向于意义的重新聚合与完成。

意义聚合的中心，是他对欧洲哲学中人的"存在"问题的反复探讨。哲学意义上的"存在"不是探讨客观上的事实——

---

① 李德南：《三个故事，一种现实》，《有风自南》，花城出版社，2017 年，第 87 页。

② 李德南：《入城故事的常与变》，《有风自南》，花城出版社，2017 年，第 114 页。

人有着七情六欲地活在世界上，而是试图将之视为哲学基本问题来反思。于是，亚里士多德曾把"存在"看作第一哲学的研究对象，在他看来，如果破解了人的存在之谜，万物的秘密将一览无余，思想也将清澈见底①。顺历史河流而下，20世纪的欧洲哲学家继续思索"存在"问题。《有限的我们如何相爱》里，李德南以他擅长的平和优雅的语调"重述"了昆德拉小说的"有限"与"爱"，"爱"属于文学与诗，"有限"则来自古希腊哲学话语，被海德格尔作为哲学的运思起点——譬若人可以向死而生，可以从最极端的终点回望，意识到"有限"的人会对时间、世界、自我打开不同的认识和思索，并置的两个语词在故事的重述中交叠互证：爱情故事里，托马斯的滥交与特蕾莎的"无父焦虑"等戏剧性十足的情节，被演绎为现象学的哲学关切——人的有限经验，《有限的我们如何相爱》带我们领略了李德南式的文学——哲学糅合的批评，交叠互证的过程中，以批评家关切的哲学经典命题进入文学，以文学"故事"回思哲学的话题，这是李德南通常使用的批评"运思"方式。

研习哲学的经历，让李德南熟悉并内在于19世纪以来欧洲哲学的反本质主义哲学精神。事实上，实在论与唯名论之间的纠葛在欧洲哲学史上由来已久，查尔斯·泰勒"马后炮"式的承认，唯名论对于殊相的热爱正是"西方文明史的一个主要转折点"②。海德格尔为代表的现象学哲学在解构古典主义形而上学神话的路径上获取灵感，浸润其间的李德南转身操持文学批评时，对于任何本质主义的命名及据此而来的褒与贬是异常敏锐和警觉的。周明全注意到李德南的《"80后"作家，代

──────────

① 赵汀阳，《第一哲学的支点》，生活·读书·新知三联书店，2017年，第3页。

② ［英］泰瑞·伊格尔顿，《文学事件》，河南大学出版社，2017年，第3页。

际视野下的牺牲品？》，是为"反驳张柠的《"70后"作家，撤退还是前进？》一文所作。在文章里，李德南第一次敏锐地提出了对"80后"文学研究存在的问题——简化和极化[①]。"反本质主义"的思考模式[②]，是李德南在现象学中习得的哲学精神。他崇尚海德格尔"回到事物本身"的现象学方法，他乐于将事物视为"动中之在"，文学实践时，李德南将对象放回语境，还原对象具体而感性的经验层次，在变动不居的语境中，呈现对象与更大语境之间互相作用的丰富关系。在"城市文学"的讨论中，李德南既谈"新的城市文学，对应于旧的、已有的城市文学"，又看重"新城市的文学，侧重点在于新城市，重视文学和城市的互动与建构"[③]。于是，文学批评常见的即时批评、个案研究、作家论形式，在李德南那里，因与更大的哲学精神与问题视域相互联通，而免去了数米量柴的琐碎与单薄的困窘。很多文章里，李德南对海德格尔的"回到事物本身"进行了哲学梳理，当我们提及"回到文学本身"或文学"向内转"时，我们的问题意识通常对应着"为生活"与"为艺术"，集体与个人、大众与知识分子之间复杂的历史脉络。而李德南的哲学梳理提示了我们，"回到文学本身"，并不意味着文学的提纯或故步自封，恰恰相反，它意味着拒绝任何一种简化主义。

　　20世纪已成历史。欧洲大陆上关于实在论与唯名论的讨

---

① 周明全，《李德南：隐秘的火焰》，《创作与评论》2014年第10期。
② 李德南引用刘小新的文章《当代哲学生存论探析》，讨论海德格尔哲学正是反本质主义的哲学，试图从经验的源初性和丰富性着眼，肯定这种源初和丰富本身的意义，从而更好地回归生活世界，见《"我"与"世界"的现象学——史铁生及其生命哲学》，上海文艺出版社，2017年，第42页。
③ 李德南，《他们都是造物主的光荣——论邓一光的深圳系列小说》，《南方文坛》2015年第3期。

论已经跨出 20 世纪的藩篱。类似伊格尔顿这样再次重启实在论与唯名论的思考者并非少数，他向我们发问："如果自我也没有本质，如果它仅仅是力量的一种果效，是某种感官印象的聚集体，是一种纯粹的现象学存在，一种非连续的过程，无意识的冰山一角——那么谁才是改变世界的行动者？它又该侍奉于谁？"[1] 当绝对主体面对一个纯粹偶然的世界时，伊格尔顿看来，反本质主义的另一面便成为了唯意志论，一个独揽了原因和目的，动机和证据的主体，如何恰当地使用力量？他宣布了自己的结论："并非所有普遍性范畴或者一般性范畴都必定是压迫性的，正如不是差异性和独特性都站在天使这边。"[2] 我在李德南的研究与批评中，同样看到了这种类似于伊格尔顿的质询和反思——在以现象学哲学走向史铁生的研究中，李德南经历了"立"与"破"的思考历程。

二、通往史铁生的途中之径：
一种现象学的文学建构

就在 2017 年，李德南出版了他的博士论文《"我"与"世界"的现象学——史铁生及其生命哲学》。在诸多"文学研究"的前辈中，孙郁、周国平描述出史铁生所走的是一条"通往哲学的路"，"暗合现代哲学从实在论向现象学的转折，以及现代文学艺术中的相应趋势"[3]。哲学研究背景的邓晓芒、赵毅

---

① ［英］泰瑞·伊格尔顿，《实在论与唯名论》，《文学事件》，河南大学出版社，2017 年，第 8 页。

② ［英］泰瑞·伊格尔顿，《实在论与唯名论》，《文学事件》，河南大学出版社，2017 年，第 21 页。

③ 周国平，《中国最有灵魂的作家》，引自岳建一执行主编：《生命：民间追忆史铁生》，中国对外翻译出版有限公司，2012 年，第 313 页。

衡以哲学的方法目光打量出史铁生的亲切，并将史铁生的哲学特性坐落在海德格尔等现象学哲学世界中。与四位研究者一样，李德南察觉到史铁生文学世界中笼罩着现象学哲学精神的光芒。李德南以个体、世界、宗教、写作为"现象学"的限定语，讨论史铁生及其文学世界中四个学界关注且富有独特性的面向。尤为特别的是，他以哲学运思的方式将史铁生作品中的现象学思想方式打捞出来，从而打开了史铁生作为文学家的哲学思维空间，让我们看到这位当代中国作家的思想能力。从文学研究的学科角度来看，将史铁生"还原"至现象学视域，无疑是一种独特而新颖理解史铁生的方法。

不得不说，在阅读这本专著的过程中，李德南讨论问题的方式，不断挑战着我对文学研究的既有印象。李德南承认，"虽然史铁生从来没有将自己的写作标明是现象学的，但是他的创作与现象学有很多契合，是一种海德格尔式的、以存在论问题作为主题的、解释学化的现象学。史铁生的写作，就某些层面而言，可视为海德格尔所说的解释学化的现象学在文学领域的具体应用"①。在没有任何文本确证的前提下，并无任何线索证明史铁生接受过现象学哲学的影响，李德南携带着现象学的立场进入史铁生的文学世界。这显然与中国作家个案研究的惯常模式"影响研究"大相径庭，李德南并没有采用历史事实积累下的思维惯性，去讨论一位晚发现代国作家如何拥抱、接纳某个西方流派、某位域外作家的影响，他的研究至多算是"比较研究"之一种。李德南论证了史铁生与存在论、现象学、解释学分享相近的认识论，分享"我"与"世界"的存在关系，他在大量西方哲学家的观点之中，并置着史铁生的文本材料，以互证互现的方法，以海德格尔、威廉·詹姆斯等哲学

───────────────────

① 李德南，《"我"与"世界"的现象学——史铁生及其生命哲学》，上海文艺出版社，2017年，第32页。

家的思想，将我们引渡至史铁生的现象学面向——正是在这个过程中，李德南显得十足内在于哲学学科之内，在他的笔下，材料仿佛专门为了论述而聚集似的，毫无刻意比附的牵强，这是他论述的可靠感的重要来源。然而，就在我惴惴不安地忧惧这是否是一次风险十足的理论旅行时，我逐渐认识到，李德南正是借重、牵引史铁生文学世界而进行了一场文学—哲学的建构。李德南要告诉我们，一位当代中国作家如何从自身的困厄出发，用文学方式进行了"我"与"世界"间互动关联的现象学思考，无须像胡塞尔一般执着强调现象学于哲学史上的流派性，现象学的思考就得以降临。

　　我们曾见识过 20 世纪欧陆哲学背景的批评家截然不同的处理文学的方式，譬如本雅明、海德格尔、德里达、朗西埃与巴迪欧，他们并非把文学视作哲学处理的对象。恰好相反，阿兰·巴丢认为，20 世纪的哲学任务，是摆脱一味反柏拉图主义的潮流，而成为佩索阿所代表时代的人。文学与哲学，在他们那里互相借重与"牵引"（在海德格尔阐释里尔克的意义上），成为 20 世纪以降人类打开与认识自身与世界的新方法与途径。现象学师祖胡塞尔最富有诱惑力地宣布"一个新世界顷刻间敞开了"。海德格尔的现象学讲求廓清或括起一切前提与预设，李德南的史铁生研究，恰恰是秉承现象学的精神，"文学"和关于文学研究的既有范式，在这个过程中被"括号"括起。于是，李德南在对史铁生的文本进行分析时，一切看起来新鲜而异样：常见的肇始于 20 世纪初新批评的文本分析方式，比如语言、人物、叙述人、视角、结构，以及结构主义衍生出的叙事学，这些并不为李德南所借用；在他的视域中，史铁生是一位以文学方式展开自觉哲学思考的作家；他甚至不常使用作为文学研究常见术语的"文本"，专著中讨论史铁生《我与地坛》的一章中，令我诧异的是，李德南始终以"文章"而不是散文、作品、文本等文学术语指代史铁生的《我与地坛》。李德南倒是解释了一笔："就史铁生的作品整体而言，过多地纠缠于文体的区别并无太大意义。消弭文体的边界，打破文体的固定格式，正是史铁生从事创作的意愿之一，也是史铁生个人写作路向的合乎逻辑的展开。"① 当然，作家不妨创造性地选择文体，但研究者的选择却不能无视某些研究范式，如此阐释势必是出于一种特定的建构目标。

在李德南那里，史铁生被视为一个思想主体，他的文本，无论是虚构还是非虚构文体都被纯然视为作家哲学精神的承载体。有趣的是，在《有风自南》及李德南的其他批评文本中，我时常读到他对作家创作谈的引用，罗兰·巴特尔充满解构精神的宣言"作者已死"对于李德南似乎并没有太大的影响，他倾向于信任作家的自白，在为他视作"兄弟般同道"的作家双雪涛所撰写的短文《看，这个滑稽的人》里，引用作家谈小说《大师》的一段话之后，李德南不惜打破文学批评的阅读伦理（作者面向潜在的一般读者"说话"），心急地与双雪涛展开了对话："我记得你曾经说过，写《大师》这篇文章跟你父亲有关。"② 与其说批评家与文学基本构成和型构过程产生了隔阂，不如说李德南突破了后现代解构主义的文本中心论的束缚，而坚持不懈地与文本的创世者对话。

李德南既为我们提供了一种理解史铁生的路径，同样也以史铁生为个案，建构了理解作家，体认文学，思考文学作为精神生活的一种思想图景。当我们不断要求中国作家有"思想"，我们所操持的标准大多是"社会历史批评"，去要求作

① 李德南，《"我"与"世界"的现象学——史铁生及其生命哲学》，上海文艺出版社，2017年，第263页。

② 李德南，《看，这个滑稽的人》,《有风自南》，花城出版社，2007年，第75页。

家理解和体认人类社会，如同黑格尔—马克思所说的"对更高历史阶段的充分认识"，而超验、超存的思想并未真正被作为"文学任务"向作家提出，李德南的史铁生研究正是在这个意义上具有特异的价值。更为难得的是，在后现代主义的解构精神之外，李德南找回了批评与精神主体的作家对话的愿望。

悖论仍然降临于现象学。正如海德格尔不断地以"思"与"运思"替代哲学，以新的话语方式使用哲学术语，以哲学的方式颠覆哲学史，现象学始终被视作哲学之一种。纵然李德南所做不是"影响研究"，他无须沿着影响发生的途径勾勒思想形成过程，可是他又必须回答史铁生文学世界中颠覆的对象是什么，他形成思想的历史语境又如何，即"在对某一时期或某一特定的社会阶层的思想进行分析时，所关注的不仅是盛行一时的思想和思维方式，还有这种思想产生的整个社会背景"[1]。整本论著中，李德南一方面将思想起源归结到史铁生残疾的困厄上，身体的困厄使作家更易体验人的"有限性"，这与现象学突出身体和经验的感知有不谋而合的精神联通；另一方面，借助谢有顺的论述，李德南将史铁生置入"新时期"总体语境，在那里"时代的总体话语还没有给予作家随心所欲地写作的权利，形而上学的、本质主义的思维惯性依然存在"[2]，而史铁生则率先着眼于现象学突出的"具体的、特殊的、有限的个体生命"。在专章讨论"史铁生的写作现象学"时，李德南分别以"知识论"与"生存论"概括两种不同的写作路向，虽然他表示了不可轻易判断二者高下，但是，在他看来史铁生的写作现象学是偏于生存论的，是"更为坚定地与知识论的写作

---

① ［美］路易斯·沃思，《序言》，《意识形态与乌托邦》，黎鸣译，商务印书馆，2000 年，第 21 页。

② 李德南，《"我"与"世界"的现象学——史铁生及其生命哲学》，上海文艺出版社，2017 年，第 69 页。

路向告别，穿越了那个为总体话语、各种主义或理念所统治的世界"①。李德南笔下的史铁生，以孑然独立的姿态超越了他的时代，这无疑是迷人而令人向往的。

我不免为李德南担心，如同现象学悖论一样，李德南是否会陷入另一种"知识论"的危险？——照理说，拒绝本质主义和普遍性的人应该不会热衷于下偏向对立中任意一元的结论。然而，在我看来，李德南也陷入了一种困境。他至少闪躲了与 1990 年兴起的由海外学者率先发起的"十七年文学""再解读"的对话。由彼时至今的"再解读"实践中，学者们试图打破 40—70 年代对红色经典的体制化叙述，同样也打破被新时期文学打入"意识形态图解"另册的叙述，以期"回到历史深处去揭示它们的生产机制和意义结构，去暴露现存文本中被遗忘、被遮蔽、被涂饰的历史多元复杂"②。在这些学者看来，那些"红色经典"包含的何尝不是"具体的、特殊的、有限的生命"？另外，史铁生所处的 80 年代、90 年代以及新世纪，国家话语、知识分子话语以及民间话语以互相交织、抵牾和重组、共谋的方式，护卫着"改革"与"开放"的政治经济趋势，在学者看来，关于那段历史的文学表达和文化现象恰好是杂花生树般复杂、斑驳而暧昧③。如此纷杂的时代话语迷津之中，史铁生的思想与文学实践与时代的关联，能否是"知识论"与"生存论"二元对立模式中能呈现出来的？

———————

① 李德南，《"我"与"世界"的现象学——史铁生及其生命哲学》，上海文艺出版社，2017 年，第 262 页。

② 唐小兵，《我们怎样想象历史（代导言）》，《再解读——大众文艺与意识形态》，牛津大学出版社，1993 年，第 25 页。

③ 梁鸿，《"精神危机"：20 世纪 90 年代初期社会精神状况的话语分析》，《"70 后"批评家文丛·梁鸿卷》，云南人民出版社，2016 年，第 107 页。

三、以"我"亲证"世界"：
一种自我安放的方法

在中国文学研究的视域中，当史铁生宣布："于我而言，本世纪下半叶的头一件大事，自然是我的出生。因为这是一切于我而言的经验和意义（包括'本世纪下半叶'这样一个概念）的前提，是独白的不容商量的出发点。由于我的出生，世界开始以一个前所未有的角度被观察，历史以一个前所未有的编排被理解，意义以一个前所未有的情感被询问。"[1]只怕他很容易被归入"个人写作"与左翼文学传统、文学体制倡导标准的对立之中看待。个人、小我与社会、大我，在中国文学是极具标识性的公共议题。在二元对立、彼此互斥的视野中，左翼文学似乎容不下丰富、复杂和具体个人的丰富经验，崇尚艺术自洽与个人合法性的文学便钻进了自我的螺蛳壳中，两耳不闻窗外事。左翼文学与革命的强力诉求，让何处安放自我成为作家无法摆脱的精神疑难。李德南在史铁生那里发现了现象学意义上的"我"，发现了摆脱了社会层面与实践意义上的"个人"与"社会"，转向了现象学划定的"精神生活"的可能。

现象学哲学中最有迷惑性的是现象学的"我"。"我"不是任何人类意义上的个人，不是文本的叙述人，不是笛卡尔的"我思"主体，不是从康德到黑格尔的德国古典唯心主义哲学的"自我意识"，"我"只是经历了胡塞尔的"还原"之后的一个纯粹的象征。李德南无疑从海德格尔那里得到启示。海德格尔哲学是非人类中心的，他一般不说"人"，人只是"存在者"，译为"此在"的 dasein 不是古典意义上的"人"，而

————————

① 史铁生，《私人大事排行榜》，《史铁生作品全编》第 6 卷，人民文学出版社，2017 年，第 286 页。

是"人"的现象学还原后的精神状态，这些状态是以可能性的方式显露的。陶陶然，世界与我有另外一种关系，而只有人在接近于焦虑、厌烦、走神、陶醉类似的时间中，这种关系才忽然而至。李德南在史铁生文学世界中发现了与现象学类似的认识论：史铁生所说的"我"，并不是一般意义上的个人、自我，"史铁生不像笛卡尔、休谟、康德这些近代哲学家那样，认为主体或者说'我'有能力中立地、客观地认识外在世界，进而获得一种绝对可靠的、永恒不变的知识。相反，史铁生倾向于把'我'看作是'世界'的参与者，而不是单纯的旁观者"[①]。恰如李德南详细分析的小说《第一人称》，作家从哲学思辨的角度，思量着"我"对外在"世界"认知的动态和限度。李德南根据海德格尔"此在"与"我在"的对应关系，把现象学的"此在"与"世界"的概念充分理清，替换为史铁生时常使用的语汇"我"与"世界"。这是一种有见地的巧妙转换。

史铁生对主客二分中的"我"具有敏感的排斥。王安忆在一场关于《纪实与虚构》的讨论中提及史铁生的建议："我在北京的时候，史铁生就说这部长篇有一个大问题，就是小说中的'我'去创造这世界，缺乏'心魂'的逼使。"[②] 显然，史铁生所说的"我"是主体意义上的"我"/主体，在他看来，主体痕迹过重，则陷入某些难于剥离的限制和预设，而"心魂逼使"则将创作的原动力还原至更本真的欲望之中。王安忆在很大程度上复述并理解史铁生的建议为："一是'我'这个人在人世间走来走去无法为自己定位的那种存在的孤独；二是

① 李德南，《"我"与"世界"的现象学——史铁生及其生命哲学》，上海文艺出版社，2017年，第52页。

② 陈思和等著，《理解九十年代》，人民文学出版社，1996年，第54页。

'我'如何在一切都将消失一切都不那么稳定的情况下努力把自己固定下来挽留下来的渴望。不过我的'心魂逼使'太缺乏人间的面目，不是可触可摸、具象的、带着经验世界的感性和气息的，这也许确是一个缺陷。"[①]

　　不妨借助汪晖对 80 年代"新启蒙主义"知识分子"主体"的分析，来看待史铁生对"我"的理解的差异性："主体性概念包含了对现代过程及其意识形态的某种程度的疑虑，但在当时的语境中主要是指个人主体性和人类主体性，前者的对立面是专制国家及其意识形态，后者的对立面是整个自然界，它的积极意义在于为后社会主义时代的人的基本政治权利提供了哲学的基础。这样的主体性概念建立在主体——客体的二元论之上，洋溢着 18—19 世纪欧洲启蒙主义的乐观主义气息。""1980 年代中国的启蒙知识分子普遍地信仰西方式的现代化道路，而其预设就是建立在抽象的个人或主体性概念和普遍主义的立场之上的。"[②] 90 年代后启蒙主义发生分化，这种普遍主义信念才逐步受到质疑。我们也可以从这种知识分子"主体"意识变迁的背景中理解史铁生看待"我"与"世界"的关联，受肉身困厄的史铁生，也许比其他经历了相同历史遭际的同代作家更早地参透了启蒙主体的虚妄，他也更容易接受一种文化相对主义的观念，他转而信奉老庄智慧与各门类宗教。现象学格外强调人向"内"转的精神生活，为反抗 20 世纪自然科学的统治，现象学开启寻觅"精神的科学"[③]的路途，注重精神生活、内感受，而不从自然或社会生活中获得直

　　①　陈思和等著，《理解九十年代》，人民文学出版社，1996 年，第 55 页。

　　②　汪晖，《当代中国的思想状况与现代性问题》，《文艺争鸣》1998 年第 6 期。

　　③　邓晓芒，《胡塞尔现象学导引》，《哲学史方法论十四讲》，重庆大学出版社，2015 年，第 266–267 页。

接解释。因此，现象学哲学对建构文学艺术的发生和过程，具有特殊的解释效力。对于史铁生这样长于思辨、有宗教气质的作家来说，这一路注重精神与内感的智慧，同样适宜解答史铁生。

对"我"的独立和独特的强调是史铁生文学的基本出发点，然而，李德南却意识到，史铁生并非将自我与世界二元对立的思考者或者"个人主义者"。从史铁生现象学式"我"的建构中，李德南分明察觉到他不同于 80 年代新启蒙自西方宗教改革和古典哲学中汲取的"个人主义的和反权威"①，他"一方面强调主体性，另一方面强调主体间性"②，于是李德南在史铁生的文本中提炼出文学以"我"亲证"世界"的哲学式命题，将史铁生的"我"归还于"世界"与他人中间。自史铁生出发，李德南也走向了对海德格尔现象学哲学的批判和反思，在博士论文的最后章节《面向根本困境发问的生命哲学》中，李德南意识到海德格尔哲学中潜藏着极端的"唯我论"隐患，他回到查尔斯·泰勒那里，重新反思后人对现象学的质询——本真性的伦理必须在个人与他者、社会的互动中才能形成。终于，李德南在史铁生那里，或者在通往史铁生的路途中，寻觅到一种在文学世界与生活世界中安放自我的办法。

四、隐秘的火焰：呼唤人文性与谈艺随笔风

米兰·昆德拉是李德南曾经的文学偶像。时隔多年，李德南重读昆德拉时，不免怀着遗憾与痛惜地承认，昆德拉早

---

① 汪晖，《当代中国的思想状况与现代性问题》，《文艺争鸣》1998年第 6 期。

② 李德南，《"我"与"世界"的现象学——史铁生及其生命哲学》，上海文艺出版社，2017 年，第 285 页。

年的一些小说中蕴含着"一束与人物共患难的隐秘火焰",然而"昆德拉的问题在于,他彻底否认了人类获救的可能,也否认了人类获得意义的可能",以及"在面对人类种种不堪境遇时,他越来越倾向于取超然静观的立场,写作对他来说,仿佛只是一种清清白白的、与生活世界无涉的游戏"①。所谓"隐秘的火焰"指涉文学对人类和世界的人文关怀,这个意象常见于李德南的批评文本中,有时,他以这意象自诩。李德南温和地批评了他曾经的文学导师,缺少理想主义的昆德拉是纯粹的解构主义者,是怀疑主义者,他毫无建构的信心。虽然我们早已听闻英国文化研究学者斯图亚特·霍尔的理论:每一次文化解码都是一次编码,任何一种颠覆同时是一种建构。然而,李德南显然不满足于此,他是异常急迫的,急于在文学中重建精神价值。

在简笔为批评家耿占春绘制的思想肖像中,"隐秘的火种"更清晰地比拟文学的人文性。在李德南看来,耿占春这样的人文主义者与历史先贤不同,他不像堂吉诃德似的与工具理性、世俗化潮流抗争,他是火种,然而现实诸多压迫结构使然,他和这个时代的人文主义者不得不保持"隐秘":"这种写作本身就是对人文世界的一种守护,就好比是在科技世界、商业世界中埋下了隐秘的火种。只要火种不灭,世界和人类自身,就有可能被再度照亮。"②

对重建价值的呼唤,我们并不陌生。20世纪至今,欧洲哲学家以欧洲历史来审视人类历史,他们看到人类自我膨胀连同科技的无限扩张,使得人类在获得前所未有的享乐的同时,

————————————

① 李德南,《大师的洞见与盲见》,《有风自南》,花城出版社,2017年,第12页。

② 李德南,《人文世界的守护者》,《有风自南》,花城出版社,2017年,第93页。

预示着走向毁灭的边缘，启蒙以来的人的理想似乎走到了尽头。中国对人文性的疾呼去今未远。如果翻阅 90 年代的文学、文化的报刊书籍，怀着启蒙梦想破灭的悲情，人们怀旧式地追忆 80 年代的神话，随手使用着"精神危机""市场""价值失衡""虚无""犬儒"等名词。1993 年，文学界内部发起的"人文精神大讨论"，可看作对人文性（虽然讨论中批评家们对人文性内涵各持己见）最后一次大规模的呼唤。曾在 90 年代至世纪之交的文学批评、研究中孜孜不倦倡导晚生代作家建立新"认识论图式"的陈晓明，在新世纪到来的几年后，便转而用"相信文学"来吁请普通读者与批评家，"世界越是如此不堪，文学越要有所承担"①。几十年的"价值中空"使得文学界始终满怀对生活世界的表达焦虑，人们召唤、渴望、期冀着一种被多数人认同的新的"价值"的诞生，这种焦灼的呼吁在李德南的批评实践中随处可见，与陈晓明那代经历过文学盛衰沉浮的批评家不同，新生代批评家尚保持着理想主义式激情。

象征光明、温暖与希望的烈火，同时又是隐秘的。隐秘为何意？《隐秘的火焰——吴文君的抒情小说》中，李德南将小说美学风格的"节制"定义为"隐秘"："涉及生命的黑暗面时，吴文君的笔触常常是'节制'的，带有'一点光亮，一丝轻灵'。似乎总有一股隐秘的火焰，埋藏在字里行间，供有心人去发现，去领会。"② 这种节制的、带有"一点光亮，一丝轻灵"的文风，同样是李德南文学批评的语体风格，他不擅长气势如虹地宏大叙事，并没有爱憎分明的酷评式语风，亦难做到审美批评的清雅绮丽和抒情感伤。在我看来，哲学研习赋予

---

① 陈晓明，《相信文学：重建启示价值》，《守望剩余的文学性》，新星出版社，2013 年，第 6 页。

② 李德南，《隐秘的火焰——吴文君的抒情小说》，《途中之镜》，云南人民出版社，2014 年，第 97 页。

李德南作为批评家的馈赠，是一种温和适中的沉吟、深思的随笔式语风。

很多时候，海德格尔的思想显得晦涩，晦涩既是来自其哲学思想的纠缠费解，同样也源于对我们惯常思维与智力活动的挑战。他对精神世界中非理性部分的解放，对精神之外的心情与心绪细微处的烛照，诸如失神、怔忡、厌倦、恍惚的描摹，都提供了我们熟知的人类学意义上心理学以外的放大呈现。海德格尔文本的语体风格恰好呈现了与对象相称的精微深渺，叙述外部的适度松弛包裹着内涵的奥妙——正如愣神的我们，慵懒放松的外表之下，可能是空空荡荡，也可能交织着瞬息万变而难以捕捉的情绪。很难想象描摹这种精微世界的文体是峻急、雄辩、粗犷的。海德格尔的哲学文本中，正是以日常之物、人们熟知的艺术经典为生发哲学思辨的引子。于是，我便妄断，李德南随笔式批评的语体风来源于哲学文体的研习和思考。

"最好的哲学是在 essai 的形式下得到表现的。"让·斯塔罗宾斯基荣获 1983 年欧洲随笔奖之后，撰写了为随笔体"正名"的文体论《可以定义随笔吗？》。斯塔罗宾斯基从语源学考证了随笔（essai）的来历和特质，由于 essai 在法语中有着实验、考验与分析的意义，在语文学上找到了名正言顺的证明，斯氏做出此等判语[1]。而 essai 又有随意一试的意思，其自由的体式和探索性获得了谈艺者的青睐，将两种含义结合融会，"随笔"体式应运而生——1585 年出版的蒙田 Essais（译为《随笔集》），某种意义上，明代洪迈的《容斋随笔》亦不例外。18 世纪的思想家狄德罗说："我喜欢随笔更甚于论文，

————————

[1]　郭宏安，《斯塔罗宾斯基论随笔：一种最自由的文体》，收入周启超主编：《跨文化的文学理论研究》，北京大学出版社，2006 年，第 273 页。

在随笔中，作者给我某些几乎是孤立的天才的思想，而在论文中，这些珍贵的萌芽被一大堆老生常谈闷死了。"[①] 欧洲谈艺者看中的就是随笔体表达方式的灵动活力，不再做严肃枯燥的高头讲章，16 世纪以降，随笔体逐渐兴盛并向英国、日本乃至现代中国流传。

总之，取自哲学中历练出的思辨与沉吟风格与对文学中人文价值的呼唤，构成了隐秘的火焰，这隐秘的火焰埋藏在李德南文学批评的字里行间，有心领会，不难求得。

结　语

当代文学批评、文学理论和文学史之间的关系链中，批评被视为理论的附庸和文学史的"余事"，陈晓明曾据此提出批评，他认为，欧美"理论家"实际上"研究是具体得不能再具体了"。被看作是"理论"的，是"在对文学文本进行分析时，包含更为复杂的推理步骤"[②]。因此，陈晓明呼吁，当代批评不再视"理论是铁板一块的概念，也不是对本质规律的穷尽，而是化解到无数具体、独特、生动的文学文本中，化解到文化现象中，化解到图像和任何符号中，化解到一切的感受和体验中，这是理论死亡而又迅速复活的时刻，这是没有理论而理论无所不在的时刻，这就是理论幽灵化的批评场域敞开的时刻"。

从哲学学科走出的李德南，其文学批评和研究都是良好的

---

① 狄德罗，《论判断的多样性》，转引自郭宏安《斯塔罗宾斯基论随笔：一种最自由的文体》，收入周启超主编：《跨文化的文学理论研究》，北京大学出版社，2006 年，第 274 页。

② 陈晓明，《理论的终结与批评的开始》，《守望剩余的文学性》，新星出版社，2013 年，第 36 页。

理论转化批评的产物。尽管我不确知，中国文学是否需要一场现象学或其他哲学的洗礼。相较之下，如何阐释、呈现和批判性读解现实问题，在我看来，更是作家们的焦虑根底所在，对中国具体语境来说，李德南操持的哲学话语稍显陌生而艰涩。即以我个人而言，我与李德南的学术兴趣和知识结构也存在着不小的差别。然而，我亦知晓，面对今天中国文学和思想问题，"认同"的重要性并没有超越打开视野的"认异"。当然，我与他并不缺乏信仰的分享与思想的共鸣，我们一样信奉着人文主义的传统精神，我们同样认定 20 世纪老人文主义者乔治·斯坦纳对批评意义的阐释：批评与作品相依为命，"没有批评，创作本身或许会陷入沉默"①。我们一样"相信文学"。只有在清理出思想空场之后，我们才能迎来新的文学与思想的可能。

原载《长江文艺评论》2018 年第 2 期

---

①　［美］乔治·斯坦纳，《语言与沉默：论语言、文学与非人道》，上海人民出版社，2016 年，第 18 页。

片　断

商人的心债

——谈哲贵《空心人》和
他的"信河街"小说

一、现代主义与遁世主义

哲贵告诉我，很多年来，他一直在籍籍无名地探索小说，直到 2008 年《人民文学》发表了他的中篇小说《金属心》，文学场合上，人们才会说，哦，这是写《金属心》的哲贵。这篇为他赢得声誉的小说，确证了哲贵的文学选择：写最熟悉的生活，写身边的温州商人。

时隔六年，哲贵把三篇讲述 2009 年金融海啸后温州商人命运的中篇小说结集出版，题为《空心人》。从金属心到空心，仍是围绕"心"的事。关于人那看不见的内在世界，中国人讲"心"，不讲"灵魂"或"绝对精神"，与欧洲人相比，中国人的内在世界早有具体的物质载体。私下里，哲贵是修禅读佛经的，南宗禅学对"心"未被烦恼妄念遮蔽的本来面目的探求，哲贵自有领悟和修为。小说里，哲贵便机敏地以"心"做寓言的喻体，金属制心，洞然无心，无疑"异化"意味十足。若说哲贵的小说，是对中国"经济人"的精神世界进行一番探赜索隐的话，单从喻体的意思上看，哲贵探求商人异化心灵的伤痕与创楚，他走上了现代主义小说的路途。

20 世纪以来，愈益强大的物质与金钱和愈益弱小的心灵间形成巨大反差，孤独感、迷茫感、荒诞感、焦虑感等情感危机跃升于社会危机、道德危机之上，现代主义作家对金钱物化的认识已经与 19 世纪的作家有了天壤之别，他们思考的重点从一般社会正义、天理人道的方面转到了个人内心价值、自由和真实性的得失上，对金钱和物质作用于人的理解从造成外部的生存困境转到了造成内部的生存困境。正是在这个意义上，我说，哲贵的"信河街系列"小说隐含着现代主义式忧郁。

然而，熟悉现代主义小说的我们知道，那些小说的语言是讥嘲、消沉或冷峭幽默的，带着工业时代的冰冷与坚硬。信河街系列其实则否。哲贵性情温和，吝于言辞，我疑心，他本以温州话为"母语"，用普通话写作多少会经历一个语音转换和方言雅译的过程，因而，小说呈现出平易、舒缓而延宕的叙事节奏。商人们的内心苦楚，除却现代主义异化的挤压之痛，他们更有一种中国文人骨子里的莫名而无奈的苦，贾宝玉式的"富贵闲愁"，他们和宝玉、哈姆雷特一样，不断追问那个万古难灭的问题——生之意义。

于是，我常常觉得，小说亦如其人，哲贵的天性偏于佛老，他钟爱的人物便沾染了与他相似气质，他们不自觉流露出一种遁世主义的特质，孤僻阴郁，时常怀着离群索居的冲动，这便是不同于现代主义的另一种心灵状态，而空心则未必是纯然的异化。

二、心债与寂灭

2009 年，由于美国次贷危机引起的全球金融海啸席卷至中国经济发达的浙江温州，信河街上企业资金链断裂的商人们势必面临着常人难以估量的困境。跑路、破产、借贷、还债，围绕着"债"一事，人的命运面临着不同的路径，处于商业网络中的亲友、合伙人、政府监管者，种种力量之间该产生多少意想不到的纠葛错节，于是便有了小说家演绎想象、驰骋文字洞察人性的空间。哲贵以"债"为情节线索和故事核，创作了《空心人》《卖酒人》和《讨债人》三篇系列小说。

文学中的债务故事，莎士比亚的《威尼斯商人》是最为著名的经典范例。夏洛克要求借贷者安东尼奥偿还一磅人肉而成为贪婪、冷酷的放债者的代名词。在 17 世纪的威尼斯，夏洛克的复仇的手段可谓符合契约精神。古代罗马法将债的关系视为人身关系，债务人不履行债务，债权人就可以拘押债务人，从而以人身作为债的担保。安东尼奥与夏洛克围绕着"一磅肉"的斗争，是中世纪遗留下来的旧式高利贷者与新兴工商业资本家的斗争。深受其时日益增长的重商主义影响的莎士比亚，态度鲜明地站在新兴资产阶级的立场上赞美安东尼奥，把他写成是一个不惜一切地去成人之美的人文主义者，是理想的新兴工商业资本家，而债主夏洛克则背上了千古骂名。当然，人身偿债是前现代的社会规则，今天的我们当然不能想象"一磅肉还债"的任何合理性，然而在以法律和秩序为存在形式的现代社会，我们深知欠债、讨债、逃债等债务问题的复杂性，法律、经济、人情等等因素可能涉及其中。

《空心人》说的是以情抵债的故事。几个信河街商人组成了一个互相扶持的朋友圈，他们时常聚会酬酢，有着兄弟般的手足情谊，在商场和生活中协作互助。小说中符合商人阶层和中产阶级情趣的城市文化符号俯拾即是，洋酒、富人高尔夫球赛、潜水、奢华酒会、华服美裳，不一而足，哲贵有意用平实不夸耀的叙述呈现了商人富豪阶层的日常生活，真正一派清雅富丽的气象。然而，男主人公"富二代"南雨绝不是潇洒放荡的富贵闲人，他毫无纨绔之气，相反有些自闭倾向——在与人交流时他不愿直视对方眼睛。面对心爱的女人和家族的约束，他比普通人更加迟疑、退缩、认命和束手就范。南雨深爱着鲁若娃，但是在两人的情感关系中南雨始终处于消极、被动和拒绝的位置，最终鲁若娃因债务危机，不得不堕胎嫁给替她还债的汤伯光。小说写得最精彩的地方，大概要数结尾处南雨和鲁若娃的分别，在鲁若娃的婚礼上，南雨走上前轻轻拥抱她，在并不知情的朋友面前两人压抑着情感友好地分手。这样的结局对彼此心灵如此默契的两人来说，感情上确是难以估量的伤痛。但他们都能节制内心复杂丰富的感情，不改人应有的庄敬自重，这并不容易做到。这是哲贵作为小说家的修为。

南雨与女性的关系可谓"爱无能"，哲贵的小说，大多如此设置情爱故事的模式。从古至今，对于女性的生物性占有成为中国男性攫取权势金钱活动的变奏曲，这就使人的情感进入怪诞的异化状况，爱情这种生命本真的炽热景象被冷冰冰的名绳利锁所绑架。在这样的欲望怪圈下，人对爱情体验的质量要求是永远无法兑现的。这种悖论式的生存状况是中国名利场中的通病，成功者轻而易举获得数量超出常规的性爱体验，付出的代价是失去高尚而平等的情感交流的机会。这种社会丑陋伦理对男女双方同样不公正。哲贵有意使小说中的男性商人走出这个欲望的怪圈，他笔下的人物颇具情感无能和道德洁癖的倾向。在《空心人》中，商人巴特尔向朋友们说起一位车行老板在总统套房里让三位车模裸体捉麻雀，捉一只奖励三万元的逸事。富豪此类玩弄和物化女性的龌龊行为，并不让今天的读者感到十分吃惊，然而"巴特尔说完后，大家都没吭声"。不作声，显然是不认同——此处人物的沉默代表了小说家的厌恶。《卖酒人》里的史大为与三位推销红酒的维吾尔族姑娘相遇，来自边地纯净明丽的少女带着异质文化的风情与质朴天然的性情，滋润了史大为在信河街上磨砺粗糙而疲倦的心灵，他不沾染一丝世故与欲念，不自觉地承担起几位维族姑娘的保护人角色。而讨债人林乃界更加典型，这位正直本分的商人几乎被商人角色所负载的种种压力所"阉割"，他与女朋友诸葛妮"一上床就阳痿"，而这种压力来自道德的评判——诸葛妮经营有卖淫行为的按摩院，与其交媾意味着跨越法律和道德的界线。

《讨债人》是其中现实批判含量最重的一篇。坚守法律和道德底线的商人林乃界濒临破产，破产前他向税务所所长的妻子讨债不得，被逼无奈之下，用所长嫖娼的视频加以胁迫，才得到自己应得合法的债款。哲贵以朴素的白描手法和莫泊桑式出人意料的叙事急转，呈现了胡所长受威胁前后由倨傲到谄媚的可悲形状。哲贵尖锐地批判了当下公权为私的腐败伦理下被扭曲的生命景观，同时，他让我们看到商人阶层在今天社会中的另一面，他们缺乏社会依托感，精神上处于孤立状态。今天，操纵商人命运的"看不见的手"，不仅来自亚当·斯密意指的市场作用力，还存在着另外一只手，来自那些公权私用玩忽职守的权力腐败者。在市场机制有待健全的当代中国，遵纪守法的商人为了维护自身正当权益，有时也不得不踏入法律的灰色地带，甚至铤而走险以身试法。在市场与权力的夹缝中，商人们的原始生命力和人格尊严几乎被阉割殆尽。

三、商人与手艺人

持续关注商人精神世界的哲贵对于当下文学图景无疑十分重要，然而，他并没有写出像菲茨杰莱德《了不起的盖茨比》或纪德《伪币制造者》那样深宏博大的小说。他笔下的人物，时有似乎从他所反对的一种脸谱化走向了另外的一端。我想，大凡伟大的作品都要求一种从人生深处体悟来的苦乐兼具的激情，而哲贵的小说正缺少这种激情。现代心理学拓宽了人类的内视领域，为许多传统道德缺陷的现象找到了生理与心理的原因。在此基础上，"理解"人性也获得了更加丰厚的内涵，含有更多的对于生命感性形式的肯定。同时现代心理学对于人类具有普遍反省的意义，所以现代作家对于人生的探索往往以自我反省为基础，他们对各种人性表征的理解又具有比以往任何时代的文学都多的平等意识。这也就解释了为何今天的读者在阅读《金瓶梅》时，一方面不齿于西门庆非道德的骄奢淫逸行为，另一方面，不知不觉间也会为其旺盛的生命力所感染。作者以穿透纸背的笔力书写男男女女狂欢式的欲望时，呈现的恰是他对人物的理解与怜悯。中国当代文学中缺少果敢昂扬之士，商业理念拓展了社会空间，也在某种意义上重塑了中国人的性格，使他们变得更富进取精神。

中国社会进入 90 年代，人们更愿意以这样的态度看待商人：越是坏，就越是在事业上成功；越是坏，就越是生动，越显得真实可信。俗话说，商场如战场。商界精英如杀将，道德上，只怕也如杀人者一般残忍。从生命经验而言，哲贵拒绝一厢情愿的意淫，他笔下的商人，宽厚而自律，甚至有些寡断优柔，他们老实本分、白手起家、兢兢业业，既不是狡猾、贪婪、吝啬的巴尔扎克和左拉式吸血鬼和守财奴，也不是当下媒体上时尚迷人、奢靡享乐、挥斥方遒的富豪阶层。

哲贵的小说里，信河街上的商人大多出身于市民阶层，经商是他们的职业和谋生手段。在时代的浪潮中，他们把握契机，勤奋经营，积累财富，他们非但不是坐享其成安于富足地生活，甚至算不上依靠雇佣劳动的资本家，实际上，他们一直不脱离发家的老本行，甚至热爱着手工劳动本身。从文学的脉络上看，哲贵的信河街系列，类似于批评者所说的"手艺人小说"。

可以说，这样的商人群体是今天中国民营经济体重的大多数。他们发迹于城市市民阶层，虽然获得某种成功，但是他们的生活态度与生活理想仍侧重于市民阶层的当前性，却不自觉地不满足于市民阶层的生活方式、人生趣味，渴望更宽阔遥远而非当前性的人生愿景。哲贵敏锐地察觉到了商人群体的精神困惑和诉求，他的全部小说，都努力去看清商人的处境。

原载《文艺报》2014 年 12 月 19 日

礼失求诸野，今求之小说
——评红柯长篇小说《少女萨吾尔登》

　　孔子有言，"礼失，求诸野"，红柯用小说印证之。时至今日，若想在现代化通衢上狂飙突进的中国中寻找传统文化，除了于故纸堆当中，道德和风俗经过千年积淀，鲜活地保存在民间的人伦日常之中。前几年，戴锦华老师在北大课堂上曾对认为台湾才保留了中国传统文化的观点不以为然，她以多年深入台湾学界和艺术圈的经验为依据告诉我们，彼岸保存的是传统的躯壳，而大陆是将传统融会在穿衣住行的日常之中，无论糟粕或是精华。

　　陕西秦地，自古是华夏民族的发祥地，在民族文化地理中居于其中。基于地域而产生的作家群中，与文化具有最紧密关系的莫过于陕西作家。陕西作家弘扬柳青、路遥、陈忠实、贾平凹、高建群等形成的文学传统，用一部部厚重的作品诠释着现代中国人与土地、现代性与文化传统之间的关系。其中，红柯是典型的一位。他的《少女萨吾尔登》（《十月》2014 年第5 期）将人置身于文化传统中，探寻传统作用于人的方式，从而实现了文学对文化的责任覆载和文化对文学的内在支撑。

　　《少女萨吾尔登》自深邃的焦虑隐约涌动中开始。周原籍的大学生周健毕业后来到渭河岸边的渭北市，几经周折才在一家建筑材料公司当上了修理工，在城市落下脚来。报纸上登出的一则工伤新闻在他和女友张海燕心灵蒙上了阴影，未知的恐惧和焦虑促使周健和张海燕依循旧礼，与同事们攀起"乡党"之谊。于是，我们看到红柯不厌其烦地描写岐山臊子面和凉皮锅盔的味道，其意当然不在美食的审美呈现，这些风物以及小说中各种民间习俗和传说故事无不携带着文化记忆和传统寓意——中国人的情感、血脉甚至文化基因就蕴藏在这一碗面、一句乡音之中。小说的另外一条线索是周健的叔叔周志杰和婶婶金花的新疆往事和关外记忆。与关中人的功利与精明形成鲜明对照，新疆广袤的土地和奇崛的自然景观赋予了当地各族人宽广的胸襟和纯朴的心性。周志杰在新疆霍城长大，在那里他完成了自我的身份转变："这里有一个古老的习俗，从不在意一个人的出身背景，各民族杂居，汉族本身又很庞杂，西出阳关无故人，大家统统以老乡称呼。"在这样的生活环境里，周志杰的思维方式都是边疆的，当他回到关中后，这种"边疆思维"显然遭到了生活的反击："边疆地区普通的常识到中心地带都会成为一种罕见的美德。"为什么位居文化和地理中心地带的关中地区却罕有边疆的美德？红柯不断引发读者的疑惑和慨叹。周志杰的学术研究三番五次遭遇"误入白虎节堂"这样的事情，而前妻田晓蕾也正是在适应关中新生活的变化过程中成为另一个男人王长安的妻子。周志杰的边疆传统性格需要一个与之相携的伴侣，蒙古族姑娘金花——小说的另一个重要的女主人公出现在周志杰的生命中，作为周志杰的学生，她曾经见证了老师风华正茂时攀岩采雪莲花、抓鹰俯瞰大地的英姿，因此芳心暗许。在周志杰面临人生最低谷之际，金花嫁给了被前妻背叛的周志杰。金花擅舞，她一次次舞起源自天地自然的蒙古族萨吾尔登，在世俗的渭北市呈现了游牧民族的原始激情和天地至美。萨吾尔登慰藉了失意的知识分子周志杰，也深深地感染了汉族少女张海燕，使她领悟到了婚姻世俗性以外的爱的真谛。对边地少数民族文化的坚守与继承，令金花和周志杰在汉族文化的腹地城市的生活中保有了精神的自由，成为作品中激动人心的所在。

小说开头悬在周健和张海燕头顶的利剑终于落下。一次偶然的工伤事故让周健失去了一条腿，在众人对二人爱情前途的猜疑下，张海燕反倒坦然与周健相爱，甚至与周健在工地上的仓库里搭起了温暖的小巢，过起了家庭生活，张海燕在萨吾尔登的旋律中怀上了周健的孩子。最后作者以一个近乎留白的结尾结束了这个故事。小说的骨架仿佛小团圆的故事，格调明快俊逸，带有关中特色的风土人情、语言风格和人物对话让作品鲜活而风趣；蒙古族乐曲昂扬宕拓的节奏如在耳边，少女婀娜动人的舞姿如在目前，真正是一部肌理细密风骨魁奇的作品，令人读之醉心。小说的这些美学特点固然令人难忘，然而作者的叙事目标并不停留于展示边地风情和关中民俗。"野"是如何保留华夏之"礼"，"礼"又如何作用于今天的华夏子孙，换言之，红柯的目的在于呈现文化在人物精神和性格成长以及命运变迁中的作用，在于揭示人与传统、人与现实的关系，在于呈现当代语境下的城乡对立、文化散佚和传统异变。

基于这样的叙事决心，红柯不惜篇幅介绍萨吾尔登的渊源和流脉，将之与人物的内心世界结合在一起，形成构成人物文化心理结构的决定性因素。立足文化传统的基底，小说渲染了浓郁的文化氛围，内地和边疆文化、农耕和游牧文化、城市和乡村文化交织在其中，加上渥巴锡汗率领族人东归的壮阔历史，是对传统文化的一次文学检阅，同时更构成了人的坐标系，呈现了人面对传统与现代对立时的内心焦虑和身份迷失。民族、家园、故乡是红柯一直极为看重的文化元素，它们深深地烙在人物心灵深处，成为作者和人物自身的精神原乡，也成为作者深层的叙事追求。张海燕与周健结合时，作者对神人一体的十二场萨吾尔登舞的描写，凸现的是作者的文化情结，正是因为这些文化元素的融入，《少女萨吾尔登》富有宏阔远景和精到细节，关于事件和人物的叙事在厚重的文化场域中进行，小说因有了文化筋骨的支撑而深宏博大。

　　陕西作家大多志存高远，抱有融合古今、递连城乡的文学志向。路遥创造了通过个人奋斗从土地走向城市的青年高加林和孙少平，他们凝聚着城市现代性进程中一代代青年的身影，他们的理想激情、生命元气和艰辛心路唤起了无数人的共鸣。那么，距高、孙生活的时代已有三十多年，今天的孙少平们又面临着怎样的生存处境呢？我们似乎可以说，周健就是今天的孙少平。周健上高中时才到县城，是农村的鱼跃龙门的孩子，他的农村生活经历承载着乡土文化的价值观和精神内质。从西安的一所大学毕业后，在叔叔和婶婶（主要是婶婶金花）的帮助下安排在城里，虽然只是个修理工的岗位，但毕竟成了城里人。然而他的人生态度和待人接物的方式，对乡党的重视，对工作、对感情的态度等，一直是传统式的。尽管他成了一个城里人，但他并没有融入城市生活。他眷恋故乡，更加眷恋农耕文明下的生活方式和伦理关系。而张海燕与周健虽然是同学，但她却有不同的生活道路：她的父母是县城干部，她从小没有受过传统文化的束缚，因此具有更强的可塑性，她因周健而改变自己，包括学习萨吾尔登舞，接受周健的乡党，与周健的家族建立良好的关系，她是善良和忠贞的化身；同时，张海燕带着城市人的精明和见识，为周健的家人和高寿的八婆准备礼物，在周健受伤后及时提醒他防止被公司利用以免失去自我的生活，这都是农村人所不具备的机敏和智慧。周健和张海燕的相爱以及最终在城市结合，或许可以看作是城市文明对传统农业文明的改造和调和，更是文化变迁的一种可能。

　　《少女萨吾尔登》可算作一部"女人书"。金花、张海燕、

田晓蕾以及苏炜的妻子，基本上居于家庭生活的主导地位，用
她们美好的品性为丈夫提供着大地般坚实厚重的基础，潜移默
化地影响着丈夫的人生轨迹。在小说中，耄耋之年的八婆是整
个关中文化的象征，金花的千里奔许毫无疑问扭转了周志杰的
命运，张海燕的机敏痴情支撑起周健的世界……女性的善良与
温厚默默引导着男性的成长。小说向人们展示了一个作家内心
隐秘的温软，他对两性婚姻的理想，对传统家庭生活的期许。
而正是作者对女性的赞美，使故事中的伦理架构成为和谐生活
的典范：这是一部没有仇恨的作品，所有人物彼此之间靠着情
感力量和豁达心胸结合在一起，即便是那些曾经互相伤害过的
人们，也未曾将仇恨带入生活中。我们惊奇地看到，周志杰和
田晓蕾曾经是夫妻，田晓蕾可谓抛夫弃女地嫁给了大学教授王
长安，然而他们彼此之间没有反目成仇、互相敌视，而是保持
了和谐的友好关系，甚至田晓蕾与王长安的前妻之间也相交和
睦；周健在维修机器时因为工友的误操作而导致身体伤残，但
周健毫无怨怼，依然与小组长刘军保持着乡党间兄弟般的情
谊。区别于消费型文本的乖张而阴郁的情节，红柯笔下的人物
和故事充满温情，散发着来自灵魂深处的温度，彼此之间传达
出通心的活络。同样是写爱情、写亲情和友情，为什么此处的
功效仅见？显然，这样的伦理关系不是虚张或漂浮的，它们是
传统伦理道德在其中的水到渠成，一遍遍被提及的《朱子治家
格言》《菜根谭》《弟子规》等教科书所倡导的传统人情日用
之法才是根源。

　　面对纷繁驳杂的时代生活，作家需要寻找进入其中路径，
而华夏数千年文明的文化传统，仍然存在于中国的民间与人们
的日常生活中，如何将其融会贯通于小说世界中也是作家的困
顿。说到底，《少女萨吾尔登》是一个常见的工伤事故引发的
故事，但作者如此精心，将人物置入文化的背景中，小说因此

成为一个丰满多义、张力十足的综合性文本，为阅读和理解提供着多种可能的向度。正如红柯在小说中所说："现实生活中的家园故乡都是过眼烟云，人的精神故乡精神家园才是永恒的有意义的。"礼仪之邦的中国，一切优良传统和珍贵的文化遗产如若能在当代小说中鲜活地呈现，同时再影响到阅读小说的我们，那么红柯的《少女萨吾尔登》，无论生活还是文学，或许都能够给我们以长久有益的启迪。

原载《文艺报》2015 年 4 月 27 日

小说的奇正之道

——从《平凡的世界》到《繁花》

刘勰借孙子兵法谈作文，曰："观奇正。"正，是遵循雅义、追随传统，奇是新奇，过度追求则易沦为诡谲怪异。俗皆爱奇，为了取悦于读者，就连史家尚且免不了"传闻而欲伟其事，录远而欲详其迹"，何况小说家。中国传统小说最重要的特质便是"奇"，唐称传奇，《三国演义》《水浒传》《西游记》《金瓶梅》被冯梦龙称作"四大奇书"。上海作家金宇澄的《繁花》或可算一部奇书。《繁花》来得奇，搁笔多年的金宇澄，将积累了大半生的上海故事边写边贴在网上供读者欣赏，受到读者激励，增删损益，终以成书，大获成功。《繁花》写得也新奇，"荤素不避"的男女偷情通奸像《金瓶梅》，沪语对白似乎受苏白小说《海上花列传》的启发而来，城市的俚俗市井生活像出自"三言二拍"，繁花凋零、人生如梦的幻灭之感又像是《红楼梦》的流风遗韵。新小说沿着西式化的道路已经行进了一百多年，肖似传统小说的《繁花》的文体形态的确有些新奇。

在张爱玲看来，中国传统小说早已在自发的现代转型中铩羽而归："当时的新文艺，小说另起炉灶，已是它历史上的第二次中断了。第一次是发展到《红楼梦》是个高峰，而高峰成了断崖。但是一百年后倒居然又出了个《海上花》。《海上

花》两次悄悄地自生自灭之后，有点什么东西死了。"(《译后
记·海上花落》)死去的东西，按张爱玲所见，应该是传统小
说中脱胎出的现代品格。传统小说的审美口味是"传奇化的情
节，写实的细节"，而现代品格，则合当有贴近现实人生的写
实性，摒弃传奇化的阅读口味；情节上，作家要有构思的巧
妙，细节的精密，意境的深远。总之，现代品格发展到极致，
小说应该同词、曲、戏一样，逐渐变为一种文人的案头读物，
经历文人精心雅化改造之后，承袭绵延千载的文化旨趣。

我们读《繁花》，很多时候只看到两件事，看风景和听故
事。风景是 20 世纪 60 年代和 90 年代的上海风情，描摹得如
张爱玲批语《海上花列传》一般——"有旧诗的意境"和"造
境的精妙"，金宇澄自称"闪耀的韵致"。人物说故事如说书
先生，"尽量加喋"，语笑喧然中暗含机锋，上海女人的风流
心眼，细密务实的"精神、骨气、心向、盘算"，上海人的矜
持、精明、骄傲，上海城市的精气神、四十年的当代史甚至国
族寓言和文化想象，通篇弥漫着上海的味道。它如此成功地以
日常生活审美化的方式，回应了中国最具现代色彩的城市——
上海的想象焦虑与文学诉求，在当下中国城市文学的版图上画
下浓重一笔。它处理了当下颇受作家偏爱的，同时又最考较作
家把握人性深度和理解历史能力的两个时代——"十年浩劫"
的"文革"与理想破灭后的 90 年代。它细致入微地展示了几
个不同阶层的上海人的命运，在历史的暴力面前，旧上海人的
体面如何被摧毁，在新的金钱权势的秩序面前，新上海人又是
如何梦想破灭。所以，如果说《繁花》继承了传统小说的某
种"死去的东西"的话，那么它继承的应该是传统小说脱胎出
现代品格的可能，一种以传统的意境和叙事方式表达现实、人
生、人心的小说，一种"执正以驭奇"的小说之道。

相比之下，《平凡的世界》则浩浩汤汤，正道凛然。这部

小说继承了中国当代文学贴近时代塑造人民形象、深入生活为大众代言的现实主义追求。厚重丰盈的《平凡的世界》能给人以多重意蕴和启迪，但读后使几代人受到感染的，无疑是普通人在时代变迁和苦难历程中昂扬不屈的生命力，以及由此隐含的对于乡土文明中陈规陋俗的反思，对时代弊病带给普通人生命和心灵创伤的批判，这是《平凡的世界》自诞生至今三十多年来在大众读者中拥有经久不衰的艺术感召力的原因。路遥在小说中描写孙少安、孙少平以及有志于通过奋斗改变个人、集体乃至国家命运的农民、干部、青年学生们，赋予他们面对人生的艰难、挫折惨淡甚至死亡时毫不气馁和退缩的气概，从而使作品获得了一种遒劲雄悍的力度和沉郁幽邃的深度。

然而，这部秉持现实主义传统的《平凡的世界》在当时文学界却遭到冷遇，居然成为了80年代末时的一部奇小说。新时期以来，探索新形式、新概念、新思想的现代主义潮流替代现实主义成为新的文学"意识形态"。由于强烈的文学进化论观念，在1980年代中后期，现实主义早已被当作陈旧过时的文学观念而遭遗弃。路遥在《平凡的世界》创作随笔《早晨从中午开始》中记述了他怎样面对当时流行的"现实主义过时论"，不愿意赶潮流的路遥，受到柳青《创业史》的影响和为传统现实主义复归的伟大使命所驱动，同时，路遥看到现代主义作品无法为最广大的读者接受的事实，从而激发了他的强烈的为大多数人写作的意愿。种种考虑决定了路遥创作《平凡的世界》的方式，也决定了这本书在文学史上奇特的命运。

从《平凡的世界》到《繁花》，也许人们或多或少被它们某种新奇的特质所吸引，但是，真正令它们从众多小说中脱颖而出的是其中包含的呈现世风人心的"正道"。如今，面对当下依然蓬勃兴旺的长篇小说写作，我们似乎很难对如此丰富多样的作家作品许以某个思潮、流派的命名。然而，我们的确看到了创作了《江南三部曲》的格非推崇《金瓶梅》的叙事与美学风格，获得了诺贝尔文学奖的莫言也频频谈起《聊斋志异》的传奇性和故事性给予的启发，毕飞宇在不同场合分析《水浒传》塑造人物和助推情节的精妙，加上奇书《繁花》，从旧小说中脱胎出有效表达当下现实的现代品格，也许可以成为一条可行的小说路径。《平凡的世界》电视剧热播之后，人们也开始重新思考这部小说的艺术价值、创作经验甚至批评史与接受史上巨大的落差产生的原因，反思现实主义传统在当下的适用性。诚然，经历了90年代"新写实"小说对现实主义传统的意识形态"过滤"之后，写实成为当下小说家的基本创作方式，然而，像路遥那样抱有强烈而充沛的现实干预精神的作家却并不多见。如果说小说的正道是呈现世风世道与人心人情，小说的新奇是文体、形式、潮流的革新的话，小说的奇与正本就是一枚硬币的两面。

原载《文艺报》2015 年 6 月 10 日

历史惊雷之外的生活细音

——论周瑄璞《多湾》

　　周瑄璞历经八载，删矸九遍，完成了皇皇四十万字的长篇小说《多湾》。乡土题材、20世纪、家族史叙事，诸种长篇小说经典样态扎实朴素地贯穿其中，加上周瑄璞积累多年的文学声誉[①]——作为陕西颇具实力的70后作家，多种因素促激这部小说在持续呼唤艺术耐心的文学现场产生了即时的反响。2015年12月，《多湾》在北京召开第一场发布会上便有出版方、评论家和作家将这部小说与《白鹿原》相较并提，并在出版和媒体的助推下逐渐有"女版《白鹿原》"的宣传性评价[②]。

何以翻版《白鹿原》：历史阅读与"阅读"生活

　　帕斯捷尔纳克1940年写给阿赫玛托娃的信说，"生活和渴

────────────────

　　① 周瑄璞的写作基本是以传统文学体制中文学期刊的发表、出版为主。有长篇小说《人丁》《夏日残梦》《我的黑夜比白天多》《疑似爱情》《多湾》，中篇小说集《曼琴的四月》《骊歌》。并于2010与2015年两度就读于鲁迅文学院高级研讨班。
　　② 《女性成长史〈多湾〉发布被评和〈白鹿原〉一样厚重多元》，http://book.ifeng.com/a/20151207/18209_0.shtml，2016年11月20日。

望生活（不是按别人的意愿，而只是按自己的意愿）是您对生者应尽的责任，因为对生活的概念易于摧毁，却很少有人扶持它，而您正是这种概念的主要创造者"。1994 年，精研中国当代文学史的洪子诚从《日瓦戈医生》和帕斯捷尔纳克的这段自白里，读出了帕斯捷尔纳克理解的"历史"和"政治口号"以外的"生活"的概念："'历史'虽然拥有巨大的'吞没'力量，但个体生命'节律'的隐秘并没有被取代。作家的关注点不只在揭示、抱怨历史对'生活'的摧毁，不只是讲述生活的'不能'的'悲剧'，而且也讲述'可能'，探索那种有意义的生活在特定情境下如何得以延续。"① 走过革命时代居于 90 年代的文化语境中，洪子诚肯定帕斯捷尔纳克表述的意义，认为他对"非政治化"写作的肯定，产生于一个空谈最终目标，人的精神、艺术活动被"政治正确性"主宰的时代。为此，帕斯捷尔纳克提供了一种"抗毒（解毒）剂"——生活，削弱人们对那种思潮的追捧而已。挥别"革命"的新时期文学思考，正如洪子诚之于"非政治化写作"的肯定来源于对历史经验的反思，历史或曰政治，与被定义的"有意义的生活"逐渐成为截然对立的两项。在《长恨歌》获得茅盾文学奖后，王安忆在谈起对百年沪上历史的理解时说的话颇具代表性，"我个人认为，历史的面目不是由若干重大事件构成的，历史是日复一日、点点滴滴的生活的演变。譬如上海街头妇女着装从各色旗袍变成一式列宁装，我关注的是这样一种历史。因为我是个写小说的，不是历史学家也不是社会学家，我不想在小说里描绘重大历史事件"②。饮食日常代替了历史重大事件／"革命"，成为填充历史递迁画卷的主色，而男女之欲更被看作历史画面

① 洪子诚，《一部小说的延伸阅读》，《上海文学》2010 年第 6 期。

② 王安忆、徐春萍，《我眼中的历史是日常的》，《文学报》2000 年10 月 26 日。

中的动力之源。二十年后的今天，人们在面对 20 世纪中国历史中的"重大事件"时，"遗忘已非确切的表达"，人们愈发不假思索地把革命与疯狂、毁灭和政治厚黑混为一谈，小说中刻剥离了"重大事件"的"生活"是怎样的？

费孝通于上世纪 40 年代描述了一幅井然而稳定的"乡土中国"图景。安土重迁的乡土中国是由小家庭到大家族构成一个熟人社会，拥有一种差序格局和推己及人的安稳，其与现代世界形成鲜明对比。这种描述曾在 50 年代因与农村革命的逻辑相悖而遭批判，80 年代费孝通社会学研究恢复名誉后，这本薄薄的社会学著作，成为文化界思考乡土社会文化的重要参考，伴随着自 80 年代兴起的以"乡规民约"传统伦理进行"乡村自治"的主张①，费式"乡土中国"图景参与形塑着"新时期"以来人们对"前现代"中国的农村想象。

《多湾》正是一个费式"乡土"的小说世界，一个仿佛"不知有汉，无论魏晋"的桃花源。在那里农民所遭遇和经历的只是四季的转换，而非"时代"的变更。《多湾》的小说时间是缓慢而均质的，小说的叙事在均质的时间中从容推进，无惊涛骇浪，或者说纵有惊涛骇浪，生活——如同小说的叙事一样悠然划过，激荡的革命，惨烈的战争，危亡在即的民族命运，在将历史中的重大事件过滤之后，便只剩下人的生老病死，春耕秋收，婚丧嫁娶，生儿育女……这一切被誉为"生活"的人类活动，周而复始，循环往复，如同农耕社会的循环不止的时间一样，"生活"无非如此，"生活"于此足矣，因而《多湾》像是一部乡村编年体的风俗志。

周瑄璞似乎具备无限讲述下去的耐心，每一个人物的命运都经过了由生至死的交代。"多湾"的是河流，如果说这河是

---

① 叶小文，《论乡规民约的性质》，《贵州社会科学》1984 年第 2 期。

孕育了小说空间的小季湾和白果集的颍河，亦可看作女人临水
自照"女人是水"的镜像想象，不如说那是以季瓷为源头的家
族血脉，如同曲折多湾的河流在中原土地上蜿蜒流淌，从河畔
出走的人们在土地乃至城市中生存繁衍。于是，每条支流所运
载的生命都经耐心详述而收结，因而《多湾》亦像是一部中原
大地上一个家族的族谱集注。

　　许多人辨认出《多湾》与《白鹿原》之间的亲缘关系，除
了亲密的地缘关系①——描写了毗邻的地理空间及其相似的地
域文化，采取以家族史隐喻国族史的结构之外，更让人熟悉的
是《多湾》在叙述乡土上的现代史旧事时，采用的正是《白鹿
原》的历史观。熟悉 80 年代思想和文学实践的人们，不难从
《白鹿原》中读出产生于 80 年代的"新时期"历史观念和历史
逻辑，"诸如'伤痕—反思文学'开创的后革命时代的'去革
命化'叙事，'寻根文学'对传统文化的认同和皈依、'新历
史小说'和'新写实小说'对历史的人性化与欲望化处理，以
及'魔幻现实主义文学'的艺术手法"②。

　　因而，与其说《多湾》里的某些人物有令《白鹿原》读者
的熟悉感，寡妇桃花是《白鹿原》中田小娥式的欲望化身，她
既在与地主章四海的通奸中察觉了身体欲望的不可抗拒，又
在通奸中获得了喂养自己和儿子的食物，从而赦免了通奸的
道德罪恶（以为夫家延续香火）；不如说《多湾》是对《白
鹿原》的历史观念的继承，小说在划过那些众所周知的历史
节点时，那些扭转乡土中国及其土地之上人物命运的"大事
件"，那些中国乡土社会发生的最为激进的、农民被组织积极

————————————————

　　① 周瑄璞现居西安，与陈忠实颇有私交，陈忠实生前曾为《多湾》
题写推介语，见小说封底。

　　② 李杨，《〈白鹿原〉故事——从小说到电影》，《文学评论》2013 年
第 2 期。

参与的现代革命，被有意演绎为充满偶然性和戏剧性的"小事件"：大地主因在外的共产党儿子的漏夜返乡送信，及时贱售了土地田产，作为"原罪"的土地资本被转嫁给了普通殷实农户；土改工作组在桃花的谩骂中惭愧而无趣地退场；乡土社会中的历史大事件，"都被命运赶到台上来了，那就得像上台的演员一样，把这出戏演下去，最终戏以啥解决收场，那谁知道呢"①？《白鹿原》塑造了"一位抗拒'成长'、以历史的循环论抗拒进步论、以不变应万变的农民英雄"②的白嘉轩，从而取消了土地革命的阶级对抗和历史进步性，那么《多湾》因书写的是乡土社会的女人们，而更加悠然自如地自外于那段历史，这些"主内"的女人——只具备家庭性而无社会性的女人们，根本无须对历史负责。譬如说白鹿原上发生的"大事件"如同闹剧般开场，又如同闹剧般收场，原上的男人们或多或少需要扮演闹剧中的角色的话，那么，《多湾》中的女人们则自动而自觉地让出历史主体的位置，亦对那些"你方唱罢我登场"的表演毫无兴趣。《白鹿原》中白、鹿两家都有重要成员加入革命并卷入政治事件中，而《多湾》中的章家人并无一人主动参与任何"重大历史事件"，甚至在50年代章家人试图"光荣参军"改变农家子弟的命运时，也因季瓷的反对而作罢——"你看谁愿意光荣就叫他去光荣吧"③。在耕读传家的

---

① 《多湾》小说中语，第101页。

② 1995年第6期的《人民文学》发表了何申的《年前年后》，1996年1月号的《人民文学》与《上海文学》又同时推出了谈歌的《大厂》、刘醒龙的《分享艰难》。在这两个文学刊物的策划与推动下，一批相近题材与书写风格的作品陆续出笼，包括刘醒龙的《分享艰难》《路上有雪》，关仁山的《破产》《大雪无乡》，谈歌的《大厂》《大厂〈续篇〉》，何申的《年前年后》《信访办主任》等。这批作家作品所代表的共同倾向被批评家命名为"现实主义冲击波"，并成为1996、1997年中国文坛的一个"热点"。

③ 《多湾》小说中语，125页。

传统和"教育改变人生"现代观念的混杂下,《多湾》里的章家子弟在依依的墟里烟火中,谨守家规、"乡规民约"而远离政治和革命。

值得注意的是,周瑄璞并非对"重大事件"无兴趣,她所关注的是与人的日常生活最为贴近相关的那些政策的变迁,比如城乡户口的差别在升学、就业、"吃得上商品粮"等"生活"层面给人的命运造成的巨大影响,特别是城乡二元结构对置之下,小说中那些生长于农村的人物在言谈行为中,无不表达了对城市人天然的特权的艳羡和芥蒂。比如城市空间的改造和变化,人们渴望着住到象征现代化和便利舒适的楼房中去——那些为她所成长的"后革命"时代中个人经验所体察可感到的"重大事件"。这恰恰说明个人的命运和"生活"都不可能彻底自外于"政治实践"或"重大事件",区别在于人物与"重大事件"的关系,也就是说,人是否具有主动性而自愿选择成为历史的主体,还是仅仅为历史所裹挟,成为历史的人质或是看客。而那段 20 世纪曾经激荡澎湃的历史,在新时期"告别革命"的新意识形态和"新的遮蔽与压抑机制"①中,在《白鹿原》式的经典演绎和"翻版"文本之后,彻底解构了革命的崇高感和理想性,取消其复杂性和实践性,更加消弭了其中包含的并不稀少的可贵经验性——在这个意义上说,《多湾》亦没有超越《白鹿原》的时代特性,而仅仅是延续、照讲或"翻版"。

何以"女版"《白鹿原》:女性家族史书写的变奏

世纪之交女性主义文学热潮退却之后,虽然仍有 70 后、

----

① 戴锦华,《面对当代史——读洪子诚〈中国当代文学史〉》,《当代作家评论》2000 年第 4 期。

80后女作家陆续进入文学场域，逐步获得主流文学界认可，然而作为文学终身成就的最高评判、长篇小说的最高奖"茅盾文学奖"，却在2008年迟子建之后不见女性作家的身影，即使在近十年来的两届茅盾文学奖30部提名作品奖中，也仅见三部出自女作家之手①。有国家文学奖的肯定和褒奖，男性作家的书写无疑更加稳固地成为长篇小说的"风向标""引导"②和示范。尽管面对种种"无边的质疑"③，重大题材、庞大时空跨度、厚重的史诗风格、现实主义手法、包蕴理性思想，构成别样的文字与书卷的历史——父系的故事，仍然是茅盾文学奖偏爱的长篇小说文体样态。然而，那些曾经在宏观历史与史诗叙事的裂隙处，显露出在历史与现实中不断为男性话语所遮蔽、所无视的女性生存与经验的女性写作，在主流、权威的父权话语不无诱惑力的询唤之下，在资本逻辑更加隐蔽而内在于男权社会的规则中时，90年代曾被喻为一场"奇遇"与"镜城突围"的女性写作④日渐失去其昔日批判的锐气和反

①　第八届茅盾文学奖提名20部作品，仅有范小青的《赤脚医生万泉和》、叶广芩的《青木川》，第九届茅盾文学奖提名的10部作品中，仅有林白的《北去来辞》一部入围。

②　邵燕君，《茅盾文学奖：风向何方吹？——兼论现实主义文学的创作困境》，《粤海风》2004年第2期。次仁罗布《来自茅盾文学奖的启示》，《民族文学》2009年第2期。胡平《不同寻常的第八届茅盾文学奖》："茅盾文学奖四年评选一次，按目前平均年产长篇小说2000部计，要在8000部左右作品中奖励5部作品，是一种非常大的具体引导。它的作用之大是普通评选、评论等其他引导方式所不能比拟的。"《小说评论》2012年第3期。

③　洪治纲，《无边的质疑——关于历届"茅盾文学奖"的二十二个设问和一个设想》，《当代作家评论》1999年第5期。

④　戴锦华称90年代的女性书写为性别意识上的一场"奇遇"与"镜城突围"，见《奇遇与突围——九十年代女性写作》，《文学评论》1996年第5期。

叛的冒犯。

事实上，《多湾》将蔚为壮观的百年时间跨度置于巨大的、明昧不确、魅惑不清的历史背景，一个普通女人季瓷的生活与命运凸显在大时代与民族命运布景的前台，与皮影戏般浮现其上的五代众多女人（以及面目并不清晰的男人们）的故事，以及周瑄璞作为 70 后女性作家的性别标识，林林总总的因素使这部小说可被视作当下女性写作的症候性文本。

将《多湾》置诸 90 年代以来女性写作的一个特殊的脉络"女性世序"/母系家族史之中，更可清晰地看到女性书写作为一种"世序"传统的变奏乃至消弭的历史脉络。王安忆的《纪实与虚构》从母系的家族进入，建立起一个不同的"中华文明"及"民族记忆"的叙述，其中包含着不容小觑的、僭越男权史的文化野心；蒋韵的家族小说《栎树的囚徒》则书写父系家族中的女性，那些因父权社会法定的婚姻家族制而偶然地命运相连的女人的故事。这些女人的故事惊天动地、凄艳迷人，但她们却无法左右自己的命运，她们唯一能选择的便是死：如何死去及何时死去。徐小斌的《羽蛇》则不允许那些女人壮烈而华丽地谢幕，成为父权故事中触目惊心的艳污——无论从历史舞台抑或是人生剧目中，她们顽强地苟活并穿越岁月与历史的绝望和创伤，直到无可控制的力量抹去她们作为父权故事上的残骸。

与上代女作家"母系世序"家族小说中充满奇诡缤纷的死亡或畸存的写法不同，周瑄璞的家族史中，在"多湾"的世界中，强悍的女人/母亲/祖母代父行使父权，并成为父权最坚定而不失"温柔"、最智慧而更加高明的捍卫者。季瓷无疑是小说最为重要的女主人公，她是"地母"式①的形象，是多湾

---

① 作家李洱对《多湾》的评语，见《多湾》封底推荐语。

而涓涓不息的血脉之河，她作为乡土以家庭、族群为单位的伦理社会的护卫者，其最为显著的功勋便是维护乡土社会中家庭的稳固。她生儿育女，传宗接代，确保她先后嫁入的两个家庭基本生存状态和延续——既为早夭的第一段婚姻保留了一个男性后代，并始终护持前小姑的子孙后代，又含辛茹苦地支撑第二个家族的子子孙孙们。那些被女性书写中批判和反思的乡土社会加诸女性身上的男权枷锁和压迫，正如季瓷的儿子章柿的女同学们不无怜惜、好奇和惊艳地要求"看看、摸摸你的小脚"[1]一样，在小说中成为磨砺季瓷的个性，反衬烘托她"正面"女性品格、成就地母神话的"八十一难"。毫无疑问，作为整部小说的灵魂人物季瓷，是那些随波逐流漂移至他乡的子孙们的精神寄托和最后的"乡愁"，从小说文本结构来看，伴随季瓷的衰老和逝去，围绕她的叙事价值也随之减弱，使得小说的后半部有些散漫而无序——贯穿其中的只剩下自然时间的逻辑性，不再具有强劲而清晰的人物行为逻辑和说服力，于是"当时也有老师告诫，季瓷死了之后，没有看头了，不如后面砍去"[2]。

作家自有其坚持和构造小说的主张和逻辑[3]。季瓷的人生圆满诠释了一个男权神话中的完美女人，一个在丈夫病后代行父权独自支撑家庭的妻子／母亲，而如若没有季瓷之外的另一位主人公西芳，我们大概难以窥探由女性书写的父权神话与女

---

[1] 《多湾》中语，第 132 页。

[2] 周瑄璞自述，见《我相信自己能担得起这样一部长篇》，http://www.chinawriter.com.cn/news/2016/2016-04-19/270304.html，2016 年 11 月 24 日。

[3] 周瑄璞自述，"我并不认为后面单薄，相反我对后半部更加看好，因为她在没有那么多精彩故事的情况下，更能考验一个作家。比如说前面，跟着故事写、贴着人物写就行了，而后面，要调动更大的艺术能量，思辨，心理，哲理等等"，同上注。

性命运之间欲盖弥彰、习焉不察的裂隙。

　　季瓷与西芳是出自一个家族的两代女性，一位生于土地而终于此，一位生于土地而长于城市，两个隔代女人之间传递生活经验、价值观的方式依赖的是日复一日讲述的那些民间故事。长者对晚辈讲故事的情节，正是中国民间社会知识、训诫和伦理秩序的传递方式，"从前有一个……"是民间故事和民间智慧的口传传统的叙事，那些流传在稳固而封闭的乡土社会中的伦理信念包蕴在其中。值得注意的是，小说完整记录下来季瓷讲的两个故事都是关于恶媳妇遭报应的故事，不守妇道侍奉公婆、夫婿和孩子的女人，最终不得善终，这些故事在少女西芳的心灵里留下了"断不能如此为媳为女人的"印痕，而也正是这些男权制造的"妇道"枷锁成为"女人"西芳波折命运的预警和征兆。

　　一心要做好媳妇、好女人的西芳，渴望"强者型的男人"，却辗转于多情、孱弱、无主见的初恋情人、追求者和丈夫——那些非强者的男人之中。在惑乱和失望之余，她期冀于"强者型"的大洋彼岸的神秘网客给予她理想的爱情，摆脱世俗婚姻的困窘，她为了家人的利益几乎委身于权势男性，她以婚外恋情代偿婚姻中的失落感，西芳经历了从仰视并期待着男性的崇高与拯救，到表达对男人的失望与苛求，最终转为对自我贪婪而不知餍足的责罚与厌弃——"梦想着小金鱼的出现"[①]。如同小说进入西芳为叙事焦点的第十五章以后，逐章以普希金的童话诗《渔夫和金鱼的故事》中的诗句为题记一样，这则童话隐喻了西芳的命运和心境。不同于在女性主义文学经典文本维吉尼亚·伍尔芙的《到灯塔去》中，兰姆赛夫人同样给小儿子讲了这则《渔夫和金鱼的故事》，并借此拆解男

————————————————

　　① 《多湾》中语，第 475 页。

权统治的神话：任何一个男权王国——即便是女性主宰也最终
走向崩颓。周瑄璞在小说里，仅仅是从"渔夫和金鱼故事"广
泛接受层面上隐喻了一种道理：老太婆（女人）因为贪得无
厌，最终变得一无所有，因此，人（尤其是女人）应当知足，
不应该贪婪。西芳在容貌被毁之后，男欢女爱的人生戛然而
止，当她不再具备被男性观看和猎取的资质时，她最终获得了
内心的平静和安稳，"这个时候发现……季瓷就是她"①，一个
地母式的、家庭性的、无欲无所求的"女人"，一个安稳于男
权社会早已为女人预设的角色。

可以说，周瑄璞是一个将男权文化深刻内在化的女性，由
于对男权文化的神话般地信奉与恪守，才会于叙事中将经验的
种种暧昧伪善、诸多表里不一、双重标准的林林总总加诸西
芳。于是，我们才会在《多湾》中读出岁月静好的世俗生活中
欲语还休、躁动不安的体验与伤痛——与季瓷的泰然自若、胸
有成竹的一生相较，西芳的故事处处充满无可奈何的烦闷、焦
躁和无序感。这独属于女性的体验与伤痛使周瑄璞若有所觉，
无法道破窥破却不能无视，憎恶着的忠诚却仍难以叛离的宿
命，使后半部《多湾》沉浸在大量琐细纠结的西芳的心理描写
之中，男性化的、逻辑严密的、线性发展的外在情节描述时常
让位于女性化的、散漫细致的心理情感，在兜兜转转之后，不
得不让西芳如一只"负重的纸鸢"，在她被灌输的父权神话信
条与个人体验、抉择之间的撕扯和挣扎后，最终无法摆脱地陨
落坠毁。

然而，周瑄璞终究是一个无法将男权神话完满讲述的女作
家，尽管她试图将季瓷和西芳锻造合成"女人"的两种命运

———————————————

① 《多湾》中语，第 475 页。

的朝向，乡土与城市、安稳与波动、贞烈与不贞，最终命运合流并汇入男权社会早已为女性预留的唯一位置——家庭。在今天的中国整个主流社会家庭作为私有财产的最小社会单位时，在人们无不明示暗示地将所有女性赶进家庭，任何女性拒绝、游离、叛出家庭从而分享财富的举动都被视为不可饶恕的罪孽时，周瑄璞在展开西芳寻找爱和自我的故事时展示出的温情、不忍及认同，便是"生活—家庭"为女人世界全部意义的神话难于自圆其说的裂隙。不无遗憾地说，当《多湾》凝神捕捉女性在家庭之中的喁喁私语以及诸种生活细音时，被屏蔽在外的不仅仅是历史的平地惊雷，还有那些历史情境中的女人，试图进入或逃离历史的女人们，以及被历史所压抑或取消的女人们。

原载《小说评论》2017 年 1 期

与父亲告别，及易爆的现代人
——关于杨凤喜的短篇小说

一、又见浮士德景观

当你翻开一位名叫杨凤喜的山西男人写的小说时，你大概以为你会嗅到满纸泥土的香，会读到"二诸葛""三仙姑"那样"土喀拉"人物和乡土故事，你以为山西方言土话和风俗画会跳到你的眼前，挑起你猎奇的兴味或近似的乡愁。很可惜，尽管时常把自己打扮得如同山药蛋本"药"，事实上，杨凤喜的小说并不像赵树理、西戎、马峰这些山西文学引以为傲的"山药蛋"大师。那些山西人笔下的人物，大多机智圆滑，朴实素朴里透着灵光，那是千百年来中国人于乡土社会中孕育出的特有的智慧，祖祖辈辈经验中凝练出的人生信条和哲理，面对生活中的苦，他们是从容不迫的。倒是浙江人余华有所领悟，于是有了中国版存在主义的典型——活着就是英雄的福贵，《活着》结尾处，与老耕牛相伴而生的福贵，已臻古代老庄哲学的境界了。与此不同的是，杨凤喜在当代生活中看到了山西人或者说广大中国人另外的一面——极端情绪化，爱计较，总纠结，时刻处于一种"易燃易爆"或"压抑爆炸"的精神状态之下。

杨凤喜有一篇小说就叫作《水果炸弹》，几年前，我曾为这篇小说写过一段文字。小说讲的是一个大龄男孩向心爱的姑娘求爱的故事，据说今天的世界上，"剩男剩女"已然是司空见惯的社会现象，结婚成本之高使得婚姻甚至爱情都需要耗费不菲的经济学成本，不得不谨慎世故起来的城市年轻人，一不小心就蹉跎"剩"了。杨凤喜塑造的男主人公是一个"有点呆"的青年，此"呆"并非"呆萌"的"呆"，"呆"意味着善良，淳朴，笨拙，坦率，相信爱情并勇于付出。女主人公温小素个性鲜明有趣，她活泼泼，泼辣辣，独自在城市里打拼，面对追求者，她进退有度、游刃有余。这样的"野蛮女友"我们并不陌生，她们的身影遍布在中国每个城市的各个角落，她们靠着自己努力生存与奋斗。温小素的职业值得我们留心，她是一位公交车女司机，高强度的体力劳动使她的精神与身体一样疲惫不堪，于是，小说里的她喜怒无常难以捉摸，她的情绪变幻莫测，她简直就是"水果炸弹"的人格化身，美好、甜蜜又孕育着分裂的危险，小说用"水果炸弹"的疲惫与焦虑显影着今天社会都市人共同遭受的精神症候。即便是爱情，也无法感化和治愈现代都市的冷漠、焦虑种种精神病症，温小素毫无悬念地离开了"呆"气十足的郑大魁，霸道又不无辛酸地宣布："像我们这种人也许就不该有什么情调和浪漫。"于是，小说的结尾，作者让有点"呆"的郑大魁"爆炸"了一回——他把苹果当作炸弹扔向了公共汽车。这个富有张力和戏剧性的结尾当然符合短篇小说的艺术需求，还记得多年前读到此处，我曾经产生了十分幼稚的惋惜之情，我曾想，难道每一个现代都市人最终都会陷入焦虑和狂躁？每一个无法得偿所愿的挫败都要用爆发来泄恨吗？于是，许多年前的我"天真"地批评了小说结尾的草率，然而，如今我不得不再次认真面对这样的问题，那些现代生活中的巨大变化，以及经历巨变的中国人越来越陷入焦虑、空虚和不安的情绪中，并在不自知的情况下不断酝酿着化学反应，我们该如何于精神的彷徨无依感中自处呢？与其说杨凤喜每每观察到了形形色色现代人生活中光滑表面迸裂的一瞬间，不如说他意识到静水深流正酝酿着终将爆发的火山岩浆，如果不爆发，人要怎样处理自己那些无法言说的、无的放矢的情绪呢？是继续回到生活的逻辑和节奏中，继续酝酿下一轮的爆发？还是任生活将自己带到未知的远方？在这个意义上，杨凤喜通过小说在向生活发问，而他是没有答案的。

费孝通先生蜚声海内的人类学小册子《乡土中国》里对乡土社会和现代社会进行了一番二元比对——事实上，这也是一种东方、西方（传统与现代）的比较，其中谈到了我开篇所说的山药蛋派的"土"和"洋"的差异问题。费孝通说，中国人所说的乡下人的"土气"是乡土中国几千年沉淀下来的精神定向，是"亚普罗式"的，也就是说，宇宙天命自有伦常，人只需去服从它，安于其位，乡土社会中的人身与心便会得以安放。而现代社会则是"浮士德式"的，现代人把冲突视为存在的基础，生命是阻碍的克服，没有了阻碍，生命也就失去了意义，因此，无尽的创造和不断的变才是现代社会的精神特质。无论是乡土社会还是都市城镇，我们似乎无法摆脱变动不居的现代社会发展模式，浮士德式的疯狂是普遍的精神定向。

在杨凤喜的小说里，就连乡土社会的人物也染上了现代都市病，变得不可思议地疯狂起来，《屋顶的掌纹》里，奶奶疯狂地捶着自家与邻家的一堵墙，好像孟姜女哭长城。随着邻居家红砖院墙越垒越高，奶奶的疯狂也在升级，"像得了精神病。奶奶拖着一条腿在院子里走来走去。奶奶不小心摔碎了两只碗。奶奶做饭的时候，把碱面当成盐撒到了锅里，幸亏被晚生发现了。奶奶还举着扫把追赶一只鸡，并且以这只鸡为借口，在那些彪形大汉拆掉隔墙的那天和他们吵了一架。等到一堵结结实实的红砖墙垒起来，挡在两个院子中间，奶奶就变得沉默了，就像爷爷呆在家里时候一样沉默。有一次，晚生还看到了奶奶哭"。你可以说，杨凤喜受到了八十年代寻根派小说和九十年代在中国广受推重的拉美魔幻现实主义的影响，或者是直承莫言、阎连科、贾平凹，正因为有了这些作家的精妙佳作，我们可以说，中国当代文学取得的最大成就在于绘制了一幅幅乡土社会的浮士德式的景观。杨凤喜的小说在这个脉络上，天然占据了合法性。所以，他的每一篇小说都有着让读者熟悉的、有保障的艺术水准。

　　"我努力喊出来，却什么也没有听到。"杨凤喜在小说中写道，许多年来，在琐碎、平庸却毫无定数的生活流中，杨凤喜让他的人物一次次在压抑、沉默、懵懂中抗议、呐喊、爆炸。此时，不识趣的我仿佛站在了每一篇杨凤喜小说的结尾处，忍不住问一句，然后呢？

　　当然，"然后呢"，这是每一个作家都无法轻易直接回答的问题。一直被视为"新文学"开山巨匠的鲁迅，他的第一部小说集《呐喊》发表于五四运动前后的几年内，并有多篇发表在新文化运动的重要阵地《新青年》杂志上。虽然名为"呐喊"，但是整本小说集里，鲁迅的声音是低沉而落寞的，鲁迅是幻灭与怀疑的，他保持了章太炎解读的虚无主义对他影响的痕迹，在那个开启中国现代历史的"原点"，鲁迅并没有积极投身于探索新的可能性的洪流里，他甚至没有急于为新的现实革新欢呼或欣喜。与此相反，他转过身去清理历史的残骸，凝视辛亥革命后中国社会的张皇失措与麻木不仁，他并非没有授予人们——特别是青年人希望，只有极为耐心的阅读者才能体会鲁迅在怀疑和虚无中寻找希望的努力，体察鲁迅在自己塑造的最狠厉、最冷漠的小说情境中为"苦人"所施以的同情，于是，《祝福》里，尽管小说的情境将祥林嫂逼至了绝境，但她哪里有交到好运的希望？她是连诉一句苦都不可以的。她无法反抗自己的婆家、主家和鲁镇几千年积累的社会价值与秩序，然而，祥林嫂仍然拼尽全力在生命的最后关头将一句抵达人心深处的质询留在人间，留给小说的叙述者，一个可以将鲁镇的消息带到外面世界的人。于是，原本稳固的世界有了一条"苦人"以生命代价划下的裂隙，阿Q、孔乙己、闰土等等，他们全部是一条条使人战栗的刻痕，一百年来细心的阅读者从鲁迅划开的裂痕里看到了旧世界的莫大的荒唐。

回到杨凤喜那里。《水果爆炸》中，"呆子"郑大魁曾经原谅了拒绝他的温小素。被温小素戏耍了一番的郑大魁一度迁怒地恨上了身边的每个人，但是"日子一天天过去，我渐渐也就没有了恨"。"有点呆"的郑大魁回归了平静的日常生活，他有失恋的痛，也有生活的快乐。这更接近生活和人心的本真。正如杨凤喜塑造的那些生气淋漓的真实可爱的普通人——爱当媒人的老太太王阿姨，唠唠叨叨爱贪点小便宜却也有一副好心肠，邻居两口子吵吵闹闹却有着平民夫妻的亲昵，每个人物都带着无穷无尽的生趣和崇高而朴素的温情，这种介乎快乐与悲伤的感情，让我想到了狄更斯笔下一系列令人难忘的小人物，这是一直以来杨凤喜的写作中弥足珍贵的部分。很遗憾，我无论如何不能说，这就是"然后"的答案。

二、父亲及"个人史前史"

杨凤喜告诉我，在这本小说集里，他最喜欢的三篇小说是《玄关》《和玛丽合影》《看社火》，我说，很巧啊，我刚刚在这三篇里发现了一个相同的人物——一位叫作"父亲"的形象。这一人物，时而偏执得近乎疯狂，拉着儿子在晋祠里拦住每一个外国游客，卑微而执拗地想要实现儿子的愿望，非要和一个叫Mary的金发女孩拍照。他时而呼哧呼哧地咳着、喘着，枯瘦的背影亮在儿子的眼里，一副肋骨蠕动的嶙峋相。他时而躺在血泊中，半个身体探到一辆越野车的底下，看起来像是正在作业的修理工，他以自己的肉身与性命换作儿子即将成立的三口之家的栖身斗室……

父亲的成立，须有儿子的存在，因此，小说中关于父亲的所有一切，均出自儿子的眼中，"儿子"看见，"父亲扯去了去年的春联，扯得不干净，他用湿布洇过门板，再用小刀把纸屑一点一点刮下来。太用力的话会刮去门漆，他总是很谨慎，每年都会刮得干干净净的，好像担心过去的日月留下什么后遗症"；儿子在心里默语，这栋房子就是我的父亲；儿子摸到了父亲近乎绝望的泪，听到他痴狂地呓语，我们再不能相信外国人了，狗屁玛丽……这样的细节如何不感人？故事、叙事乃至时间在这里停滞，情感在这样的细节里荡漾。"父亲"形象是杨凤喜的制胜法宝，是小说的"泪点担当""情感砝码"，更是小说走向普遍性的重要因素。凡人皆有老父，凡人终须面对父亲之老去，正如人大多需要处理父亲的权威及其在儿女辈成长中留下的压抑、阴霾与擦痕，以及这种权威与爱之间的关系——父权与父爱的悖论关系，因此，可以说，这三篇小说总有一笔令你心头恻然，有戚戚焉。

杨凤喜笔下的"父亲"形象，他未必是小说设定的主角，譬如《看社火》，主角不是"我"也该是与"我"颇有情感张力的梁艳，但是，父亲存在于小说的字里行间，他在故事的夹缝中倏然闪现，更多的时候，小说呈现的是过去式的"父亲"，他活在记忆和小说的追忆叙述里，于是他化身为乡土世界的历史，更是个人史的前史。因此，小说中的"父亲"绝非是伦理意义上的生身血脉这等简单的意义，如何考量和理解"父亲"，如何书写他，相当于面对我们的个人史前史一样重大的命题。杨凤喜塑造的父亲堪称典型的中国式父亲，他们沉默寡言，克勤克俭，于无声中承担家庭经济的负累和表达对儿女的舐犊情深，他是苦难、坚忍的农业文明生活方式的人格化象征。而小说中，没有一个儿子不是满怀歉疚背离父亲而去的，再没有子承父业的传统"佳话"，对于父亲代表的农业生产及生活方式，尽管心怀怜惜，但没有一个儿子不表示拒绝与厌恶的。称得上是杨凤喜代表作的小说《玄关》蕴含了一个精妙的隐喻，父亲之于儿子，绝非一笔心安理得的"遗产"，而是沉甸甸的、几乎无法直面的"债务"，这几乎是中国社会处理农业文明历史的普遍态度，我们如此急于告别乡土拥抱现代——尽管饱含亏欠、不甘与不舍种种复杂的情绪。

杨凤喜理解生活的方式大概有不忘前事、探索历史的执着，《不可名状的清白》写一位公务员的人生，杨凤喜选择余士达在调研员的岗位上退下来之后的时间开始小说，让他在职业生涯结束后，重温自己的人生道路并经历转折。看他关于婚外情的故事《丹妮的背影》，小说的时间就设在了女主人公闻燕来的老年，一个偶然的契机使闻燕来得知当年的情人的妻子宋丹妮去世的消息，她回想起过往几次想看看宋丹妮的样子，但是却因为自卑和心虚没有敢走到丹妮的面前，她看到的始终是丹妮美丽的背影。作为男性作家，杨凤喜尽可能采取客观的叙述语气，带同情与体恤描绘人物内心细微变化，展示出一位因情欲驱动而短暂出轨的女性纠结的心境，她对情人的妻子产生了愧疚与好奇，好奇又演变为嫉妒和自卑并成为终生无法摆脱的梦魇。如果说被刻意忽略遗忘的妻子"阁楼上的疯女人"代表着女性被男权社会压抑、遮蔽，处于孤立、缄默的他者地位，"丹妮的背影"则与之相反，它召唤着女性对男权社会伦理的认同，"他"属于她和家庭，属于另一个与自己一样拥有"妻子"伦理身份的女人，"他"不属于我。丹妮黑发披肩的背影映照出女主人公内心矛盾纠结的真实渴望——那些绮丽的春梦与残忍的自欺，逃离琐碎生活的欲望与对家庭伦理秩序的认可。

三、生活世界之"大"与短篇小说之"小"

到目前为止，杨凤喜展示出来的文学才华聚集在短篇小说这一文体上。伴随他的成就而生长的，大概是他创作中形成的困惑，他一定领会到短篇小说的特性，并不因其篇幅短小而放低了它的艺术难度。

也许是太有自知之明，王安忆自知长篇小说与中篇小说是自己的长项，于是，她认真写过几篇谈短篇小说的文章，检点自己写不好短篇的缘由，她将短篇小说的物理原理归纳为"优雅"。她说，爱因斯坦的认为理论的"优雅"是"尽可能地简单，但却不能再行简化"，这解释同样可用于虚构的方式。就这个问题，在另外一篇《我看短篇小说》里，王安忆说得更清晰一些："短篇小说还不是由它的篇幅短而决定的。它天生就具有一种特殊的结构，它并不是那句成语'麻雀虽小，五脏俱全'的意思，也就是说，它不是中长篇小说的缩小的袖珍版，它是一个特别的世界。这个世界自有它的定理，这些定理不是从别人的世界里套过来的。这世界小虽小，却是结结实实的一个。当然体积终是个限制，我们也不能无视它的生存条件。它却是不是宏伟的大东西，可它却也决不该是轻浮和依附的。"

短篇小说不一定要素俱全，但是它要发明一个新的世界，给读者凭空想象生活世界的可能，特别想象生活世界某种凝练的、独特的、普遍性的存在，它理应将生活的单向度丰富起来。恰如前文所谈到的，几乎将所有的文学实践都用在了短篇小说的创作上，杨凤喜寻找了一个小说叙事的时间站位，他站在可以检点个人史前史的时间节点上，以历史反观、对照人物的现实，如此便让他的小说具有了长时段的纵深感，也让他具备了故事、细节和想象在其中摇摆的空间。所以，不能说杨凤喜的短篇小说是生活的片段与剪影，它们在时间的尺度里丰厚了许多，当然，作为一个始终在现实生活中寻找灵感与素材的小说家，杨凤喜还可以让短篇小说走向生活世界的深处。

普通人，及其千差万别的善与恶

——从焦冲与黄军峰的两篇小说说起

一

天使在哪里？尽管焦冲的小说名唤《天使与魔鬼》（《长城》2018 年第 2 期），但我并没有遇见天使。

开场一幕，小说家笔底生花，酷肖"祖师奶奶"的手笔：尚未揭开身份的两个女人分庭抗礼，拥兵对峙，手上的鸡蛋，成了战场上的重型武器，眼底的风景，是"隐喻的修辞""风景的政治"——纵使比不上厚黑大师张爱玲的刁蛮冷俏，焦冲笔下的女人交锋也足让人不寒而栗。得了大师真传的开场，字句细节里，皆包含着令人心惊的暗示，小说的叙事腔调于此确立，话里有话，皮里阳秋。

女人的战场上，少女周雪娇败下阵来。等待沙场败将的，势必是一场无处逃脱的审判和惩罚，我们看见小说家笔墨轻拨，"一件粉色短裙和白色短袖在沙发上摊开，等待有人把它们穿起来，急不可耐而又安之若素"。裙子是短的，暧昧的粉红色，和少女爱的芭比娃娃一样，青春洋溢，不乏情色气息。小说家对少女的衣裙使用了被动语态，它们在急迫而又耐心地"等待着"什么，正在我开始疑心这莫不是在向纳博科夫的《洛丽塔》致敬时，养父恰如其分地出场了："见周雪娇站着不动，他拿起衣服套在她身上，一只手抓住她那细小的胳膊往袖子里塞。周雪娇不配合，手臂拼命往回缩，五指张开抵挡着，好像袖子是个黑洞。但最终没能拗过，还是被吸了进去。周雪娇甩着胳膊尖声叫起来，你弄疼我啦！"原来，那粉红的短裙"等待着"的是养父的手。养母心不在焉地说"轻点儿"，养父更"粗暴"的动作，少女"受了侮辱般的羞愤表情"，种种描述，使性侵犯的阴影悄然覆笼在这个无血缘的家庭上。

我毫不费力便从小说的开场中识别出焦冲的小说才华。他如此善于描摹人物的动作、神情，并在其中赋予了意味深长的人物关系，叙述中未曾说破的潜台词呼之欲出。更妙的是，白纸黑字的故事中，我丝毫没有读到有关"性"的情节，我甚至有理由怀疑，焦冲并未有意构思这样的不伦故事，然而，小说家却在叙述中营造了一种潜在的危险和出人意料的张力。文学的魅力，本就在纸背后的意蕴和味道。

同样是开头，让我大胆妄断了小说的去向。我懂得小说家的用心。"天使"，是纯洁无辜的孩子，然而，少女本该是一个家庭的天使，却撒旦化蛇，引出了家庭成员各自的内心魔鬼。小说似意在揭破核心家庭人伦的神话，戳穿父慈子孝舐犊情深的假面，告知我们人性的"恶魔"与"天使"同在。

文学是写人性的复杂性的，这句磨出耳茧的箴言教育了我们的作家几十年。《天使与魔鬼》里，舐犊之情是自私的，有条件的，少女是不知感恩，嫌贫爱富，居心叵测的。较之于精彩纷呈的"战争"开场和惊心动魄的"恶"的结尾，失去抚养了多年的孩子的中年人内心变化在交代中匆匆略去，而少女的内心，在我面前是一片蒙昧，展露的只是自私、鲁莽与贪婪。复杂坐落在哪里呢？我没有在小说中读出复杂的人性，我只读出了极端，极端恶的人性。

写至此处，我有些犹豫。不是出于对自己的怀疑，而是源

自对我将要说下去的"老生常谈"的疲惫。随手翻开李德南
与小说家蔡东的对话，他们也在认真地谈着文学中的"恶"，
德南正将作家们爱好"恶"的执念归咎于现代主义文学的示
范。一直以来，中国的小说里有一个老问题，就是如何写"好
人"。常常会觉得，作家们或许对人性之恶有兴趣也有充分的
理解，对人性之善，即便他们心怀敬意，但却是苦于无从下
手。作家们或许被复杂性的旗帜迷惑了心神，以为幸福的家庭
千篇一律，不幸的家庭各有各的不幸，恶就是复杂的表征，而
善则乏"变"可陈。实则未必，即便是善，也有千变万化的
"善"的形式，即便是恶，也可能摇摆反复，颠三倒四。

　　一百年前，鲁迅悟出了关于文学中人性善与恶的道理：
"把人物放在万难忍受的境遇里……不但剥去了表面的洁白，
拷问出藏在洁白底下的罪恶，而且还要拷问出藏在那罪恶之下
的真正的洁白来。"站在古典与现代的历史边界上，鲁迅面对
的是固若金汤的伦理的文字世界，满纸仁义道德中，鲁迅看到
了"吃人"的残酷。他看破希望的虚妄，却忧惧自身的虚妄传
染给尚怀希望的青年们。百年来，鲁迅的道德自省受到文学
后继者的尊敬，莫言承认："我们一般的作者，能拷问出洁白
底下的罪恶就很好了，但鲁迅和陀思妥耶夫斯基能更进一步地
拷问出罪恶之下真正的洁白。这就是一般作家与伟大作家的区
别。"然而，我不免有些杞人忧天，不仅担心我们的道德想象
力的范围，也不仅考虑读者是否厌倦了无数次拷问出的罪恶丑
态，我更加担心，醉心呈现"恶"的文学，会不会用"匕首和
投枪"，将笼罩在想象世界中的人们赶进罪恶的深渊。

二

　　黄军峰的《老王的手艺》（《长城》2018 年第 2 期）让我

忽然忆起，近年来我竟陆续读了不少丧葬活计手艺人的故事，灵前吹唢呐的，太平间化妆的，喊丧的，背尸的……云南小说家胡性能手艺一流，他的中篇小说《生死课》奇谲诡诞，幻中有真，谈起创作心得时，胡老师嗒然悟道："生与死都是一门人生课呵。"我忙频频点头，做余心戚戚的赞同。死亡是生活自在的彼岸，寻常人风尘碌碌，鲜少自红尘里由生打量死，更绝少从死亡的位置看生存，文学与艺术则给予我们这样的机遇，执生死两端看待人生。古今中外的智者如老聃、海德格尔，他们的精妙哲思都是据此展开来的，向死而生，生便呈现出与自然律不同的质感、情境和感悟。

然而，对中国人来说，与死亡有关的事宜别具形而上意义，它是我们的日常信仰，是我们的人间教义。古人相信，人的日用中包蕴着伦常。儒家教诲，慎终追远，民德归厚，丧葬之礼是中国人对己身来历和归处的主张和态度。而今中国人的生既变得天翻地覆，与死亡有关的习俗、礼仪势必变动不居，于是，文学有了追昔抚今的抒写空间。我读的那些丧葬故事的落脚处大抵在边地、西部或乡下，只有在那里，尚能看到茕子将逝的旧俗，尚可听到悲戚者为古老丧礼唱的挽歌。

说这么多，我似乎在依仗资深读者的傲慢，将小说归于某种"题材"类型，"不怀好意"地坏掉读者的胃口。别信我的。黄军峰小说的好处，不在于写了一个乡下做棺材兼哭丧的手艺人的窘迫人生，"窘迫"我们看多了，文学距离真正的"窘迫"也越来越遥远，那些写出来的"窘迫"一不小心便显得矫情不真切。《老王的手艺》的好处，在故事展开的情境过程中，具体说，在噼咣"二踢脚"声和一片杨树林里。

临终前，老妻的最后一句话是，"我梦见那片小树林了"。这遗言文艺腔十足，在乡下做棺材的老王看来，委实太过罗曼蒂克，老王哪里记得什么小树林？但也正是这句临终遗言，打开了老王被遗忘的内心角落。原本，老王机敏而迂钝地盘算生意经。人太迂了不行，迂则重，对世界、对自己皆是麻木无感，无能为力，虽然麻木了倒也来去无牵挂；但太机巧未必是好事，巧则轻，人无所守持，便成了功利俗气。原本，老王是个普通的中国老汉，手艺精湛，心思敏捷，日出而作，日暮而息，一事不顺心，便打打老婆。忽然老妻亡故，小树林的记忆唤醒了他的迂，麻木的心与情感复苏了过来，也召回了他的另外一种机敏，一种做棺材生意之外的细微敏感。因此，《老王的手艺》最动人的，是生意经上机敏的老王变得迂钝起来，是老王眼里或心底的小树林，当小树林展现在我们面前时，那是质木无华的诗情画意。每个人心底，或者都有这样的一片小树林，无论我们察觉与否。

三

　　我想，如果周雪娇的养父母和老王坐到一起，闲话家常，那一定是有趣而怪异的场面：他们都是普普通通的中国人，但他们话不投机，至少鳏夫老王总会觉得，有周雪娇这样一个"便宜"闺女，挺好。我们常说，日常生活是庸庸碌碌的，一地鸡毛，有甚趣味，有什么好写？其实不然，普通人各有各的"普通法"和"不普通之处"，天下的善和天底下的恶同等地千差万别，人们对世界、对他人、对自身、对如何应对境遇，有千差万别的观感和选择，从而也有千差万别的行动和命运。我愿在文学中，看到这样的千差万别。

原载《长城》2018 年第 2 期

因犹疑与困惘而写

两篇小说，花开两朵，显现了小说家徐衍的两副手眼和两种好。一边是凡起笔作文者大抵难以遏制的冲动，塑造一个融会自我、他人的经验并加以虚构的"我"，在故事中倾注个人的情感与寄托；另外一边，是以观察者的姿态讲述他人的故事。

我是在鲁迅文学院见到徐衍的。关于徐衍，留心观察，你会发现他善于也乐于聆听。他的眼睛焦灼、惶惑、诚恳地渴望着什么，他抬起头认真注目台上的讲授者，他默不作声地观察着周遭的人与事。看着他的眼睛，你会恍惚醒悟，我们这些80后、独生子女，真正是在"告别革命"的中国长起来的一代，我们免受宏大澎湃的历史洪流的裹挟与震荡，正如我们告别了反叛权威、颠覆旧有的精神之力。在逐渐"稳"定——同时意味着"固"定的结构中，我们或多或少任日益完善而强大的应试教育洗礼、规约、驯服自我，在一次次褒奖与惩戒后，熟练地内化了"超我"的逻辑与尺度。随后，进入社会，或我们称之为"生活"的巨大机器中，就是一枚服从指挥、自动运转的零件。除去对父母天然合法的控制欲叛逆一番之外，我们的反抗无的放矢、旁逸斜出，至多，面对"生活"，发出几声细弱蚊蝇的哼嘤哈呵。小皇帝、小公主？今何在？于是，徐衍和曾经不得不被自己的才华和讲述欲望所控制的年轻人一样，开始了一条被反复论证的征程，始于让写作抗拒生活的乏味、厌倦和压抑，终于证明写作极可能是令人厌倦的迷津话语。

在徐衎的小说中，你辨认得出他的眼睛。《突然响起一阵火山灰》是"我"的故事。"我"迷惘、乏力，连荷尔蒙都所剩无几——小说开场处，小说家刚刚为他行过"割礼"。小说里，无论讲自己，还是写女友、同事、母亲的故事，不难发现，"我"的眼睛始终在寻找着某种答案，这个答案其实并不神秘，也就是那被称为意义、价值甚至彼岸的存在。其实，以"超我"的标准来衡量，小说中的"我"生活安稳体面，但"我"仍然焦虑地寻找着，即使他不乏尴尬地掩饰自己寻找答案的决心、努力和经过。徐衎是敏锐的，他察觉不断被许诺、美化的静好岁月背后令人窒息的阴影，徐衎有如困兽般，这使得他具有一种趋向坠落的戏剧感。他的小说中贯彻着一束狐疑、困惑的眼光，时而流连于抒情意味十足的细节，时而怯怯而厌倦地自我打量和自我推敲，时而随时爆发对自己的恶意和嫌憎。他面对世界，与曾经的文学前辈们一样束手无策，毫无逻辑，章法全失，无答案者竟然还写得出故事？因为对他来说，故事就是最后的戏剧——本雅明所说的碎片式的德意志悲悼剧，就是世界终止于自我的黑洞。徐衎怯怯然不敢确定，但又决绝地相信，其中恍兮惚兮若有答案的光亮。

你看得出，《乌鸦工厂》里，生于1989年的徐衎，试图要为一座集体主义的福利工厂庄严吟唱挽歌所作的努力。然而，不得不说，时代语境以及近三十年的小说叙事惯性，并没有给年轻的徐衎留下太多可以借鉴的叙述办法。也就在近三十年前，集体主义的主人公，那些曾经风华正茂的工人阶级，他们的世界真正自"形而上"到"形而下"，全部呼啦啦大厦倾塌。与此同时，这世界几乎在每个人眼前轰然断裂，昨日不可留，来日无可知，人原先是在集体里、在给定的乌托邦历史中，如今呢，每个人被放逐、被松绑，被宣告命运的不可知，他被告知仅仅从一个人站立的脚下领会这种不可知就好。那股忽然而至、倏然而去的"现实主义冲击波"中，故事讲述者以"分享艰难"的逻辑，把信心交给未来，而留下大量未被清理的集体主义遗产。自此，讲述者似乎再无力也无意愿寻找讲那段往事的路。于是，我并不惊讶地看到三十年后的徐衎，在小说中让福利工厂里的工人们男欢女爱一场。

所谓福利工厂，像我们这样在城市长大的 80 后一代，即便再两耳不闻天下事，也多少了解"福利"的功能和内容，那是社会给予残疾人和社会救济对象的福利，让他们获得相对公平的劳动机会。我少女时代的一位闺密的父母，就是家乡一座福利工厂的双职工，我曾经许多次踩着"佶屈聱牙"式的楼梯走进一间逼仄的斗室，那里住着我的小女伴和她眼盲的父母。也许，我同徐衎一样，曾经视那座工厂宿舍为酷烈的奇观和戏剧展演的舞台，我的眼睛、惊愕、好奇和想象，顺着楼梯，穿过许多扇门，闯进左邻右舍的屋子里，编织关于他们生活的故事。徐衎的小说里，一位酷似香港艳星的女哑巴，她时常穿上艳星同款的泳衣，无言静默地展示她曲线姣好的身体，与她英俊的哑巴伴侣在工厂空间里翩然起舞——我并不诧异读到这样的情节，因为美与残缺的对照，本就是残酷张力生成之所在。让我微感诧异的，是小说里女哑巴对独腿大哥的情感，关于他们的情感，在大部分的篇章里，是福利工人们劲头十足的三角恋和环绕他们的流言蜚语，然而，徐衎最终使它超越了欲望的范畴，努力逼近那个工厂时代特殊的友爱。女哑巴在工厂关闭前食堂里举行的婚礼，是欢庆，是告别，也是挽歌最高昂的旋律，她虚假的情敌、情感的对象，通通偃旗息鼓，荷尔蒙终止，故事就此收节，因为那是众人齐声合唱的挽歌。须知，这种情感无论在文学中、生活中，或于我们的心灵底色中，早已渐行渐远，早已十足的陌生化，这无关诸如残疾人也有尊严，他们可以爱、可以有欲望的道理——这些道理未免简单，而是说，在三十年后，我们如何想象、如何描述、如何定义他们的尊严？他们留给我们的是否只有奇观，可否有值得清理的财富？作为讲故事的人，年轻的徐衎束手无策，他不得不将这份情感包裹、涂抹上绯红色，使之有些暧昧与犹疑——然而，这暧昧与犹疑，恰恰是今天我们大多数人的情感结构。我明白，我理应鼓励他，跳出近三十年既有的路，回到历史现场，进入那些集体时代人的内心之中，不再视那段历史为生活奇观或戏剧舞台。我并不愿意如此轻易。恰恰是徐衎的小说，让我意识到自己的乏力，意识到自己仍然坐在二十年前那座福利宿舍楼里，一派天真地想象着周遭。无论面对自我还是世界，徐衎始终是犹疑与困惘的，也正是他不确定、拒绝言之凿凿，让我对他的眼光所到处生起疑惑与好奇。

当然，不必费力，我们就能辨认出徐衎小说里的"底层关怀"，赞许他少年老成、具有同理心、自"小我"到"大我"的文学格局等等，这些当然无可厚非，全部都是徐衎小说的好处，是他的独到与特殊；然而，我也同样在他的"底层"讲述中认出了贾樟柯、王小帅式的小镇和底层的轮廓，一种带着布尔乔亚式的罗曼蒂克文艺腔，一种以语言构造而成的突兀的视觉奇观。我想知道，若非如此，"底层"能否进入艺术的眼睛、艺术的规则甚至艺术的世界？在这个意义上，徐衎的犹疑与困惘，绝不属于他一个人。

原载《十月》2018 年第 5 期

图书在版编目（CIP）数据

批评的左岸 / 李蔚超 著． -- 北京：作家出版社，
2020. 5

ISBN 978-7-5212-0537-4

Ⅰ．①批… Ⅱ．①李… Ⅲ．①中国文学 – 当代文学 –
文学评论 – 文集 Ⅳ．①I206.7–53

中国版本图书馆 CIP 数据核字（2019）第 093264 号

批评的左岸

作　　者：李蔚超

责任编辑：史佳丽　李亚梓

特约编辑：赵　蓉

装帧设计：守义盛创

封面摄影：闫振霖

出版发行：作家出版社有限公司

社　　址：北京农展馆南里 10 号　　邮　　编：100125

电话传真：86-10-65067186（发行中心及邮购部）
　　　　　86-10-65004079（总编室）

E-mail:zuojia@zuojia.net.cn

http://www.zuojiachubanshe.com

印　　刷：北京玺诚印务有限公司

成品尺寸：142×210

字　　数：179 千

印　　张：7.5

版　　次：2020 年 5 月第 1 版

印　　次：2020 年 5 月第 1 次印刷

ISBN 978-7-5212-0537-4

定　　价：38.00 元